Fanny Wagner ist Autorin und Illustratorin und hat unter ihrem richtigen Namen Hermien Stellmacher bereits zahlreiche Kinder- und Jugendbücher veröffentlicht. Die Autorin lebt mit Mr. Right und ihren beiden Katern in der Fränkischen Schweiz, in einem kleinen Ort, in dem es mehr Hühner als Menschen gibt. Im Rowohlt Taschenbuch Verlag erschien bereits ihr Roman «George Clooney, Tante Renate und ich» (rororo 25932).

Carolin Birk ist das Pseudonym von Katharina Wieker. Sie illustriert und schreibt seit vielen Jahren Kinderbücher und arbeitet seit einiger Zeit auch als Dramaturgin und Dialogautorin für ein namhaftes Berliner Trickfilmstudio. Carolin Birk lebt nicht mit Mr. Right, aber einigen Mr. und Ms. Pleasure-To-Be-Withes in Kreuzberg. «Garantiert wechselhaft» ist ihr erster Roman.

Fanny Wagner
& Carolin Birk

Garantiert
wechselhaft

Roman

Rowohlt Taschenbuch Verlag

2. Auflage Juni 2013

Originalausgabe
Veröffentlicht im Rowohlt Taschenbuch Verlag,
Reinbek bei Hamburg, Mai 2013
Copyright © 2013 by Rowohlt Verlag GmbH,
Reinbek bei Hamburg
Umschlaggestaltung any.way, Cathrin Günther
(Illustration: Kai Pannen)
Satz aus der Berling (InDesign)
Gesamtherstellung CPI – Clausen & Bosse, Leck
Printed in Germany

ISBN 978 3 499 25898 5

Eins

Die Vorhersage für Mittwoch, den 26. März:
Am Rande eines Neuanfangs fließt positive Stimmung heran. Vereinzelt kommt es zu Unsicherheiten und Grübeleien.

«Ich muss mal.» Marie sah mich so vorwurfsvoll an, als wäre ich persönlich dafür verantwortlich.

«Ist es dringend, Schatz? Laut Karte müssten wir gleich da sein.»

«Es ist sehr dringend!»

Mein Auto drosselte umgehend die Geschwindigkeit. Ich starrte überrascht auf die sinkende Tachonadel. Was war das denn? Hatte ich jetzt gar nicht mehr mitzureden?

Verärgert drückte ich das Gaspedal durch, und der Motor erstarb umgehend. Begleitet von einem langen unschönen Geräusch des Auspuffs rollten wir aus, dann war Schluss. Nur ein kleiner, giftgelber Motorblock leuchtete am Armaturenbrett auf: «Check».

«He, doch nicht mitten in der Pampa!», rief meine Tochter. «Hier ist nicht mal ein Busch!»

«Das Auto hat den Geist aufgegeben», sagte ich düster und versuchte, die Karre durch hektisches Herumdrehen des Zündschlüssels zum Weiterfahren zu bewegen.

«Scheiße!» Marie sprach aus, was ich dachte.

Ich machte einen letzten Wiederbelebungsversuch, aber bis auf ein mitleiderregendes Wä-wä-wä tat sich nichts.

«Und was machen wir jetzt?» Maries Laune sank endgültig in den dunkelroten Soll-Bereich.

Nach all den Strapazen war ich auch ohne ihr Gemecker angespannt genug. Aber das durfte ich sie auf keinen Fall merken lassen.

«Vor allem bleiben wir cool, klar?», sagte ich locker, «und machen das Beste daraus.»

Marie tippte hektisch auf ihrem Smartphone herum. «Kein Empfang!», sagte sie ungläubig. «Wir sitzen in der Pampa fest und können nicht mal Hilfe rufen!»

Ein kurzer Blick auf mein Handy zeigte das gleiche Ergebnis. Ich deutete durch die Windschutzscheibe, auf die erste dicke Regentropfen fielen. «Guck mal, da vorne ist ein Wäldchen. Da kannst du jetzt erst mal entspannt pinkeln. Hier sind die Taschentücher. Soll ich mitkommen?»

Meine Tochter verdrehte nur genervt die Augen, stieg aus dem Auto und stapfte davon. «Wenn Papa hier wäre», hörte ich sie im Weggehen sagen, «wüsste er bestimmt eine Lösung.»

Ha, der Papa ... der würde mir jetzt gerade noch fehlen. Ich schloss die Augen, lauschte den Regentropfen auf dem Dach und dachte an unsere letzte Begegnung. Auch da hatte der Papa, wie immer, für alles eine Lösung gehabt ...

«Was haben Sie gesagt?»

Als ich Volker brüllen hörte, sah ich von der Arbeit auf und beobachtete meinen Ex unauffällig über den Rand des Bildschirms. Was mich damals geritten hatte, ihn zu heiraten, wollte mir beim besten Willen nicht mehr einfallen. Mit seinem grau melierten Haar und dem Dreitagebart sah er immer noch genauso gut aus wie früher, das musste ich zugeben. Seine Umgangsformen waren allerdings auch noch wie früher, nämlich unter aller Sau.

«Es könnte knapp werden?!», blaffte Volker so laut in den Hörer, dass man es auch außerhalb seines verglasten Chefbüros in der ganzen Agentur hören konnte. «Dass Ihr Baby Koliken hat, interessiert mich nicht! Ich bin selbst Vater, also ersparen Sie mir die Ausreden und kommen Sie mit dem Probedruck rüber!»

Die Kaugummi kauende Praktikantin Mandy hatte einen Finger in der Nase und fummelte selbstvergessen an ihrem Piercing herum. Sie verfolgte Volkers Ausbruch mit der Miene einer Wissenschaftlerin, die eine interessante Insektenart beobachtet.

«Jetzt halten Sie einfach die Luft an und hören mir zu.» Volkers Stimme klang noch eine Spur ätzender. «Wenn die Proofs nicht morgen früh um acht auf meinem Tisch liegen, sorge ich dafür, dass Sie in dieser Branche kein Bein mehr auf den Boden bekommen.»

Anscheinend versuchte sein Gesprächspartner immer noch, Zeit herauszuschinden, deshalb holte Volker tief Luft und setzte zum Finale an:

«Meinetwegen arbeiten Sie die Nacht durch!», brüllte er. «Das ist mir scheiß-e-gal! Nach acht brauchen Sie hier jedenfalls nicht mehr aufzutauchen!»

Er knallte den Hörer auf den Haken seines alten schwarzen Bakelittelefons und schnaufte. Volker erklärte gerne, dass er sich den altmodischen Apparat wegen des zeitlosen Designs zugelegt hatte, aber ich wusste es besser. Mit einem schnurlosen Gerät konnte man Telefongespräche nämlich bei weitem nicht so wirkungsvoll beenden. Und Volker liebte wirkungsvolle Auftritte.

Die jetzige Vorstellung war zum Glück endlich vorbei.

Mandy nahm den Finger aus der Nase und konzentrierte sich wieder auf ihre Excel-Tabelle.

«Pass bloß auf, dass du die Tastatur nicht verschmierst», flüsterte ich. «Das kann Volker auf den Tod nicht leiden.»

Mandys Augen wurden durch dicke Brillengläser unnatürlich vergrößert, und mir wurde leicht schwummerig unter ihrem forschenden Blick. «Kennst ihn wohl schon lange?», sagte sie und ließ ihren Kaugummi zu einer großen neongrünen Blase anwachsen.

Ich rechnete kurz nach: «Achtzehn Jahre. Zwei verliebt, zehn verheiratet, seit sechs Jahren geschieden.»

«Boah, krass lange …»

Ich wollte gerade damit angeben, dass ich durchaus auch kürzere Männerkatastrophen im Programm hatte, als Mandys Kaugummiballon platzte. Ihre Brille hatte einen schönen grünen Überzug.

«Wie sehen Sie denn aus!» Der Chef persönlich baute sich vor uns auf. Mandy kratzte kleine Gucklöcher in die grüne Pampe.

«Das trägt man jetzt so», sagte sie und sah ihn herausfordernd an.

Bevor er sich erneut aufpumpen konnte, ging ich dazwischen. Für heute war mein Bedarf an dicker Hose gedeckt. Außerdem hätte ich schon vor Stunden zu Hause sein sollen, um mich um meinen eigenen Kram zu kümmern.

«Schau mal», sagte ich freundlich. «Dein Layout ist fertig.»

Volker sah angewidert auf den Monitor. «Was hast du dir denn bei diesem Blau gedacht? Das ist ja das Letzte.»

«Wie bitte?» Ich tippte auf das vor mir liegende Briefing.

«Das ist genau auf die Fotos abgestimmt, um die sich im Prospekt alles dreht!»

Volker schüttelte genervt den Kopf. «Sofort ändern.» Er dachte kurz nach. «Hinterleg mal alles mit einem Ockerton.»

«Ocker?!» Ich spürte, wie mein Blutdruck in die Höhe schoss. «Bist du noch zu retten? Da wird man ja schon beim Durchblättern blind! Und wenn ich den Fond ändere, müssen alle Farben geändert werden!»

«Dann machst du das eben», sagte Volker ungerührt.

Mein Blutdruck steuerte auf einen Rekordwert zu. «Was denkst du dir eigentlich?», rief ich. «Erst bittest du mich, dir zu helfen, und sagst, dass es höchstens eine Stunde dauert. Dann knallst du mir diesen Mist auf den Tisch, mit dem ich gut vier Stunden zu tun habe, und nun kommst du in letzter Sekunde an und wirfst alles wieder über den Haufen? Vergiss es!»

«Für dein Gezicke habe ich keine Zeit», schnauzte mein Ex. «Mach es so, wie ich es gesagt habe, und schick es mir rüber.»

Mandys Blicke wanderten interessiert hin und her. Oh lieber Gott, bitte mach, dass sie auf Facebook keine Freunde hat! Zumindest keine, die uns kennen.

Volker ging in sein Glashaus zurück und ließ sich in seinen sündhaft teuren Pure-Ergo-Chefsessel fallen.

Pure Ego würde besser zu ihm passen.

«Was ist?», rief er. «Ich warte!»

Ich holte tief Luft. Ganz ruhig, Nina, bleib einfach cool. Was er will, soll er bekommen. Mist mit Fotos kriegte ich auch in meinem Alter noch hin. Zu Volkers Ocker passte am besten Durchfallrosa … Durchfallgrün und … Durchfallbraun!

Mit ein paar wütenden Klicks änderte ich die sorgsam aufeinander abgestimmte Farbpalette und schickte Volker die neue Datei auf den Rechner. Dann schnappte ich meine Tasche und ging zu ihm hinüber.

«Weißt du schon, wann du Marie am Samstag abholst?»

«Ocker sieht scheiße aus», murmelte mein Ex.

Ach was.

«Vielleicht würde ein helles Grün …»

«Das kannst du machen, wie du willst», sagte ich. «Alles, was ich von dir wissen möchte, ist, um welche Zeit du vorbeikommst und Marie …»

«Gar nicht», sagte Volker, während er meine Arbeit der letzten Stunden noch weiter ruinierte. «Ich habe am Samstag zu tun.»

«Moment mal, ihr habt eine Abmachung!»

«Tja, ich muss zu einem wichtigen Empfang.»

«Da kannst du Marie doch mitnehmen.»

«Ich sagte, zu einem *wichtigen* Empfang.» Volker drehte sich auf seinem Schaumschlägerstuhl zu mir herum. «Wenn deine Tochter normal aussehen würde, wäre das kein Problem. Aber ich habe keine Lust, mich von einem Zombie begleiten zu lassen. Am Ende denken die Leute noch, ich hätte eine Agentur für Grufti-Mode.»

Ging das wieder los!

«Jetzt lass aber mal gut sein! Mit fünfzehn muss man ein bisschen experimentieren, und Marie sieht total süß aus. Außerdem sind wir in Berlin, und ich kann mir nicht vorstellen, dass sich irgendjemand an einem ausgefallenen Look stört. Sogar unser Hausmeister hat neulich gesagt …»

«Ich möchte gar nicht wissen, was Hausmeister in deinem Kiez so alles zu sehen bekommen», knurrte Volker. «Meine

Geschäftsfreunde verkehren jedenfalls in anderen Kreisen, und da kleiden sich Mädchen nicht wie Totengräber.»

«Du meist wohl, deine spießigen ...»

Plötzlich spürte ich, wie meine Körpertemperatur anstieg. O *nein. Bitte jetzt nicht, bitte nicht, bitte jetzt nicht!* Wie ein Mantra wiederholte ich den Satz in Gedanken, aber es nutzte natürlich nichts. Die Hitzewallung überrollte mich gnadenlos, und im nächsten Augenblick war ich schweißgebadet.

«Die eine in der Pubertät, die andere in den Wechseljahren», sagte Volker angewidert. «Man weiß nicht, was schlimmer ist.»

«Ein Arsch mit Ohren im Chefsessel», zischte ich wütend.

Nachdem ich mein Shirt in der Agentur-Toilette unter den Handtrockner gehängt hatte, ließ ich mir an einem der Waschbecken kaltes Wasser über die Unterarme laufen.

«Ich bringe ihn um», versprach ich meinem Spiegelbild. «Gaaanz langsam und mit allen Schikanen.»

«Ich mach mit», sagte jemand. Die Spülung wurde gezogen, und aus einer der Kabinen kam die Chefsekretärin der Agentur, meine langjährige Freundin Elke. «Welcher von deinen Ex-Männern darf es diesmal sein? Volker oder Stefan?»

«Volker!» Ich zog ein Papiertuch aus dem Halter und tupfte mir die Arme ab. «Zuerst lässt der Idiot mich stundenlang für nichts und wieder nichts arbeiten, und dann wird mir mal eben so mitgeteilt, dass er Marie am Wochenende nicht abholt, weil sie angeblich aussieht wie ein Zombie.»

Elke schnaubte amüsiert. «Und das sagt ausgerechnet einer, dessen letzte Freundin wie ein Gespenst durch die

Gegend lief: bis aufs Gerippe abgemagert, weiß blondiert und mit rasselnden Goldketten.»

«Ist es mit Franziska etwa schon wieder vorbei?» Ich kramte in meiner Handtasche nach dem Schminktäschchen.

«Aus und vorbei. Man munkelt, dass sie sich dem Chef einer Modelagentur an den Hals geworfen hat.»

Ah, das erklärte einiges.

«Weißt du, was ich mir von Herzen wünsche?» Ich tuschte mir die Wimpern nach. «Dass Volker eines Tages mal so richtig auf die Schnauze fällt. Dass er nochmal die Quittung für seine verdammte Überheblichkeit bekommt.»

«Darauf solltest du besser nicht warten», sagte Elke, die Volker länger kannte als ich. «Bisher hat er immer gekriegt, was er wollte. Ich sag dir was: Schlag auf jede Sekunde, die du heute für ihn gearbeitet hast, zwanzig Prozent Schmerzensgeld drauf, und dann legst du die Sache zu den Akten und denkst nicht mehr darüber nach.»

«Wird gemacht», brummte ich. «Ein Glück, dass ich hier nur sporadisch aushelfe. Eine tägliche Dosis Volker und Agenturwahnsinn würde mich verrückt machen. Wie hältst du das bloß aus?»

Elke grinste. «Ich stelle mir immer vor, dass das hier eine geschlossene Abteilung für durchgeknallte Werbe-Fuzzis ist», sagte sie. «Das hilft enorm.» Sie trocknete sich die Hände ab. «Außerdem habe ich ein friedliches Privatleben. Aber du? Musstest dir als hübsches Kontrastprogramm zu Volker ja gleich den schlaffsten Waschlappen aus dem Klo ziehen, den die Kanalisation zu bieten hatte. Hat Stefan denn endlich kapiert, dass es vorbei ist und er sich schleunigst eine eigene Wohnung suchen soll?»

Ich zuckte deprimiert die Schultern. «Keine Ahnung. Ich

geh ihm aus dem Weg, soweit das in einer Neunzig-Quadratmeter-Wohnung möglich ist.»

«Das ist doch kein Zustand!», sagte Elke unwillig. «Schmeiß ihn raus, du gehst ja sonst ein wie eine Primel. Schau dich doch nur an!»

Ich streifte mein klammes Shirt über und fuhr mir durch die Haare. «Tja. Mit Volker, dem Blutsauger, Stefan, dem phlegmatischen Zombie, und meiner Grufti-Tochter hab ich alles zusammen, was man für einen erstklassigen Gruselfilm braucht. Und in der Hauptrolle ich, die Frau, die sich spontan in eine Pfütze verwandeln kann. Was ist nur aus meinem Leben geworden.»

«Scheiß Wechseljahre, was?»

«Allerdings. Scheiß Wechseljahre!»

Marie ließ sich auf den Beifahrersitz fallen und knallte die Autotür zu. «Das ist ja voll der Horror hier! Im Wald liegt noch Schnee!»

«Kein Wunder», sagte ich. «Die Gegend hier liegt wesentlich höher als Berlin, und wir haben Ende März.»

«Grässlich ...» Marie setzte ihr Womit-hab-ich-das-nur-verdient-Gesicht auf und schloss demonstrativ die geschminkten Augen.

Ich stupste sie an und zeigte auf die bizarr aufragenden Felsen hinten am Waldrand. «Hast du die schon gesehen? Sagenhafte Kulisse, oder? Weiter hinten gibt es eine große Tropfsteinhöhle, die Teufelshöhle.»

Marie sah interessiert aus dem Fenster. «Aha. Kann man in die Höhlen auch rein?»

«Manche sind für Besucher geöffnet», sagte ich. «Und es gibt um Wiestal herum ein paar kleinere Höhlen und Grotten, in denen die Jugendlichen früher Feten gefeiert haben.»

«Krass. Hast du da auch mitgemacht?»

Ich lachte. «Nee, du, ich war damals noch klein und habe höchstens Party mit Onkel Huberts Hühnern gemacht.» Ich kramte in meiner Tasche. «Kekse?»

«Sind die bio?»

«Ja klar.» Als würde ich es wagen, etwas anderes für sie zu kaufen.

Misstrauisch nahm meine Tochter die Packung und las die Zutatenliste akribisch durch.

Die Kekse bestanden die Aufnahmeprüfung, und Maries Laune besserte sich merklich.

«Was machen wir denn jetzt?», nuschelte sie mit vollem Mund.

Ich sah auf die Uhr: halb vier. «Wenn in der nächsten halben Stunde niemand vorbeikommt, marschieren wir los. Bis dahin: Cool bleiben.»

Das hatte ich neulich nach dem Arbeitstag bei Volker auch wie ein Mantra wiederholt: Cool bleiben, Nina, cool bleiben! Alles ist gut!

Doch als ich nach Hause kam, stieg mir im Treppenhaus wieder mal penetranter Uringeruch in die Nase. Alles ist gut – von wegen! Ich war achtundvierzig und wohnte immer noch in dieser verdammten Bruchbude! Und weil ich dumm genug gewesen war, Stefan bei mir einziehen zu lassen, hatte ich meine Wohnung nicht mal für mich allein. Und das war überhaupt gar nicht gut. Denn Stefans unerschütterliche Freundlichkeit, durch die er mir nach den Jahren mit Volker wie ein Traummann erschienen war, hatte sich als schiere Konfliktunfähigkeit entpuppt, und inzwischen trieb er mich mit seiner Strategie, Probleme einfach auszusitzen, völlig in den Wahnsinn.

Ich leerte den Briefkasten und sehnte mich nach einem Ort, der nur mir gehörte, mir und Marie. In jeder Hinsicht Ex-Mann-frei, aber dafür mit netten Nachbarn, die mir jederzeit eine Packung Bio-Kekse leihen würden.

Hier im Haus kannte ich die Leute kaum. Klar, Frau Jannowitz von gegenüber würde mir im Notfall sicher auch was borgen: eine Flasche Korn oder ein paar Kippen. Und wenn ich freundlich fragte, könnte ich von dem Typen aus dem zweiten Stock vielleicht für eine Stunde seinen Pitbull haben. Blöderweise machte ich mir weder etwas aus Korn noch aus Pitbulls.

Als hätte das Vieh meine Gedanken gelesen, kam es just in diesem Moment die Treppe heruntergehoppelt und blieb bedrohlich knurrend vor mir stehen. Sein Herrchen, stilecht in abgewetzter Lederjacke und Stachelhalsband, kam zum Glück gleich hinterher.

«Keine Angst», nuschelte er, während er die weiße Kampfmaschine anleinte. «Der spielt sich nur gerne auf. Im Grunde ist er ein ganz Lieber.» Er trat seine Zigarette auf dem Boden aus und gab dem Hund einen Klaps auf den Hintern.

Ich lächelte verkrampft und glaubte ihm kein Wort. Schließlich hatte ich das von Volker anfangs auch gedacht.

So leise wie möglich schloss ich die Wohnungstür auf. Wie immer ging mein erster Blick zum Schuhregal. Da standen sie, Stefans braun karierte Filzschlappen. Er war also außer Haus. Erleichtert legte ich Post und Einkäufe auf die Anrichte und ging in mein Zimmer. Ich fuhr den Mac hoch, um nachzusehen, was an Mails reingekommen war, und bereute es sofort:

> Liebe Frau Lindner,
> schicken Sie uns bitte bis morgen früh Entwürfe für das Veranstaltungs-Logo und das Layout fürs Programm? Die Besprechung wurde um einen Tag vorverlegt, und wir benötigen die Unterlagen zur Konferenz um 10 Uhr. Mit freundlichen Grüßen, Ihre Carla Hegel.

Auch das noch ... Ich ließ mich in meinen Stuhl zurückfallen, verschränkte die Hände hinter dem Kopf und schloss die Augen.

«Liebe Frau Hegel», formulierte ich. «Leider war ich so bescheuert, mich wieder einmal von meinem Ex-Mann bequatschen zu lassen, und habe den ganzen Nachmittag in seiner hyperwichtigen Modeagentur verplempert. Und jetzt kommen Sie daher und wollen die verdammten, für nächste Woche bestellten Entwürfe schon morgen haben. Dass ich mir exklusiv für Sie eine Nacht um die Ohren schlage, sehe ich allerdings nicht ein, denn dafür zahlen Sie nicht annähernd gut genug. Zumal ich nach wie vor nicht zu Masochismus neige.»

Ich kostete kurz das Gefühl aus, das diese Antwort in mir auslöste, dann setzte ich mich wieder gerade hin, atmete durch und langte in die Tasten:

> «Liebe Frau Hegel,
> morgen früh haben Sie alles in der Mailbox.
> Mit freundlichen Grüßen, Nina Lindner.»

Shit! Ich war ein noch viel schlimmeres Würstchen als dieser Typ, den Volker wegen der Proofs rundgemacht hatte. Mich musste man nicht mal anschreien, um mich an die Arbeit zu kriegen. Und das mit dem Masochismus war glatt gelogen …

Wenn ich mich mit dem Kochen beeilte, könnte ich zumindest heute noch anfangen und hätte nicht morgen früh den ganzen Stress.

In der Küche breitete ich Auberginen, Paprika, Tomaten und Zwiebeln vor mir aus und wollte gerade mit dem Schnippeln anfangen, als mein Blick auf die Post fiel. Mit der freien Hand schob ich die Umschläge auseinander. Neben dem üblichen Werbemüll gab es ein Schreiben vom Finanzamt und ein weiteres amtlich aussehendes Kuvert.

Ich wollte beide Briefe schon achtlos zur Seite legen, als mir das Wort Nachlassgericht ins Auge stach.

Mein Herz setzte einen Schlag lang aus. Mit zitternden Händen öffnete ich den Umschlag und überflog die Zeilen. Dann ließ ich mich auf einen Küchenstuhl sinken. Das konnte doch nicht wahr sein! Ich kniff die Augen kurz zusammen und las den Brief ein zweites Mal. Silbe für Silbe, Wort für Wort.

Nein, ich hatte mich nicht geirrt: Ich hatte geerbt!

Wie ferngesteuert ging ich zur Anrichte zurück und begann das Gemüse klein zu schneiden.

Ich hatte geerbt.

Meine Gedanken machten Loopings, und erst als ich mir beinahe den rechten Zeigefinger weggesäbelt hatte, legte ich das Messer weg.

Ich! Hatte! Geerbt!

In meinem Zimmer musste irgendwo noch eine Schachtel mit alten Fotos sein. Ich wischte mir die Hände ab und machte mich auf die Suche. Sie stand ganz hinten, auf dem obersten Brett des Bücherregals. Nachdem ich den Staub vom Deckel gepustet hatte, nahm ich sie mit in die Küche und fing an zu wühlen.

«Was machst du denn da?» Marie stand in der Tür und sah mich verwundert mit ihren großen, schwarz umrandeten Augen an. «Hast du einen Nostalgieanfall?»

Ich grinste sie glücklich an. «Wir haben geerbt.»

Meine Tochter setzte sich mir gegenüber. «Echt? So richtig viel Kohle?»

Endlich fand ich, was ich suchte. Ich strich das alte Schwarz-Weiß-Bild glatt und schob es meiner Tochter hin. «Das ist mein Onkel Hubert. Er ist vor kurzem gestorben.»

«Und der war knallreich?» Marie schaute skeptisch auf den hageren Mann im schlecht sitzenden Anzug, der ihr entgegenblickte.

«Das nicht, aber wir haben sein Haus geerbt.» Ich gab ihr das nächste Foto. «Hier, das ist es.»

Marie nahm es in die Hand und studierte es eingehend. «Ganz schön groß.»

«Yep! Das ist ein alter Gasthof», sagte ich. «Mit Saal und Bühne und allem Pipapo. Als ich klein war, habe ich dort oft die Ferien verbracht.» Ich zeigte auf die Einfahrt neben dem Haus. «Hinter dem Haus ist ein Obstgarten mit uralten Apfelbäumen. Und eine Scheune, in der ich oft gespielt habe.»

«Und wieso war ich noch nie dort?»

«Ach, das ist eigentlich eine traurige Geschichte», sagte ich. «Hubert war der älteste Bruder von meinem Vater, von deinem Opa also, und sollte eigentlich das Lebensmittelgeschäft der Eltern übernehmen. Aber er hat sich sein Erbe auszahlen lassen und davon den Gasthof gekauft. Das gab viel böses Blut in der Familie. Zuerst haben sich alle noch zusammengerissen – und in dieser Zeit haben wir ihn manchmal besucht –, aber als der Tante-Emma-Laden wegen der Supermarktkonkurrenz pleiteging und Hubert sich weigerte, den anderen etwas von seinem Erbteil abzugeben, haben sie sich hoffnungslos zerstritten.»

«So was Bescheuertes», fand meine Tochter. «Konnte er doch nichts dafür, dass die anderen ihr Geld verloren haben. Und warum hast ausgerechnet du jetzt den Gasthof geerbt?»

Das hatte ich mich auch schon gefragt. «Anscheinend bin ich die nächste Angehörige.»

«Und wo steht das Ganze?»

«In Wiestal, in der Fränkischen Schweiz.» Als ich die Fragezeichen in Maries Gesicht sah, stellte ich die Pfeffermühle vor mich hin. «Das hier ist Berlin. Und hier liegen Nürnberg und München.» Zuckerstreuer und Salzfass wurden bayerisch. «Wenn man etwa sechzig Kilometer vor Nürnberg von der Autobahn abfährt und dann gut zwanzig Kilometer nach Westen fährt, kommt man genau nach Wiestal.» Ich markierte die Stelle mit einer Kirschtomate.

Mein Großstadtgewächs sah mich skeptisch an. «Nürnberg ist voll Provinz», sagte sie. «Wenn man vorher noch rechts abbiegen muss, landet man ja im Freiluftmuseum! Verkaufst du den Schuppen?»

«Auf gar keinen Fall!», sagte ich mit einer Heftigkeit, die mich selber erstaunte.

«Was willst du dann damit machen?»

Ich zuckte die Schulter. «Wir könnten hinziehen.»

«Hinziehen …» Marie schnappte sich die Kirschtomate und steckte sie nachdenklich in den Mund. «Ernsthaft?»

«Wieso denn nicht? Wir hätten ein wunderschönes Haus mit Garten, würden uns die teure Miete hier sparen, und eine vernünftige Schule gibt es dort bestimmt auch.»

Außerdem würde keiner mit karierten Hausschuhen durch die Wohnung schleichen, und ich müsste nie mehr durch das vollgepisste Treppenhaus. Schluss mit dieser Wohn- und Psychomisere, die mir langsam die Luft zum Atmen raubte. Es wäre *die* Lösung!

«Und wir könnten voll das Biogemüse anbauen und Krach machen, so viel wir wollen», sagte Marie. Sie kicherte über meinen verblüfften Gesichtsausdruck.

«Du kannst dir wirklich vorstellen, aufs Land zu ziehen?» Das war ja fast zu schön, um wahr zu sein!

Marie zuckte mit den Achseln. «Klar. Abenteuer! Aber nur, wenn ich einen Raum zum Schlagzeugspielen bekomme.» Ich hielt ihr meine Rechte hin. «Versprochen. Hoch und heilig!»

Sie schlug ein, und wir begannen ein Freudentänzchen um den Küchentisch, das gleich wieder endete, als wir Stefans Schlüssel in der Wohnungstür hörten.

Marie flitzte über den Flur in ihr Zimmer.

«Wir reden später weiter», rief ich ihr nach.

Stefan schaute mich erfreut an.

«Nicht wir!», sagte ich und ließ ihn stehen.

Während das Gemüse im Ofen vor sich hin brutzelte, suchte ich weitere Aufnahmen von Wiestal heraus. Beim Betrachten lief ein Super-8-Film in meinem Kopf ab. Mit leicht verwackelten Bildern und plötzlichen Schnitten.

Onkel Hubert und ich auf dem alten Traktor bei der Kartoffelernte. Ziege Kathi, die beim Füttern plötzlich auf mich losgeht und vor der ich mich nur durch einen Sprung über den Zaun retten kann. Im hohen Gras liegen und endlos Wolkentiere am Sommerhimmel betrachten. Und ich erinnerte mich, wie toll es gewesen war, auf dem staubigen Dachboden Schatzsuche zu spielen.

Je mehr Bilder an die Oberfläche stiegen, desto verlockender wurde die Idee, mit Marie nach Wiestal zu ziehen. In das Haus, in dem ich mich immer so wohl gefühlt hatte.

Und plötzlich wurde mir auch klar, dass ich mein Leben lang immer auf etwas gewartet hatte: zuerst auf die große Liebe. Dann auf ein Kind. Und als Marie da war und ich glaubte, all meine Wünsche wären in Erfüllung gegangen, musste ich feststellen, dass Volker fremdging. Nach der unvermeidbaren Leidenszeit hatte ich es kaum erwarten können, endlich die Scheidungspapiere in der Hand zu halten.

Als Grafikerin war es mein Traum gewesen, mit meiner tollen Arbeit reich und berühmt zu werden – oder auch nur reich. Aber nach Maries Geburt hatte ich erst einmal für Volker gearbeitet. Seit ich wieder ganz auf mich gestellt war, kam ich mit dem bisschen Unterhalt, das er für Marie zahlte, und vielen schlecht honorierten Kleinaufträgen gerade so über die Runden. In meinem persönlichen kleinen Hamsterrad war ich permanent damit beschäftigt, alles am Laufen zu halten. Ich stand immer unter Strom und hatte gar nicht die Muße, andere Perspektiven zu entwickeln.

Doch das Gefühl, dass mein Leben unaufhaltsam in die falsche Richtung ging, überwältigte mich in letzter Zeit immer häufiger.

Denn allmählich lief mir auch die Zeit weg. Wann sollte ich mein Leben genießen, wenn nicht jetzt? In wenigen Jahren würde Marie aus dem Haus sein und ihr eigenes Leben führen. Und ich wäre dann alt und schlaff und hätte meines verpfuscht –

Moment, Nina, stopp! Cool bleiben. Noch ist es nicht zu spät! Denn hier ist er, mein Silberstreif am Horizont, mein Topf Gold am Ende des Regenbogens! Und ich wäre verrückt, wenn ich ihn nicht mit beiden Händen packen und festhalten würde.

Allmählich wurde es kalt im Auto. Ich rieb mir die Arme und fand das Leben ungerecht: Die Kirschtomate namens Wiestal lag zum Greifen nahe, und diese verdammte Karre hatte einfach den Geist aufgegeben.

Marie, die mit zwei Stiften einen nervtötenden Paradiddle auf ihrer Tasche übte, seufzte tief. «Vielleicht sollten wir doch Papa anrufen.»

«Geht nicht, schon vergessen? Außerdem habe ich mir in letzter Zeit genug von ihm anhören müssen.» Ob ich jetzt komplett verrückt geworden wäre, welch grauenvolle Schäden seine Tochter durch diesen Umzug davontragen würde und wie hirnrissig es sei, nach Wiestal zu ziehen, ohne sich vorher ein Bild der Lage gemacht zu haben. Da hatte es auch nichts genutzt, ihm immer wieder zu erklären, dass ich das selbstverständlich vorgehabt hatte, aber zum einzig möglichen Zeitpunkt durch eine Jahrhundertgrippe verhindert gewesen war.

Auf meinen scheinheiligen Vorschlag, dass Marie dann

wohl am besten zu ihm ziehen würde, hatte Volker das Nörgeln allerdings ganz schnell eingestellt. In dieser Hinsicht war er flexibel, das musste ich ihm lassen.

Marie lauschte. «Da kommt jemand!»

Mit einem Satz sprang sie aus dem Auto und stellte sich mitten auf die Straße. Ich stieg ebenfalls aus. Gleich darauf bog ein Ledertyp auf einer knatternden Harley um die Kurve und blieb neben dem Auto stehen.

«Autopanne?»

Nee, du Blitzmerker, wir machen Picknick.

«Der Motor hat plötzlich den Geist aufgegeben.»

Der Mann bockte seine Maschine auf, legte den Helm ab und zog das Tuch von Mund und Nase herunter. Zum Vorschein kam ein gutaussehender Enddreißiger mit Dreitagebart und leicht verstrubbeltem Zopf. Er grinste uns erfreut an. «Ich schaue euch gern mal unter die Haube. Aber von modernen Motoren habe ich keine Ahnung. Und abschleppen kann ich euch auch schlecht.»

«Das hätte auch noch gefehlt», knurrte Marie.

Ich verzieh ihm die Anspielungen, denn ich war von seinem Bekenntnis angenehm überrascht. Andere Männer, allen voran Volker, hätten an seiner Stelle sofort den Experten gemimt, den Motor in seine Einzelteile zerlegt, um dann irgendwann selbstgefällig zu erklären, dass sie jedes andere Modell selbstverständlich hätten reparieren können, aber *diese* ganz seltene Sonderausführung leider nicht.

«Wenn Sie einer Werkstatt Bescheid sagen könnten, würde mir das fürs Erste schon reichen», sagte ich. «Vielleicht können die uns dann nach Wiestal bringen.»

«Wollen Sie da Urlaub machen?»

«Nein, wir ziehen da hin.»

«Sie ziehen von ...» Der Mann warf einen Blick auf unser Nummernschild. «Von Berlin nach Wiestal?»

«Allerdings.» Seine erstaunte Frage ärgerte mich. «Ist doch eine schöne Gegend, oder?»

«Auf jeden Fall.» Er streckte mir eine angenehm warme, gepflegte Hand entgegen. «Martin Küffner aus Pegnitz, Anwalt für Blech und Betten.»

«Nina Lindner, Grafik für alle Lebenslagen», stellte ich mich vor. «Und das ist meine Tochter Marie. Ich kapiere zwar nicht, wo Ihr Spezialgebiet rechtlich angesiedelt ist, aber ich wäre begeistert, wenn Sie uns so weit unter die Arme greifen könnten, dass wir dieses Blech bald vor unseren Betten parken könnten.»

Martin grinste. «Wird sofort erledigt.» Er langte in die Innentasche seiner abgewetzten Lederjacke, holte sein Handy hervor und wählte eine Nummer. Alle Achtung, der Mann hatte hier Empfang ...

Eine Stunde später war es fast dunkel, aber der Schaden behoben. Außerdem waren wir mit Martin per du und wussten, dass er sein Geld mit Verkehrsdeliktsprozessen und Scheidungen verdiente und welches Handynetz in diese Täler reichte.

«Demnächst komme ich mal bei euch vorbei», kündigte er beim Abschied an. «Vielleicht braucht ihr noch mehr gute Tipps.» Damit schwang er sich auf seine Harley und knatterte davon. Wenn alle anderen Leute hier auch so nett waren, standen uns ja goldene Zeiten ins Haus.

Als endlich das gelbe Ortsschild im Scheinwerferlicht auftauchte, machte mein Herz einen Sprung.

Jetzt. Jetzt begann eine bessere Zukunft!

«Wir sind da!»

«Haben wir überhaupt einen Schlüssel?», fragte Marie.

«Die Nachbarin hat einen.» Ich parkte den Wagen am Straßenrand und machte den Motor aus.

Marie schaute aus dem Fenster. «Ist das hier etwa die Hauptstraße?»

Ich nickte. «Wiestal-Mitte.»

«Oh Mann. Sieht doch ein bisschen anders aus, als ich dachte. Hier möchte man nicht mal tot überm Zaun hängen.»

Ich musste zugeben, dass der Ort in diesem Moment tatsächlich nicht besonders einladend wirkte. Die wenigen Läden waren schon geschlossen, und auf der Straße war keine Menschenseele. Nur hier und da flackerte bläuliches Licht durch die Ritzen der heruntergelassenen Rollos.

«Am Tag sieht das ganz anders aus», sagte ich entschlossen. So schnell ließ ich mir unser Wiestal nicht vermiesen.

Wir stiegen aus. Atemwölkchen stiegen von unseren Mündern auf. Ich zog meine wattierte Jacke bis oben hin zu und Marie wickelte sich fröstelnd in ihr langes, schwarzes Cape.

Und dann sah ich es. Das alte Sandsteingebäude mit den hölzernen Fensterläden. Mein Herz klopfte schneller.

«Unser Haus!»

Auf den letzten Metern zum Gasthof nahm ich Maries Hand. «Ich bin wahnsinnig aufgeregt!»

«Und mir ist wahnsinnig kalt», brummte meine Tochter. Sie rüttelte an der breiten Eingangstür des Gasthofs, aber die war fest verschlossen. «Hoffentlich ist diese Nachbarin da, mit der du telefoniert hast.»

Das hoffte ich auch, aber das Haus nebenan machte einen völlig verlassenen Eindruck. Die Jalousien waren zu, und hinter den Scheiben in der Eingangstür war kein Licht zu sehen.

«Wir klingeln einfach», sagte ich und linste auf das Türschild. G. Hopf. Das war schon mal richtig. Ich drückte mehrmals auf die Klingel.

«Ich hab Eisbeine», jammerte Marie. «Sag ihr, sie soll sich beeilen!»

«Beeilen Sie sich», sagte ich streng zu der geschlossenen Tür. Nichts tat sich.

«Hat nicht funktioniert, jetzt bist du dran.»

Marie sah mich ungläubig an.

«Komm, wir schauen mal hinter dem Haus nach, vielleicht ist sie dort zugange.»

«Vielleicht ist sie aber auch nach Timbuktu verreist, und wir erfrieren heute Nacht im Auto.»

«Genau», sagte ich. «Immer positiv denken. Hüpf mal ein bisschen, dann wird dir gleich wieder warm.»

Widerwillig kam meine Tochter in die Gänge, und wir schlichen dicht hintereinander durch eine schmale Einfahrt. Marie rasselte fast in mich hinein, als ich mitten auf dem dunklen Hof stehen blieb und lauschte. Stille.

«Immerhin brennt in der Küche Licht», flüsterte ich. «Das lässt man nicht an, wenn man nach Timbuktu reist.»

«Sehr witzig», bibberte Marie.

Da rumpelte es im Schuppen, und wir sahen den Schein

einer Taschenlampe darin herumgeistern. Ich gab Marie ein Zeichen und wir schlichen auf die Schuppentür zu.

«Warum schleichen wir eigentlich so?», flüsterte Marie.

In diesem Moment schwang die Tür auf, eine kleine Gestalt kam heraus und leuchtete meiner Tochter mit ihrer Taschenlampe voll ins Gesicht.

«A Gspenst!», schrie sie. «A Gspenst!» Und ließ einen großen Korb mit Holzscheiten auf meinen Fuß fallen.

«Waaah!» Zu zweit kreischten wir noch einen Zacken lauter.

«Mann, seid ihr peinlich», sagte Marie.

Kurz darauf saßen wir bei Frau Hopf in einer Küche, die aussah, als wäre sie einem Fünfziger-Jahre-Katalog entsprungen: hellgelbe und babyblaue Resopalflächen, wohin das Auge schaute, und hinten an der Wand prangte ein klobiges Küchenbuffet mit Aufsatz und gerundeten Glastüren. Alles leicht abgenutzt, aber perfekt in Schuss und blitzeblank.

«Da habt's ihr mich ganz schön derschreckt», wiederholte die alte Frau, während sie das Holz neben dem Kachelofen aufschichtete. «Aber ich versteh dich scho.» Sie tätschelte Marie am Arm. «Hast deinen alten Onkel wohl recht gern g'mocht, hm?»

«Wie bitte?» Meine Tochter, die Möbel aus der Zeit des Wirtschaftswunders megageil fand und sich im Paradies wähnte, sah Frau Hopf verständnislos an.

«No, ich mein den alten Hubbert. Weilst ganz in Schwarz gehst», sagte die alte Frau. «Des kommt bei die jungen Leut hier nur noch ganz selten vor.»

«Das ist äh …» Keine Trauerkleidung, wollte ich schon sagen, aber ich verschluckte den Satz und warf Marie einen warnenden Blick zu. Warum sollten wir Frau Hopf über eine Modeströmung aufklären, die nie ihren Weg nach Wiestal finden und für die sie sicher keinerlei Verständnis aufbringen würde?

«Das … hätte ich nicht gedacht», stammelte ich stattdessen. «Man glaubt ja immer, dass, äh, bestimmte Traditionen gerade auf dem Land noch gepflegt werden.»

Frau Hopf machte eine lässige Handbewegung. «Des glaub'n bloß die Großstädder», sagte sie. «Der Einzige, der hier a bissel in Schwarz rumrennt, ist der Mario. Der nennt des Goddigg oder so. Na, mir egal. Soll jeder so glücklich wern, wie er meint.»

Ich versuchte, nicht ganz so blöd aus der Wäsche zu schauen, und nahm mir vor, mein persönliches Vorurteil-Archiv demnächst gründlich auszumisten.

Aber Frau Hopf zwang mich, sofort damit anzufangen: Sie knöpfte den unförmigen Mantel auf und zog sich das schwarze Tuch vom Kopf. Darunter kamen nicht, wie von mir erwartet, Kittelschürze und Duttfrisur zum Vorschein, sondern eine flott gekleidete Alte mit schlohweißen, kurzen Haaren.

Ich schluckte. Höchste Zeit, das gesamte Archiv durch den Schredder zu jagen, Nina.

Frau Hopf schien von alledem nichts zu merken. «Ich däd euch ja gern noch an Dee machen, aber ich werr gleich von meinem Bruder abg'holt. Mir besuchen mei Kusine, und wenn ich da so ankomm …», sie zupfte an ihrer modisch bunt gemusterten Strickjacke, «… muss ich mir die ganze Zeit anhör'n, dass mer in meinem Alder Beisch drächt.»

«So 'n Quatsch», meldete sich Marie zu Wort.

«Des mein ich aber auch.» Frau Hopf verdrehte die

Augen. «Beee-isch ... in dere Fabb möched ich ned amol beerdigt werr'n!»

«Wir wollten auch nur den Schlüssel holen», sagte ich. «Ist im Gasthof alles in Ordnung?»

«Die Heizung is aus, aber Strom und Wasser gibt's», sagte Frau Hopf. Sie kramte in einem großen Korb neben dem Kachelofen und legte uns ein paar alte Zeitungen und eine Schachtel Streichhölzer auf den Tisch. «Holz müsst in der Küche sein.» Dann nahm sie einen großen, alten Eisenschlüssel vom Haken neben der Tür und legte ihn vor mir auf den Tisch.

Marie und ich strahlten uns an.

Endlich waren wir richtige Hausbesitzerinnen!

«Coole Alte», sagte Marie, während ich versuchte, die Haustür des Gasthofs aufzusperren. «Und voll tolerant.»

«Ja, da kann man sich 'ne Scheibe von abschneiden.»

Vor allem eine gewisse Nina L., die bisher der Meinung gewesen war, dass Vorurteile in ihrem Leben so viel verloren hatten wie Heringe in der Sachertorte.

Endlich ließ sich der Schlüssel ein weiteres Mal drehen, und ich drückte die wuchtige Tür auf, die vor vielen Jahren einmal blau gewesen war.

Ich tastete nach dem Lichtschalter, und im nächsten Moment tauchte eine alte Funzel den gekachelten Flur in trübes Licht.

«Da wären wir!»

Obwohl seit meinem letzten Besuch fast vierzig Jahre vergangen waren, löste schon der Geruch hier im Eingang eine ganze Flut von Erinnerungen in mir aus: Ich hörte Stimmengewirr und tiefes Männergelächter, die Glocke, die gedrückt wurde, wenn das bestellte Essen fertig war. Ich sah das Sonnenlicht, das durch die geöffnete Tür am anderen Ende des Flurs aus dem Garten hereinfiel, ich schmeckte –

«He, willst du hier übernachten?» Maries Stimme riss mich aus meinen Gedanken. «Mir ist eisekalt, und wenn ich nicht bald vorm warmen Ofen sitze, schrei ich ganz laut.»

«Praktisch. Dann würden wir auf einen Schlag alle Nachbarn kennenlernen.» Ich stellte unser Gepäck in den Flur und öffnete die Butzenscheibentür zur Wirtsstube.

Auch hier war alles so, wie ich es in Erinnerung hatte: Auf den Abschlussleisten der hohen Holzvertäfelung standen Bierkrüge und Zinnteller, über den allerdings jetzt nicht mehr blankgescheuerten Holztischen hingen altmodische Lampen, und auf dem Stammtisch, direkt neben dem Tresen, thronte ein überdimensionaler Aschenbecher mit Glocke.

«Wenn uns das Holz ausgeht, können wir eine ganze Weile mit Tischen heizen», stellte Marie fest. «Und wohin jetzt?»

«Hier lang.» Ich schob sie an der Theke vorbei. «Jetzt machen wir es uns erst mal in der Küche gemütlich.»

Für alle, die mit dem Begriff gemütlich einen vollgestopften Raum verbinden, war Huberts Küche saugemütlich. Überall stapelten sich volle und angebrochene Lebensmittelpackungen, und das alte Küchenbuffet, dessen Türen wegen Überfüllung halb offen standen, sah aus, als würde es insgesamt bald die Grätsche machen.

«Onkel Hubert scheint ja ein total emanzipierter Typ gewesen zu sein.» Marie zeigte auf ein besticktes Tuch an der Wand:

Wo der Mann steht am Herd, ist im Hause nichts verkehrt.

«Und gegen Ende ziemlich verwirrt», sagte ich, als ich sah, dass Müsli und Katzentrockenfutter in einer Plastikbox zusammenstanden. «Hoffentlich hat er das nicht gemischt.»

«Gestorben ist er sicher nicht daran», brummte meine Tochter und schob auf der Suche nach Brennholz zwei verstaubte Stapel mit Frau im Spiegel und Das neue Blatt zur Seite.

«Wie bitte?» Ich sah sie verblüfft an.

«Die Inhaltsstoffe sind natürlich unter aller ... ah, da ist es ja.» Sie zog eine große Kiste mit Holzscheiten unter der Eckbank hervor.

«Du bist echt gut», sagte ich erfreut. «Jetzt werfe ich die Küchenhexe an und dann wird es gleich richtig kuschelig.»

«Küchenhexe?» Marie beäugte den alten Küchenherd interessiert.

«Ja», sagte ich. «Uralt, aber praktisch. Damit kann man heizen und kochen.»

«Erst mal heizen!», sagte Marie. «Und zwar schnell.»

Im Prinzip ging ihr Wunsch in Erfüllung, aber der Herd, der wohl länger nicht in Betrieb gewesen war, rauchte und qualmte derart, dass uns nichts anderes übrig blieb, als Fenster und Tür aufzureißen und in die kalte Gaststube zu fliehen.

Ich lehnte mich erschöpft auf die Theke. Allmählich machten sich die Strapazen des Tages bemerkbar.

Marie ging neben mir in die Hocke und untersuchte die

Getränkevorräte. «Möchtest du auch was trinken?», fragte sie.

Genau, das war's, was ich brauchte: ein großes Glas Wein! Im Gegensatz zur Küche herrschte hinter der Theke penible Ordnung, und ich sah auf einen Blick, dass Dornfelder und Grauburgunder im Angebot waren. Für eine Bordeauxliebhaberin entsprach das in etwa der Wahl zwischen Husten und Schnupfen, aber immerhin: Pest und Cholera waren noch weit entfernt.

«Und was nimmst du?», fragte ich Marie, während ich einer Flasche Dornfelder an den Korken ging. «Cola? Oder Spezi?»

Marie zog sich einen Apfelsaft heraus, als ein Geräusch sie aufhorchen ließ. «Hast du das gehört?»

«Du meinst dieses Plopp?» Ich schnüffelte am Korken und schenkte mir ein.

«Nein, da schreit eine Katze!» Marie sauste in die Küche, und im nächsten Moment hörte ich begeisterte Jubelschreie. «Mama, schau mal!»

Das Weinglas in der Hand, folgte ich meiner Tochter in die Räucherkammer, wo ich sie am Boden vorfand. Neben ihr saß eine große schwarze Katze, die mich mit grüngelben Augen kritisch musterte.

«Ist der nicht süß?» Marie strahlte wie die Weihnachtsbeleuchtung im KaDeWe. «Den behalten wir, oder?»

Ich dachte an das Trockenfutter und war erleichtert, dass mein Onkel offensichtlich doch nicht so weit neben der Spur gewesen war, dass er sich selbst von Brekkies ernährt hatte. «Ich glaube, es ist eher die Frage, ob sie uns behält», sagte ich und kraulte das Tier hinter den Ohren. «Bestimmt wohnt die hier schon länger.»

«Er», verbesserte mich Marie. «Es ist ein Kater, und ich werde ihn Crowley nennen.» Als sie die Fragezeichen in meinem Gesicht sah, rollte sie die Augen. «Nach Aleister Crowley. Dem berühmten Hexenmeister.»

«Ach so, der», sagte ich, als wäre das ein ehemaliger Nachbar von uns. «Und du bist sicher, dass es ein Kater ist?»

«Sieht man doch, oder?»

Ich versuchte dem Tier, das mir nun um die Beine strich, unter den Schwanz zu schauen, aber das brachte keine neuen Erkenntnisse. Nur einen verächtlichen Blick, den ich nachvollziehen konnte. Mir gefiel es auch nicht, wenn irgendein Dahergelaufener mir auf den Hintern glotzte.

Als wir eine Stunde später satt und zufrieden in der warmen Küche saßen, spürte ich, wie eine bleierne Müdigkeit von mir Besitz ergriff. Auch Marie, die den schnurrenden Crowley auf dem Schoß hatte, gähnte schon.

«Was hältst du davon, wenn wir uns oben ein Schlafzimmer aussuchen?»

«Wie viel Auswahl haben wir denn?»

Ich rechnete schnell nach. «Ich glaube, es gibt sechs Zimmer.»

«Cool!» Marie drückte den Kater an sich. «Komm mit, Crowley.»

Im Gänsemarsch stiegen wir die knarrende Treppe in den ersten Stock hinauf. Der obere Flur wurde von funzeligen Deckenlampen erleuchtet.

Ich blieb vor einem der Fotos stehen, die die Wände zierten. «Guck mal. Das hier ist der große Saal. Dort sind damals ganze Busgesellschaften zum Mittagessen eingekehrt.»

Andere Fotos zeigten eine fröhliche Hochzeitsgesellschaft, ein Konzert der Wiestaler Blasmusik auf dem kleinen Platz vor dem Gasthof, die Stammtischbrüder beim Kartenspielen ... und den Blick aus einem der Fenster in den Garten: blühende Apfelbäume, umrahmt von Gardinen. Ein Traum. Auch hier oben hatte Hubert seiner Leidenschaft für gestickte Weisheiten freien Lauf gelassen. Statt einer Zimmernummer hing neben jeder Tür ein gerahmter Spruch. Ich wollte mich für *Von nichts kommt nichts* entscheiden, aber Crowley hatte andere Vorstellungen. Vor dem letzten Zimmer rechts blieb er laut maunzend stehen.

Früh gefreit, schnell gereut – auch nicht schlecht. Ich öffnete die Tür, und Crowley stürzte sofort in das eisige, muffig riechende Zimmer.

Nachdem ich an der Kordel neben der Tür gezogen hatte, warf eine schalenförmige Deckenlampe flackerndes Licht auf ein Doppelbett in Echtholzfurnier, mit passenden Nachtschränkchen. Vervollständigt wurde das verstaubte Ensemble von einem klobigen Schrank, einer Frisierkommode und einem riesigen Heiligenbild: *Jesus als guter Hirte* hing quer über dem Kopfende vom Bett.

«Boah, voll retro!» Marie setzte sich begeistert auf den Plastikhocker vor dem Spiegel. «Kann ich das Bild für mein Zimmer haben?»

«Wenn du abends diese ganzen Schäfchen zählst, hast du jedenfalls keine Einschlafschwierigkeiten», sagte ich gähnend. «Aber jetzt holen wir erst mal unser Bettzeug aus dem Auto.»

Um warm zu bleiben, erledigten wir alle Handgriffe im

Rekordtempo. Und nachdem wir Wasser für Wärmflaschen heiß gemacht hatten, stellten wir am Küchenwaschbecken eine neue Weltbestzeit in den Disziplinen Abschminken und Zähneputzen auf und machten ein Blitzpipi auf Huberts privater Eistoilette neben der Küche. Alles Weitere hatte Zeit bis morgen.

Als wir endlich in unseren kuscheligen Betten lagen, drehte sich der Kater einige Male um die eigene Achse und rollte sich dann wie eine Pelzkugel vor Maries Bauch zusammen.

Marie lächelte selig und griff unter der Decke nach meiner Hand. «Was machen wir denn, wenn die Leute hier keine Fremden gewohnt sind und uns davonjagen? Kann ich Crowley dann mit nach Berlin nehmen?»

Ich betrachtete sie liebevoll im Schein der Nachttischlampe. Meine schöne Tochter.

Natürlich würde sie in Wiestal auffallen wie ein bunter Hund. Wobei bunt in diesem Zusammenhang der falsche Ausdruck war, denn fast alles an Marie war schwarz: die langen Haare, die Fingernägel, die wallenden Gewänder und Stiefel, die sie trug. Zwar schminkte sie sich den Mund meist dunkelrot und hängte sich ein silbernes Hexenamulett um den Hals, aber bunt ging definitiv anders.

«Auf dem Dorf geht es nicht mehr zu wie im Mittelalter», sagte ich. «Das hast du doch schon bei Frau Hopf gesehen. Die Leute hier leben wie du und ich.»

Marie schwieg.

«Glaubst du an ein Leben nach dem Tod?», fragte sie dann plötzlich.

«Keine Ahnung», sagte ich verdutzt. «Wie kommst du denn jetzt darauf?»

Meine Tochter drehte sich auf den Rücken und starrte an die Decke. «Ich habe mich gerade gefragt, ob Onkel Hubert hier im Haus gestorben ist. Und ob er uns sehen kann.»

Unwillkürlich sah ich mich im Raum um. Das war ja ein merkwürdiger Gedanke. «Könnte schon sein», sagte ich. «Dass er im Haus gestorben ist, meine ich. Aber dass er hier herumspukt, will ich mal nicht hoffen.»

«Glaubst du an Reinkarnation?»

Ich zuckte mit den Schultern. «Ich hatte eine Großtante, die fest der Meinung war, dass die Katze, die nach der Beerdigung meines Opas bei ihr vor der Tür saß, seine Reinkarnation war.»

Marie kicherte. «Vielleicht war Crowley in einem früheren Leben ein Hexenmeister und kann jetzt immer noch zaubern. Das wäre cool, oder?»

Ich gab Marie einen Kuss auf die Nase. «Hexenmeister gibt es doch gar nicht, mein Hase. Aber im Traum läuft dir vielleicht ein netter über den Weg. Schlaf gut!»

Dann knipste ich das Leselicht aus. Nicht ahnend, dass mir schon bald eine Menge Hexen das Leben schwer machen würden.

Zwei

Die Vorhersage für Donnerstag, den 27. März:
Anfangs heiter bis hoffnungsvoll. Gegen Mittag Aufzug von Irritationen, die gegen Abend Kopfzerbrechen verursachen können.

Als ich am nächsten Morgen aufwachte, drängten sich mir sofort zwei Fragen auf: *Könnte jemand mal diesen Motor abstellen?* Dicht gefolgt von: *Welcher Trottel hat die Fenster aufgemacht?*

Die Lärmquelle konnte ich sofort lokalisieren: Sie war schwarz, hatte grüngelbe Augen und schnurrte mir direkt ins Ohr.

Auch die Antwort auf Frage zwei war denkbar einfach: Die Fenster waren zu, aber im Zimmer war es so kalt, dass ich meinen eigenen Atem sehen konnte.

Im nächsten Augenblick hatte ich alles wieder parat: Die Eiskammer sowie das ganze Drumherum gehörten uns – und heute begann unser neues Leben! Ich seufzte eine lange, glückliche Kondenswolke und streichelte Crowley, der mich derart hypnotisierend anstarrte, dass ich ohne weiteres seine Gedanken lesen konnte: Aufstehen! Hunger!

Marie war völlig unter dem dicken Federbett verschwunden, und nur das leichte Auf und Ab der Decke gab mir die Gewissheit, dass sie noch lebte.

«Ich gehe Brötchen holen», sagte ich. «Kochst du in der Zwischenzeit Kaffee?»

Das Grunzen, das aus den Tiefen ihrer Schlafhöhle kam, interpretierte ich einfachheitshalber als *ja*.

Voller Elan schwang ich meine Beine aus dem Bett, zog mich schnell an und verließ das Schlafzimmer, dicht gefolgt von einem aufdringlich maunzenden Kater.

«Schade, dass du keine Wollmäuse frisst», sagte ich, als ich die vielen Staubflocken im Flur sah. «Du wärst wochenlang versorgt.»

Crowley warf mir einen missbilligenden Blick zu. Er setzte sich an die Treppe und beobachtete, wie ich die Badezimmertür aufmachte.

Morgensonne! Herrlich!

Bei näherem Hinsehen war das aber auch das einzig Positive, was das Badezimmer zu bieten hatte. Die Sonne förderte sämtliche Mängel mit einer Erbarmungslosigkeit zutage, die mir den Atem verschlug. Ich stellte mich auf die schmuddelige Bademattte und drehte mich einmal langsam um die eigene Achse.

Die Armaturen an Waschbecken und Badewanne waren alt, aber wunderschön. Leider feierte ein pikant aussehender Schimmelpilz in den Fugen und Ritzen wahre Orgien, und die über Putz verlegte Elektrik sah mehr als gefährlich aus.

Ich seufzte.

Zwei Lebensstützen wanken nie, Gebet und Arbeit heißen sie, stand in blauem Kreuzstich auf einem Leinentuch, das gerahmt an der Wand hing. Besser hätte man den Zustand nicht auf den Punkt bringen können: beten, dass die Bude uns nicht bei einem Mega-Kurzschluss um die Ohren fliegen würde, und sehr viel arbeiten, bis das Bad hygienisch annehmbar wäre. Ganz zu schweigen von der Frage, was das

Sanieren der Elektroleitungen kosten würde. Gab es nicht irgendwo einen Sinnspruch über Geld?

«Wir müssen Gummihandschuhe kaufen», sagte ich zu Crowley, der mich vom Türrahmen aus observierte. «Und zwei Kanister Essigreiniger. Merk dir das schon mal!» Ich angelte mir ein Scheuerschwämmchen vom alten Bade-ofen und schrubbte mit ein paar klumpigen Resten Imi-Scheuerpulver das Waschbecken, damit Marie beim Anblick keinen Ekelanfall erleiden würde. Dabei berührte ich mit dem Kopf die Ecke des Spiegelschranks, ein Drittetürchen schwang auf und gab den Blick auf unzählige Medikamente und Tinkturfläschchen frei. «Müllbeutel», sagte ich zum Ka-ter, der mich nun ungeduldig anstupste. «In allen Größen. Und wenn du wirklich hexen kannst, fang doch bitte jetzt damit an. Ich wünsche mir Landhaustraum Nummer 17.» Entschlossen drückte ich das Türchen wieder zu. Den wei-teren Inhalt würde ich erst sichten, wenn ich seelisch wieder im Gleichgewicht war. Also nicht heute.

In der Küche kämpfte ich mit der Küchenhexe, bis ich end-lich eine Klappe am Ofenrohr entdeckte und sie qualmfrei in Gang setzen konnte.

«Eine Frau mit Biss überwindet jedes Hindernis», reimte ich etwas holprig. «Stimmt's, Onkel Hubert?»

Der Ofen bollerte vor sich hin, und Crowley knusperte zufrieden Brekkies. Ich trat vor die Tür und holte tief Luft. Die Sonne wärmte schon ein bisschen, fast konnte man den herannahenden Frühling riechen.

Im Vergleich zum gestrigen Abend pulsierte das Leben in der Hauptstraße geradewegs. Und was für ein Unterschied zu Berlin, wo man es tunlichst vermied, sich auch nur anzusehen. In Wiestal gehörte es zum guten Ton, sich zu grüßen. Kannte man sich näher, blieb man stehen und tauschte in Ruhe Neuigkeiten aus.

Ich klemmte meinen Einkaufsbeutel unter den Arm und machte mich auf den Weg. Bei Frau Hopf waren die Fensterläden weit geöffnet. Ich überquerte den kleinen Platz mit dem Brunnen, schlenderte an einem Tante-Emma-Laden und einem Elektrofachgeschäft vorbei und wurde auf dem Weg von mehreren Leuten freundlich gegrüßt. Dann stand ich vor der Bäckerei und öffnete die Tür.

Drinnen war die Hölle los. Doch auch hier schien niemand es besonders eilig zu haben. Die Kundschaft, die zu hundert Prozent aus Frauen bestand, unterhielt sich angeregt, und als ich ein «Guten Morgen» in die Runde warf, nickte man mir von allen Seiten wohlwollend zu. Und bevor ich bis drei zählen konnte, war ich mitten im Geschehen. Allerdings war mir nicht ganz klar, worum es dabei ging.

«War'n Sie gestern auch auf dere Dubberbahdie?», fragte mich eine rundliche, nett aussehende Frau neben mir.

Ich schüttelte den Kopf. Was immer sich hinter diesem Begriff verbergen mochte, es wäre mir aufgefallen, wenn ich dabei gewesen wäre.

«Muss fei schee g'wesen sei», sagte sie mit einem bedauernden Seufzer.

«Die haddn a subber Dorddnbladdn im Angebod», berichtete eine resolute Blonde auf der anderen Seite. «Do hasd echt was verbasst, Rosi.» Dann reckte sie ihren Kopf und versuchte, Blickkontakt mit einer der Frauen hinter der Theke aufzunehmen. «Hasdn du eigendlich noch diese Uralddeile von Männhäddn, Moni?»

Moni schien kurz nachzudenken. «Männhäddn?»

«Waast scho, ob'n so oraasch mit anner Laschn zum Hochziehn.»

Der Groschen fiel weder bei Moni noch bei mir, und auch die anderen Anwesenden rätselten nun fleißig mit, was die Blonde meinen könnte.

Die schüttelte ungeduldig den Kopf. «Halt Männhäddn! Waast schon», rief sie. «Mit zwaa hadde D in der Middn.»

Harte Ds? Seit wann hatten Buchstaben unterschiedliche Konsistenzen? Gab es am Ende auch flüssige As? Und poröse Ks? Und wenn ja, warum hatte ich bisher nichts von deren Existenz erfahren?

Die Frauen um mich herum konnten mit dem Hinweis jedoch eine Menge anfangen, und auch Moni strahlte jetzt. «Aah, du maanst Männ*häddn*!?», rief sie erfreut. «Sooch des doch gleich, Claudia!» Dann nickte sie und schickte ein «No frailich hob ich des nuch!» hinterher. Und während man sich im Laden neuen Gesprächsthemen widmete, machte ich eine geistige Notiz, mich bei Frau Hopf schnellstmöglich nach diesem neuen Alphabet zu erkundigen. Ohne Insiderwissen war man hier eindeutig aufgeschmissen.

Zwanzig Minuten später hatte ich alles, was wir fürs Frühstück brauchten: Brötchen, Butter, Marmelade und Milch für uns und für Crowley ein paar Dosen mit Häppchen in Gelee und frisches Trockenfutter. Den Rest würde ich später besorgen.

In unserem neuen Zuhause war der Tisch gedeckt, und es duftete herrlich nach frischem Kaffee. Als Kontrast dazu kauerte Marie mit hochgezogenen Knien und bockigem Gesichtsausdruck auf der Eckbank.

«Na, hat es nicht geklappt mit dem Traum vom Hexenmeister?»

Keine Antwort.

«Die Leute hier im Ort sind total freundlich», plauderte ich munter weiter, während ich die Einkäufe auspackte. «Allerdings wird es noch eine Weile dauern, bis wir sie auch verstehen können. Der Dialekt ist schon ein bisschen gewöhnungsbedürftig.»

Langsam drehte Marie ihren Kopf in meine Richtung. «Es gibt kein heißes Wasser und kein Internet.»

Oha, so viel Katze konnte die Welt gar nicht bieten, um diese Katastrophen wettzumachen.

«Und Papa hat angerufen.»

Oha!!! «Hat er sich beschwert, dass du dich gestern Abend nicht gemeldet hast?» Marie nickte nur. Ich strich ihr übers Haar. «Ich rufe ihn nachher zurück und erkläre ihm, dass du einfach zu müde warst.»

Typisch! Volker wollte sich zwar nicht um Marie kümmern, aber wenn sie dasselbe mit ihm machte, konnte er das auch wieder nicht ertragen.

«Weißt du was? Wir schreiben jetzt gleich mal eine Liste, was in den nächsten Tagen alles erledigt werden muss», schlug ich vor. «Und solange die Heizung nicht funktioniert und wir kein warmes Wasser haben, können wir vielleicht bei Frau Hopf duschen.»

Bingo! Die Aussicht auf ein «voll retro» eingerichtetes Badezimmer zauberte ein zaghaftes Lächeln auf Maries Gesicht.

Bis sie das Katzenfutter sah.

«Was soll das denn?! Willst du Crowley vergiften?» Fünf schwarz lackierte Fingernägel krallten sich die Dose Huhn in Tomatengelee, und voller Verachtung studierte Marie das bunte Etikett. «Weißt du, was da alles drin ist?» Ihrem Tonfall nach zu urteilen, hatte sie soeben die Worte Strychnin und Arsen gelesen.

«Süße, Katzen sind nun mal keine Vegetarier. Löwen kann man auch nicht für Radieschen begeistern. Außer, sie stecken im Bauch einer fetten Gazelle.»

«Du bist grausam!»

«Nein, Realistin», sagte ich. «Manches kann man nicht ändern, und dann ist es besser, man akzeptiert es.»

Dieser Meinung war auch Crowley, der genau zu wissen schien, dass die Dose für ihn bestimmt war, und sich laut maunzend an Maries Beinen rieb.

«Mmpf», machte Marie. «Ich kann ihm das Zeug aber nicht geben. Da wird mir voll schlecht.»

«Dann mach du unser Frühstück.»

Ich fand den Geruch von Katzenfutter zwar auch nicht berauschend, aber die Begeisterung, mit der Crowley sich auf sein Essen stürzte, gab mir recht: Er liebte Fleisch. Und ich hatte meinen Job als Dosenöffner weg.

«Die Brötchen hier sind ein Gedicht», seufzte Marie zwischen zwei Bissen. «Viel besser als die Schrippen in Berlin. Wenn Crowley jetzt noch zaubern könnte … Er würde einfach eine Formel maunzen, und alles im Haus würde funktionieren.»

«Und alles wäre sauber.» Ich streichelte den Kater, der sich satt und zufrieden zwischen uns auf die Polster zusammengerollt hatte. «Ich glaube aber nicht, dass er am jetzigen Zustand irgendetwas auszusetzen hat. Deshalb schreiben wir schon mal unsere Wunschliste und packen selber an.»

Ich zog die breite Tischschublade auf. Sie war randvoll. Huberts Alltag fächerte sich bei der Suche nach Stift und Zettel wie ein Album vor uns aus: Flyer und Visitenkarten von Lieferanten und Handwerkern, eine Einladung zum Jubiläumskonzert des Männergesangsvereins, alte Rechnungen, die hoffentlich bezahlt waren, jede Menge ungeöffnete Post von der Telekom, das Amtsblatt für Wiestal und Umgebung sowie ein nicht vollendeter Sinnspruch, noch mit Sticknadel und Fäden: *Was du heute kannst besorgen, das verschiebe*

«Schau mal!» Ich zeigte Marie die angefangene Handarbeit. «Anscheinend hat Onkel Hubert diese ganzen Sprüche selber gestickt.»

«Wenn ja, war er ein echt cooler Typ», grinste sie. «Schade, dass ich ihn nicht kennengelernt habe.» Sie schnappte sich das Mitteilungsblatt und blätterte darin herum. «Altbürgermeister Grellner ist verstorben», las sie vor. «Und das Einwohnermeldeamt hat seine Öffnungszeiten geändert.»

«Gut, dass du es erwähnst.» Ich hatte mittlerweile einen Bleistiftstummel und einen vergilbten Block gefunden und schrieb in Großbuchstaben *Telekom* und *Heizung* auf, unterstrich beide Worte und machte weiter unten eine Notiz, dass ich uns bei der Gemeinde anmelden musste. Die Schulanmeldung hatte ich von Berlin aus erledigt. Am Montag war Maries erster Schultag in Pegnitz. «Okay. Was steht sonst noch an?»

Eine ganze Menge stand an, wie sich bei einer systematischen Hausbegehung herausstellte.

Die oberen Räume waren alle ziemlich verwohnt. In den Ecken hingen Spinnweben, und eine dicke Staubschicht lag auf den Möbeln. Aber ich war mir sicher, dass die Zimmer entrümpelt und mit einem frischen Anstrich ganz passabel aussehen würden. Allerdings zog es im ganzen Haus wie Hechtsuppe. Das war bei näherer Betrachtung auch kein Wunder, so schief, wie die alten Holzfenster in den Angeln hingen. Ich beruhigte mich mit dem Gedanken, dass jetzt erst mal der Sommer kam, und trug den Posten Schreiner bestellen ganz unten auf meiner Liste ein.

Was ich allerdings auf keinen Fall nach hinten verschieben durfte, war der Termin mit einem Elektriker. Die altmodischen Schalter und Steckdosen strahlten einen gefährlichen Charme aus, ganz zu schweigen von den stoffummantelten Kabeln, die über der einen oder anderen Lampe aus der Decke ragten.

Feuer und Wasser sind zwei gute Diener, aber schlimme Herren, hatte mein Onkel kreisförmig auf eine Tischdecke gestickt und mit reichlich wilden Mustern versehen. Hubert schien sich im Lauf der Jahre immer mehr von den üblichen Vorlagen gelöst und einen eigenen Stil entwickelt zu haben. Marie hatte recht, er war wirklich ein cooler Typ gewesen.

Wir ließen oben alle Türen offen, damit Luft und Licht schon mal ihre subtile Wirkung entfalten konnten, bevor wir mit der Scheuerbürste zum Angriff schreiten würden. Dann gingen wir hinunter, um unsere Erkundungstour fortzusetzen.

Auf der anderen Seite des Flurs, gegenüber der Gaststube, befand sich der Saal. Man konnte ihn durch eine Tür direkt beim Hauseingang betreten, aber wir zogen eine Schiebetür mit gelben Riffelglasfenstern auf, die sich weiter hinten, in der Nähe der Küche befand. Mein erster Blick ging nach oben: Von der Mitte der dunklen, hölzernen Kassettendecke liefen zeltartig arrangierte Krepppapierstreifen nach außen zu den Wänden und verliehen dem Raum einen leicht morbiden Charme. Manche waren abgerissen und wehten leise im Luftzug, der leider auch hier von den drei hohen Fenstern an der Längsseite ausging. Bis auf ein paar an der Wand aufgereihte Tische und Stühle und die allgegenwärtigen Wollmäuse war der Saal leer. An der Stirnseite führte eine Treppe zu einer Bühne hoch. Marie ging auf den Sechziger-Jahre-Kühlschrank zu, der neben dem Bühnenaufgang stand.

«Lass den bloß zu!», rief ich, aber da war es schon zu spät. Marie spähte hinein und wurde augenblicklich grün im Gesicht, was eine interessante Abwechslung zu ihrem üblichen weißen Make-up darstellte. Sie warf die Kühlschranktür zu und stürzte hinaus. Der Geruch, den sie befreit hatte, blieb leider im Raum, und ich beschloss äußerst flexibel, dass ich im Moment einfach noch nicht wissen wollte, was sich hinter dem verblichenen Vorhang auf der Bühne verbarg. Ich fügte meiner Liste gedanklich den Punkt *Sperrmüll organisieren* hinzu und schloss die große Schiebetür schnell hinter mir.

Marie, die gerade wieder von draußen hereinkam, zeigte auf das Emailleschild, das neben der Garderobe hing. «Was ist denn ein A-bort?»

«Da hättest du eben auch hinlaufen können. So hat man früher die Toiletten genannt. Abgeleitet vom lateinischen aboriri, abortus, was so viel wie entschwinden bedeutet.»

«Klugscheißerin», sagte Marie.

Auch Onkel Hubert hatte einen Spruch parat: *Der Mensch braucht ein Plätzchen und wär's noch so klein, von dem er kann sagen, sieh, das ist mein!* zierte in Langettenstich die Wand zwischen Männer- und Frauentoilette.

«Dann wollen wir mal!», sagte ich und drückte tapfer zuerst die Tür zu den Männer-, dann zu den Frauentoiletten auf.

«Urgh!», sagte Marie und rannte wieder hinaus.

Dem hatte ich nichts hinzuzufügen. Die bräunlich-beigen Kacheln waren so dreckig, dass ich kurz mit dem Gedanken spielte, eine räumlich begrenzte Sprengung durchzuführen. Mit angehaltenem Atem ging ich in eine der beiden Kabinen, blickte todesmutig in das Innere der Kloschüssel und drückte die Spülung.

Nichts.

Wieder drückte ich den Knopf. Und noch einmal. Dann endlich hörte ich ein mühsames Gurgeln, das aus der tiefsten Tiefe der Erde zu kommen schien – und Wasser strömte in das Becken. Und es floss sogar problemlos wieder ab.

«Die Klos sind nicht verstopft!», brüllte ich.

«Aber eklig», rief Marie von draußen. «Ein Glück, dass wir noch das Klo neben der Küche haben.»

«Genau! Komm wieder rein, wir schauen uns jetzt die Katakomben an. Schlimmer kann's ja nicht mehr werden!»

Dachte ich zumindest.

Die Holztür zum Keller befand sich unter der Treppe und war verschlossen. Aber nach dem Schlüssel mussten wir nicht suchen: Er hing direkt daneben an der Wand.

«Sehr entgegenkommend.» Ich sperrte die Tür auf und drückte auf den Lichtschalter. Fehlanzeige.

«Pass bloß auf», unkte Marie. «Vielleicht hat Onkel Hubert in seiner Freizeit Kellerdrachen gezüchtet, die vertragen kein Licht.»

«Was du alles weißt!» Ich freute mich, dass Marie immer noch scherzen konnte, und setzte grinsend einen Fuß auf die erste Stufe, auf die zweite – dann trat ich ins Leere und schrie laut auf.

«Mama!» Erschrocken packte Marie mich am Pulli und zerrte mich zurück. «Hast du dir wehgetan?»

Ich ließ mich auf die Türschwelle plumpsen und rieb mir den Knöchel. «Gerade noch mal Glück gehabt», sagte ich mit zittriger Stimme. «Jetzt weiß ich, warum abgeschlossen war.»

Am liebsten hätte ich nun auch auf die Kellerbesichtigung verzichtet, wäre da nicht die Sache mit der Heizung gewesen. Also raffte ich mich auf, holte die Taschenlampe, die ich in der Küche gesehen hatte, und leuchtete in den dunklen Schlund. Offensichtlich hatte ich einen Schutzengel mit Diplom zur Seite gehabt. Es fehlten mehrere Stufen.

Ich gab Marie die Lampe. «Du leuchtest, ich geh in den Tempel des Todes. Wenn ich in drei Tagen nicht zurück bin, rufst du Indiana Jones.»

«Hier ist er schon», sagte Marie und zeigte auf Crowley, der neugierig um die Ecke bog. Im funzeligen Lichtstrahl der Taschenlampe hangelte ich mich vorsichtig in die Tiefe. Es war eine Expedition durch Dreck und Spinnweben. Am Fuß der Treppe hing eine gedrehte Schnur von der Decke. Ich zog daran, und siehe da: Es wurde Licht.

«Wow! Warte, ich komme auch runter!», rief Marie.

«Sei vorsichtig!»

Hoffentlich fiel jetzt diese blöde Tür da oben nicht ins Schloss. Was, wenn man sie von unten nicht öffnen konnte?

Wann würde Frau Hopf anfangen, nach uns zu suchen? Ich spürte, wie mir heiß wurde. Halt, stopp, cool bleiben! Tief durchatmen, Nina. Alles wird gut! Alles wird gut …

«Boah, ist ja voll gruftig hier», rief Marie, die mit Crowley im Schlepptau und reichlich angeschmuddelt bei mir ankam. «Da könnte man 'ne super Party feiern.»

Ich sah mich um: Wir standen in einem weitläufigen Gewölbe, dessen Felswände matt schimmerten.

«Wäre mir zu gruselig», sagte ich schaudernd. «Spätestens um Mitternacht kriechen die Untoten aus ihren Löchern und beißen den Gästen ins Bein.»

Den Blick, den meine Tochter mit Crowley austauschte, konnte ich ohne Schwierigkeiten interpretieren: Die Alte hat einfach keine Ahnung.

Das stimmte. Vor allem hatte ich keine Ahnung von der Heizungsanlage, dem Grund unseres Abstiegs in die Unterwelt. Das hellblau-metallene Ungetüm stand in der Ecke, und ich war völlig ratlos angesichts der vielen Knöpfe, Regler und Leitungen, die sich daran befanden. Immerhin schien das Gerät neueren Datums zu sein, denn es verfügte über ein modern anmutendes Display. Eine Tatsache, die Balsam für meine angeschlagene Seele war, auch wenn in der Anzeige abwechselnd *Fehler P7* und *Wartung* blinkten.

Marie tauchte neben mir auf und leuchtete mit der Taschenlampe auf eine der Anzeigen. «Und? Kriegen wir das Ding wieder in Gang?»

Ich schüttelte den Kopf. «Alleine nicht. Da brauchen wir wohl einen Fachmann.» Ich dirigierte den Schein der Taschenlampe in eine andere Ecke. «Und jemanden, der dieses ganze Zeug wegschafft.»

Beim Anblick der Berge von Gerümpel war meine Energie plötzlich wie weggeblasen. Was hatte ich mir bei diesem Umzug eigentlich gedacht? In ein Haus zu ziehen, ohne vorher zu überprüfen, in welchem Zustand es war und ob ich die Renovierung überhaupt schultern konnte? Und Marie mitzuschleppen in einen Ort ohne Kino und Theater, ohne Supermarkt und U-Bahn? Sie stattdessen aber mit maroden Sanitäranlagen und einem Keller zu belasten, der problemlos die Kulisse für einen Horrorfilm abgeben konnte.

Hättest du den Mumm gehabt, diesen Stefan einfach vor die Tür zu setzen, wärst du nie auf die Idee gekommen, in die Walachei zu ziehen, meckerte eine Quengelstimme in meinem Kopf, die mir in den letzten Tagen das Leben schwer gemacht hatte. Anscheinend trat sie jetzt gerade die Frühschicht an. Aber nicht mit mir!

Ich hätte sowieso etwas geändert, wies ich sie in die Schranken. *Die Erbschaft hat den Lauf der Dinge nur in eine bestimmte Richtung gelenkt. Also, Schnauze halten!*

Marie stand inzwischen vor einem langen Regal, das bis oben hin mit Weckgläsern bestückt war, und studierte die Etiketten. «Stachelbeere 1979», las sie vor. «Kirsche 1981. Die sind älter als ich!» Begeistert hielt sie mir ein Glas unter die Nase. «Weißt du was? Das stellen wir als Jahrgangsobst bei eBay rein. Wenn die Leute dafür genauso viel zahlen wie für alten Wein, wissen wir bald gar nicht mehr wohin mit dem Geld!» Sie schnappte sich Crowley, der vor lauter Staub und Spinnweben schon ganz grau aussah, und wirbelte ausgelassen mit ihm im Kreis herum. «Und für dich kaufen wir dann einen Luxus-Katzenkorb mit Kuschelkissen und vielen –»

«Hallo? Jemand zu Hause?!» Eine tiefe Männerstimme unterbrach Maries Versprechungen.

«Der Umzugswagen!» Ich sprintete zur Treppe und stieg so schnell wie möglich auf den vorhandenen Stufen nach oben. «Ich komme schon!»

«Na, da sind Se aber jottwedee jezogen, wa?», begrüßte mich ein grinsender Zweimetermann. «Die Einjeborenen hier haben noch nie 'nen jelben Umzuchswagen jesehn.»

Ich ging mit ihm zur Haustür und betrachtete die Traube von Leuten, die sich um den LKW gebildet hatte.

Zwei Männer in roten Latzhosen kamen mit beladenen Sackkarren auf mich zu. «Wo kommt dit allet hin?»

«Das meiste erst mal in den Saal», sagte ich, ging ihm voraus und schob schnell die Schiebetür auf. «Die Kisten mit dem großen X können gleich in den ersten Stock!»

Während die Männer unser Hab und Gut ausluden, stellte ich mich zu Marie neben die Tür. «Schau mal, da drüben sind die netten Frauen, die ich in der Bäckerei kennengelernt habe.» Ich winkte ihnen fröhlich zu, als sie zu uns herschauten. «Die mit dem blonden Haar heißt, glaube ich, Claudia, und die Mollige ist Rosi.»

Doch anstatt zurückzuwinken, wendeten die beiden sich ab und tuschelten mit zwei anderen Frauen.

«Na ja, Begeisterung sieht aber anders aus», murmelte Marie. «Bist du sicher, dass du da niemanden verwechselst?»

«Ganz sicher!» Es mochte hier und da Verschleißerscheinungen geben, aber an sich war mein Gedächtnis noch ziemlich gut in Schuss.

Nachdem alles ausgeladen war und ich eine schmerzhaft hohe Rechnung beglichen hatte, begleitete ich die Männer zum Wagen und verabschiedete mich.

«Wenn Se mal Heimweh nach der Berliner Luft haben, rufen Se durch. Dann schicken wa Ihnen 'ne Tüte voll zu, wa?»

Sie stiegen ein, hupten noch einmal laut und fuhren los. Mit einem leichten Anflug von Wehmut winkte ich ihnen hinterher.

Als ich ins Haus zurückgehen wollte, bemerkte ich, dass die Frauen immer noch auf der anderen Straßenseite standen. Es waren ganz sicher die vier, die auch beim Bäcker gewesen waren. Ich überlegte kurz, ob ich sie hereinbitten sollte, doch bei dem Gedanken an das Chaos im Haus sah ich von der Idee lieber ab. Daher hob ich lediglich die Hand zum Gruß und rief: «Die erste Etappe ist geschafft, aber jetzt geht die Arbeit erst richtig los!»

Diesmal drehten sie sich nicht weg, sondern starrten mich – die Arme vor der Brust verschränkt – unverhohlen feindlich an.

Was hatten die bloß? Heute Morgen waren sie mir doch noch wie ganz normale, nette Frauen erschienen. Ich ließ die bisherigen Wiestal-Stunden im Schnelldurchlauf vorbeiziehen, aber mir fiel beim besten Willen nichts ein, was ich in dieser kurzen Zeit falsch gemacht haben könnte. Okay, ich hatte dieses Dubbi-dubba-Dings verpasst, aber daraus konnten sie mir nun wirklich keinen Strick drehen.

Der Wind frischte auf, und die Sonne verschwand hinter dicken, schwarzen Wolken. Das Schnepfen-Quartett harrte unbeweglich aus, als wollten sie einen Glotz-Wettbewerb gewinnen. Sollten sie, beschloss ich. Und als die ersten Regentropfen herunterkamen, verschwand ich schnell ins Haus.

Kaum war ich im Saal und hievte die erste Kiste vom Stapel, klingelte es. In der Hoffnung, die Frauen hätten sich eines Besseren besonnen, rannte ich los und öffnete schwungvoll die Tür.

Aber es waren nicht die Frauen. Vor mir stand der schnieke Anwalt aus Pegnitz.

«Hoppla», sagte ich verdutzt.

«Ein Glück, dass du da bist!» Martin Küffner schob sich schnell an mir vorbei, und nun sah ich, dass die Einzeltropfen sich zu einem wahren Wolkenbruch zusammengetan hatten.

Die Schnepfen aber standen immer noch da. Sie hatten sich in einen Hauseingang zurückgezogen und gestikulierten beim Reden wild herum. Gelegentlich zeigte eine in meine Richtung. Langsam wurde mir die Sache unheimlich.

Martin war gleich in die Wirtschaft durchgegangen und hatte es sich an einem der Tische bequem gemacht.

«Hast du einen Kaffee für mich?», fragte er.

«Ja, klar!» Ich ging zum Fenster und zeigte auf die Frauen. «Sag mal, kennst du die vier da drüben?»

Martin linste durch den Vorhang. «Die mit der kurzen Jacke heißt Roswitha Löhr. Die habe ich bei ihrer Scheidung vertreten. Und die Drahtige ganz rechts heißt Beyer. Da hatte die Tochter mal Probleme bei einem Auffahrunfall.» Er sah mich fragend an. «Was ist mit denen?»

Ich zuckte die Schultern. «Wenn ich das mal wüsste. Die stehen schon die ganze Zeit da draußen und glotzen rüber, als wäre ich ein Alien.»

Martin machte eine wegwerfende Handbewegung. «Lass sie doch. Früher oder später werden die sich schon wieder einkriegen.»

Damit war das Thema für ihn abgehakt, und das war sicher auch ganz gut so. Beim Kaffeetrinken blödelten wir ein bisschen herum, und Martin erzählte von seinem Hobby – Motorradfahren. «Bei Gelegenheit nehme ich dich mal mit», versprach er. «Ich muss dir doch zeigen, wie schön es hier ist, damit du nicht gleich wieder nach Berlin zurückziehst.» Er zwinkerte mir zu.

Oha. Der wollte mir eindeutig nicht nur die Gegend zeigen.

«Klar», sagte ich und schaute ihm frech in die Augen. «Auf einer Harley habe ich noch nie gesessen.»

Marie sagte nicht viel, aber sie motzte, als Martin nach dem Kaffee wieder abgedampft war. «So ein Idiot! Der hätte ruhig ein bisschen helfen können.»

«Ach komm, wir sind doch stark genug», sagte ich. Ich nahm Marie in die Arme und drückte sie zum Beweis ganz fest, was sie mit einem belustigten Quieken quittierte. Ich lachte. «Was soll ich heute Abend eigentlich kochen?»

«Heut braucht ihr nix kochen», sagte eine Stimme direkt hinter mir.

Erschrocken fuhr ich herum. «Ach, Sie sind's, Frau Hopf!» Ich fasste mir ans Herz. «Ich habe Sie gar nicht kommen hören!»

Frau Hopf kicherte wie eine alte Hexe. «Schlechtes Gewiss'n?»

Ich schüttelte den Kopf. «Kein bisschen. Möchten Sie vielleicht auch einen Kaffee?»

«Naa, ich bring euch bloß den Kurier.» Sie wedelte mit einer Zeitung. «Den hab ich immer mit'm Hubbert zusammen g'lesen. Für einen allaans steht zu wenig drin, und zu zweit ist des auch ned so deuer.»

Das klang gut.

«Ich hab bloß a weng was aus'm Regionaldeil rausgeschniddn.» Frau Hopf sah mich verschmitzt an. «Da war heut a scheens Bild vom Walder drin.»

Von Walter? Welchem Walter?

«Den find ich nämlich recht addraggdiv, weißt?» Sie zwinkerte uns zu. «Um sechs gibt's Essen!»

Abgekämpft standen wir abends vor ihrer Tür.

«Bünktlich wie die Maurer!» Frau Hopf strahlte über das ganze Gesicht.

«Leider sind die Maurer ziemlich dreckig», sagte ich. «Ich hoffe, das stört Sie nicht.»

Frau Hopf rollte die Augen. «Ich bin doch a alder Debb», rief sie. «Ich wollt euch vorhin sagen, dass ihr jederzeit zum Duschen rüberkommen könnt!»

«Macht Ihnen das auch nicht zu viele Umstände?», fragte ich. «Es ist schon so toll, dass Sie uns zum Essen einladen und …»

«Schmarrn», brummte die neue Nachbarin. «Etzt duscht ihr erst amol. Des Essen kann warddn!» Und bevor wir bis drei zählen konnten, hatte jede von uns ein dickes, flauschiges Badetuch in der Hand.

Ich ließ Marie den Vortritt und folgte Frau Hopf in die Küche, wo es verführerisch nach Sauerkraut roch.

«Es gibt bloß was Einfachs. Bradwerscht mit Bradkardoffeln und Graud.»

Schon bei den Worten lief mir das Wasser im Mund zusammen. «Für Marie brauchen Sie aber keine Wurst zu braten. Die isst kein Fleisch.»

«Aha.» Frau Hopf brummte zustimmend. «Vechedarier.»

«Haben Sie auch vegetarische Kinder oder Enkelkinder?»

Frau Hopf überlegte. «A baar werr'n scho dabei sein.»

Hallo?

«Sind es so viele, dass Sie ... äh, den Überblick verloren haben?»

«Ich hab mir, ehrlich g'sagt, nie die Müh g'macht, durchzuzählen.» Die alte Frau grinste. «Aber auf dausend komm ich logger.» Ich muss sehr dumm dreingeschaut haben, denn sie lachte laut heraus. «Brauchst kaa Angst hamm, ich bin ned wahnsinnig. Bloß Lehrerin.»

«Dann haben Sie wahrscheinlich halb Wiestal Lesen und Schreiben beigebracht, hm?»

«Sagen mer's amol so: Ich hab mein Bestes gedaan. Aber des hat bei manch eim weiß Godd ned gereicht.»

Eine halbe Stunde später sah die Welt schon ganz anders aus: Während ich mir den Umzugsdreck abspülte, hatte Marie der Nachbarin von unserem zweiten Hauptproblem erzählt und konnte jetzt ihr Glück kaum fassen: Frau Hopf hatte einen richtig guten Computer – mit Internetanschluss, versteht sich –, den wir gern mitbenutzen durften, bis bei uns alles eingerichtet war.

«Aber bloß under einer Bedingung», sagte sie, als wir vor dampfenden Tellern um den Tisch saßen. «Dass es sich etzt erst amol ausgehopft hat. Ich bin die Gundi, und mir sinn per du.»

Darauf hoben wir unsere Gläser.

«Ich habe auch gleich mal 'ne Frage an dich», sagte ich zwischen zwei Bissen. «Was, um Himmels willen, ist ein hartes D? Und gibt es auch weiche?»

Gundi kicherte und kaute. «Des ist Fränggisch», sagte sie dann. «Bei uns wird a T als D g'sprochen, und mer spricht dann von einem harddn D. Und wenn des D ein echtes D ist, ist es ein weiches.»

Aha. D = D oder T.

«Und was versteht man unter einem Dubba ... Dings? Soll hier gestern angeblich irgendwo stattgefunden haben.»

«A Dubberbahdie?»

«Ja! Genau!»

«Damit ist a TuPPerParTy g'meint.» Gundi sprach die Ts und Ps, als wolle sie mich damit erstechen. «Mir Franggn hamm nämlich auch Brobleme mit Ps und Bs und Ks und Gs. Mal sindse weich, mal hart.»

Das konnte ja heiter werden.

Aber Gundi hielt sich erst gar nicht lange mit der Theorie auf, sondern ging gleich zum Übungsteil weiter.

«Nimm des einfache Wort Treppe», sagte sie. «Des T ist in diesem Fall ein hartes D. Auf Fränggisch: ein haddes D. Dann folgen noch zwei harte B, zwa hadde B. Sprich Ps.» Sie sah uns verschmitzt an. «Und wo mir schon amol dabei sind: Des stimmlose E am Ende verschlucken mir auch und nuscheln a M oder N. Eigentlich ganz einfach.»

Ich nickte tapfer.

«Außerdem gibt's noch des Wort fei. Des haaßt so viel wie aber und wird als Füllwort verwendet. Zum Beispiel: Bass fei uff, dassde ned von der Drebbn fällst!»

«Schon passiert», murmelte ich.

«Von der Gellerdrebbn», ergänzte Marie.

«Naa, bei Keller spricht man des K normal: also Kellerdrebbn!» Gundi strahlte Marie an. «Aber du hast schon kabiert, wie's geht.» Doch dann kombinierte sie meine Bemerkung mit der von Marie und sah uns mit großen Augen an. «Sach bloß, anner von eich is beim Hubbert von der Kellerdrebbn g'sterzt?»

Ich nickte. «Ist fei gerade noch mal gutgegangen.»

Gundi griff sich ans Herz. «Jesses. Seids bloß vorsichdig, die Drebbn hat's fei in sich!»

Auch das gute Essen und die Wärme hatten es in sich. Während Gundi und Marie sich gemeinsam durch die Homepage von Maries neuer Schule klickten, hing ich wohlig erschöpft auf Gundis weicher Couch und hörte ihnen mit einem halben Ohr zu.

Die beiden schienen sich gesucht und gefunden zu haben. Marie demonstrierte mit Hilfe von zwei Löffeln ihr Können am Schlagzeug und erzählte, dass sie am liebsten in einer Band spielen würde.

«Ich denk, da lässt sich was machen», sagte unsere Nachbarin und fuhr sich nachdenklich durch das kurze Haar.

«Aber fei keine Volksmusik-Kabelle, gell!»

«Naa, sunst sterzt de dich am End noch freiwillig von der Kellerdrebbn.»

Sie wieherten um die Wette.

«Jetzt schau ich aber erst mal, wie es mit meiner Probezeit wird.»

«Beim Schlochzeich broben?»

Marie schüttelte nun ernst den Kopf. «Nein, ab Montag in der Schule. Wenn es mir hier aber gar nicht gefällt, darf ich am Ende des Schuljahres wieder nach Berlin zurück.»

Gundi zuckte gelassen die Schultern. «Da mach ich mir etzt fei gar kanne Sorgen.»

Ich drückte mir das weiche Kissen unter dem Kopf zurecht und beschloss, es ihr gleichzutun. Sollten die Probleme doch kommen. Dann würde ich mich um sie kümmern. Aber keine Sekunde früher.

Drei

Die Vorhersage für Freitag, den 28. März:
Aufzug von Problemen. Der Ärger ist schwach bis mäßig und kommt aus verschiedenen Richtungen. Vorsicht vor überfrierenden Emotionen.

Die Stimme, mit der ich es am nächsten Vormittag zu tun hatte, sprach zwar kein bisschen Fränkisch, dennoch tat ich mich mit der Verständigung schwer. Eine Bandansage hatte mich durch einen Wirrwarr von Nummern gelotst und flötete mir nun regelmäßig ins Ohr, dass alle Mitarbeiter blablabla, ich aber so schnell wie möglich blabla.

Ich klemmte das Handy zwischen Ohr und Schulter und blätterte durch die Stapel, die vor mir auf dem Küchentisch lagen: Links die bei Gundi ausgedruckten Mails von Kunden und Freunden, rechts Huberts gesammelte Telefonanbieter-Kommunikation aus der Küchenschublade.

Je öfter ich die Mails links durchlas, umso heftiger wurde der Wunsch, mich sofort mit meinen Auftraggebern in Verbindung zu setzen. Dicht gefolgt von dem Verlangen, an einem aufgeräumten Schreibtisch in einem warmen, sauber gestrichenen Arbeitszimmer zu sitzen und in Ruhe kreativ zu sein. Beides war im Moment genauso weit entfernt wie ein Besuch auf dem Mond.

Die Dudelmusik in meinem Ohr wurde kurz unterbrochen: «Im Augenblick sind leider alle unsere Mitarbeiter im Gespräch.»

Wer hätte das gedacht? Ich fluchte leise und legte die heutige To-do-Liste vor mich hin. Auch wenn Gundi uns bei einigen Dingen unter die Arme griff, gab es noch genügend, worum ich mich selbst kümmern musste: Kostenvoranschläge einholen, Handwerkertermine vereinbaren, das alte Chaos beseitigen und mit dem Zeug aus den Kisten neues schaffen – um nur die dringendsten Punkte zu nennen. Außerdem stand ein Besuch beim Baumarkt auf dem Plan. Lauter Aufgaben, bei denen mein Lustfaktor eher gegen null tendierte.

«Sie werden so schnell wie möglich mit einem unserer Mitarbeiter verbunden», leierte die Bandtante. «Du mich auch», antwortete ich ihr genervt und schrieb ein fettes *Elke anrufen!* auf die Liste.

«Haben wir irgendwo 'ne Kehrschaufel?», rief Marie von oben.

«Im Bad!»

«Da ist aber nix!»

«Dann mach die Augen auf! Die steht direkt neben der Wanne!»

«Was kann ich für Sie tun?»

«Meiner Tochter das Suchen beibringen», brummte ich.

«Wie bitte?! Mein Name ist Silke Meier. Was kann ich für Sie tun?»

Jetzt kapierte ich, dass die Ansage endlich ihr Versprechen eingelöst hatte und ich mit einem Menschen aus Fleisch und Blut verbunden war.

«Entschuldigung. Ich rufe an, weil ich einen abgemeldeten Festnetzanschluss wieder anmelden möchte. Und außerdem brauche ich dringend eine schnelle Internetverbindung.»

«Haben Sie die Bearbeitungsnummer der Abmeldung vorliegen?»

«Logisch.» Ich begann, hektisch in den Papieren zu wühlen, die ich vor lauter Wartefrust zu einem großen Haufen zusammengeschoben hatte. Ein paar Schrecksekunden später hatte ich den Wisch gefunden und las ihr die Nummer vor.

«In dem Bereich, in dem Sie wohnen, ist DSL nicht verfügbar. Da müssen Sie auf ISDN ausweichen», beschied mich Frau Meier, «und es wird etwas dauern.»

Na toll. «Und wie lange dauert bei Ihnen ‹etwas›?», hakte ich nach. «Ich brauch die Anschlüsse beruflich. Es ist wirklich sehr dringend.»

«Beruflich?!» Frau Meier betonte das Wort, als hätte ich ihr anvertraut, dass ich die Anschlüsse zur Verbreitung von Hardcorepornographie verwenden wolle. «Ja, dann kann ich Ihren Antrag gar nicht bearbeiten. Sie sind hier bei Privatkunden!»

Und schon hing ich in der nächsten Warteschleife. Aber was für eine Überraschung – *alle Mitarbeiter waren leider, leider gerade im Gespräch ...*

Eine Stunde später war die Sache endlich ausgestanden. Ein gewisser Herr Schmidt hatte meine Wiedereingliederung in die telefonierende Gesellschaft in spätestens vier bis sechs Wochen zugesagt, und ich war so frei, ihm einfach zu glauben.

Mit dieser guten Botschaft machte ich mich auf den Weg zu Marie, die gerade ihr zukünftiges Zimmer leerräumte und zum Streichen vorbereitete. Ich fand sie ganz oben unter dem Dach und staunte nicht schlecht: Sie hatte die Mansarde schon entrümpelt und war nun dabei, Spinnweben und tote Fliegen einzusammeln. Crowley half ihr tatkräftig, indem er die Fliegen, die aus dem Winterschlaf erwacht waren, durch das Zimmer jagte und anschließend verspeiste.

«Sieht super aus», sagte ich und stellte mich mit ihr ans Fenster. «Weißt du schon, wie du es streichen wirst?»

«Dunkelrot», sagte Marie. «Und ich möchte schwarze Vorhänge.» Sie sah mich gespannt an.

«Tja … mutige Kombi! Aber klar, passt zu dir.» Ich sah auf die Uhr. «Weißt du was? Während du hier weitermachst, gehe ich auf Handwerkerjagd. Und heute Nachmittag rollen wir Pegnitz auf und kaufen dort alles, was wir zum Renovieren brauchen.»

Ich drückte ihr einen Kuss auf die Nase und fuhr beschwingt zu dem ersten Betrieb, den Gundi mir empfohlen hatte.

Er befand sich an der Straße nach Hedelbach, gleich neben einem großen Aldi-Markt.

Als ich in den Hof einbog, sah ich zwei Männer im Blaumann neben einem Kleintransporter mit der Aufschrift «Sanitär- und Heizungstechnik Beyer» stehen. Bingo!

Ich erinnerte mich an Gundis Ratschlag, die Leute hier bloß nicht mit «Guten Tag» zu begrüßen, und ging daher mit einem munteren «Grüß Gott!» auf die beiden zu.

«Ich wollte fragen, ob es möglich ist, dass Sie bald bei mir vorbeikommen, um einen Kostenvoranschlag zu erstellen. Es geht um den …»

Der Ältere der beiden, ein Dicker mit fortgeschrittener Stirnglatze, unterbrach mich mit einer einzigen Handbewegung. «Macht mei Fraa!» Er zeigte auf eine Tür im Rückgebäude. «Die is drüb'n im Bürroh.» Dann stiegen die Männer in den Kleinbus und fuhren davon, ohne mich eines weiteren Blickes zu würdigen.

Okay, dann würde ich mein Glück eben *drüb'n im Bürroh* versuchen. Ich fuhr mir schnell durchs Haar, nahm meine Tasche vom Beifahrersitz und marschierte los.

Auf halbem Weg fiel mir ein, wo ich den Firmennamen schon mal gehört hatte, und es durchfuhr mich eiskalt.

Andererseits: Beyer war ein Allerweltsname. Den gab es hier wie Sand am Meer. Wie Hinz und Kunz. Wie Meier und Schulz. Ich scheuchte die Hirngespinste aus meinem Kopf und klopfte entschlossen an der Bürroh-Tür.

Schon wieder Bingo!

Auch wenn ich hätte schwören können, dass sie im ersten Moment vor Überraschung fast vom Stuhl gefallen wäre, ließ sich die Drahtige vom Schnepfenquartett nichts anmerken und sah mich eiskalt an. So wie gestern auf der Straße.

«Grüß Gott!» Ich schraubte mir das Lächeln fest an die Mundwinkel. Jetzt nur nicht die Nerven verlieren, Nina, du hast dieser Frau nichts Böses getan. «Ihr Mann sagte mir gerade, dass ich mich wegen eines Angebots an Sie …»

«Da geht im Augenblick nix.» Sagte sie und begann auf der PC-Tastatur herumzuhacken, als wäre ich gar nicht anwesend.

«Vielleicht könnten Sie mir trotzdem schon mal einen Termin für einen Kostenvoranschlag geben, und wir machen dann später …»

«Schaut zurzeit ganz schlecht aus», schnauzte Frau Beyer. Sie schlug ein großes Auftragsbuch auf und blätterte demonstrativ durch die zum Teil leeren Seiten. «Bis nächstes Jahr simmer komm-bledd ausgebucht.»

Als sie bei Silvester angekommen war, klappte sie das Buch mit einem Knall zu und sah mich herausfordernd an. «Aber ich kann Sie fei gern für'n Januar vormerken. Vorausg'setzt, Sie sinn dann noch da ...»

Als ich wieder im Auto saß, kochte ich vor Wut. Aber genau wie die Gewitterziege im Bürroh hatte ich mir nicht das Geringste anmerken lassen. Die würde mich nicht kleinkriegen. Es gab ja wohl noch mehr Klempner auf der Welt.

Mit trotzig vorgestrecktem Kinn fuhr ich zu Geschäft Nummer zwei: Elektroservice Haas.

Ein großes Schild am Laden in der Wiestaler Hauptstraße informierte darüber, dass man sich hier mit Elektroinstallationen aller Art auskannte. Genau das, was ich brauchte.

Ich betrat den Laden und fand mich in einem bunten Sammelsurium aus Toastern, Eierkochern, elektrischen Zahnbürsten und Nähmaschinen wieder. Aber weit und breit keine Menschenseele.

Ich wollte schon «Hallo?!» rufen, als ich eine Stimme hörte. Eine keifende Stimme.

Ich beschloss abzuwarten, bis die Frau hinter dem Vorhang Dampf abgelassen hatte. Umso entspannter würde unser Gespräch hinterher verlaufen. Und bis dahin konnte ich die Gelegenheit nutzen und meine Fränkisch-Kenntnisse vertiefen.

«Also, des ist doch des Allerschennsde!», rief Frau Haas.

«Wenn die sich doo weider so ausbreidet, simmer g'scheid verratzt! Des waast scho, gell?»

Bald wusste ich mehr über das Drama: Es gab da jemanden, der sich hier ungebeten niedergelassen hatte, und Frau Haas war der Meinung, dass sich diese Person schnell wieder dorthin verziehen sollte, wo sie hergekommen war. Sonst würde es knallen, und zwar ordentlich.

Nach dieser Drohung wurde das Gespräch erheblich leiser fortgesetzt, was mir gar nicht gefiel. Schließlich wollte ich wissen, wie es mit der Tragödie weiterging. Daher schlich ich auf Zehenspitzen zur Ladentheke vor und hatte mein Ziel fast erreicht, als ich mit dem Fuß an einer Schnur hängen blieb. Der Toaster, der sich am anderen Ende des Kabels befand, knallte scheppernd zu Boden.

Sofort wurde der Vorhang zur Seite gerissen, und ich musste feststellen, dass Frau Haas und ich uns bereits kannten: Es war die große Blonde vom Schnepfenquartett. Und nun war mir auch schlagartig klar, von wem bei diesem Buschtrommeltelefonat die Rede gewesen war.

«Ja, Grüß Gott», sagte ich und versuchte verzweifelt zu lächeln. «Ich wollte fragen ... ich hätte nämlich ... ob ich mit Ihnen einen Termin ausmachen könnte. Ich habe da einige dringende Elektroarbeiten, die ...»

«Ich glaabs ned.» Frau Haas starrte mich fassungslos an. «Aber aans sog i Ihnen gleich: Mir rebbarieren gar nix in der Wirdschaft. Ned heit und morgen aa ned!»

Ich holte tief Luft und mobilisierte den letzten Rest Selbstbewusstsein, der mir noch geblieben war. «Schön, dann hätten wir das auch schon mal geklärt.» Ich gab dem Toaster einen Tritt und drehte mich an der Tür ein letztes Mal um. «Und grüßen Sie mir Frau Beyer!»

«Und? Wann kommen die Handwerker?» Marie stand dreckig, aber glücklich in der Küche und sah mich fragend an.

«Gar nicht», sagte ich zähneknirschend, ließ mich auf einen Stuhl fallen und verfluchte diese Weiber. Ausgerechnet jetzt, wo es Marie hier schon richtig gut gefiel, kam ich mit solchen Nachrichten zurück.

Marie stemmte beide Hände in die Seiten: «Was soll das denn bitte heißen? Sie könnten sich eine goldene Nase verdienen, haben aber keine Lust, oder wie?» Sie schüttelte empört den Kopf. «So geht das nicht!»

«Yep. Ganz deiner Meinung ... Ich habe aber keine Termine machen können, weil es hier anscheinend ein paar Leute gibt, die was gegen uns haben.»

«Was soll das denn? Die kennen uns doch gar nicht!»

Ich zuckte die Schultern. «Keine Ahnung. Diese Frauen, die gestern drüben an der Straße standen, scheinen sich gegen uns verschworen zu haben. Und blöderweise ist eine von denen vom Installationsgeschäft und die andere mit dem Elektriker verheiratet. Dumm gelaufen.»

«Und was ist mit einem Schreiner? Bei mir im Zimmer zieht's wie Sau!»

Und ich hatte gedacht, das mit den Fenstern hätte Zeit. Andererseits war da auch noch die marode Kellertreppe, die musste schon wegen des Zugangs zum Heizkessel schleunigst repariert werden.

Ich seufzte. «Oh Mann. Beim Schreiner ist bestimmt Schnepfe Nummer drei daheim.»

«Aber mit Sicherheit weißt du das nicht.» Marie schnappte sich den maunzenden Crowley und setzte sich mir gegenüber.

Nein, mit Sicherheit wusste ich das nicht. Blöderweise

wusste ich überhaupt nicht mehr, wie es weitergehen sollte. «Allmählich kommt's mir so vor, als wäre ich in der geschlossenen Abteilung für Provinzidiot'n gelandet.»

«Das heißt *Browinzidiod'n*, Mama!» Marie sah mich streng an. «Wenn du so weitermachst, kann das ja auch nichts werden!»

Ich musste wider Willen grinsen. «Richtig. Bro-winz-i-dioden. Und alle haben sie fei 'ne Menge weiche Buchstaben in der Birne!»

Jetzt kicherte auch Marie. «Aber wir lassen uns von denen nicht fertigmachen. Cool bleiben! Das trichterst du mir ja auch immer ein.» Sie öffnete die Küchentür und zeigte auf den Garten. «Schau, die Sonne scheint. Alles neu macht der … ach, ist ja auch egal. Auf jeden Fall rufst du jetzt beim Schreiner an. Und sollte eine von den Schnepfen drangehen, legst du einfach wieder auf.»

«Du hast recht.» Ich nahm sie in den Arm. «Danke.»

Trotzdem, die Vorstellung, möglicherweise zum dritten Mal an diesem Tag zur Sau gemacht zu werden, stimmte mich ganz schön nervös.

«Hast du die Nummer?» Marie stand neben mir, und es war klar, dass sie erst wieder verschwinden würde, wenn ich diese Hürde genommen hatte. Ich nickte und tippte.

«Tüüüt! Kein Anschluss unter dieser Nummer! Tüüüt!» Ich hielt mein Handy so, dass auch Marie den Ton hören konnte. «Die Firma gibt es anscheinend nicht mehr.»

«Oder du hast dich verwählt.» Marie schnappte sich Handy und Zettel und tippte die Nummer neu ein. «Jetzt müsste es klappen.»

«Grüß Gott. Sie sind mit der Schreinerei Lodes verbunden», teilte mir eine Blechstimme mit. Eine männliche Blechstimme. «Im Moment ist das Büro leider nicht besetzt.»

«Anrufbeantworter», flüsterte ich.

«Dann quatsch halt was aufs Band!» Marie strich mir beruhigend über den Rücken. Ich nickte und hörte weiter zu. Besonders freundlich klang die Stimme nicht. «... rufen später wieder an, oder Sie hinterlassen eine Nachricht.» Piiiep.

Ich räusperte mich kurz. «Ja, hallo, äh, Grüß Gott, hier ist Nina Lindner. Es wäre schön, wenn Sie einen Termin mit mir vereinbaren könnten. Ich habe den alten Gasthof in der Hauptstraße von Wiestal geerbt, und es gibt hier eine Menge zu tun.» Ich machte eine kurze Pause.

«Handynummer!», zischte Marie.

Himmel, ja! Schnell nannte ich meine Telefonnummer. «Ich würde mich sehr freuen, bald von Ihnen zu hören!» Dann beendete ich die Verbindung und stellte mir vor, wie eines von diesen Weibern sich meine Nachricht anhörte und just in diesem Augenblick fies lächelnd auf den Lösch-Knopf drückte.

Vier

Die Vorhersage für Samstag, den 29. März:
Nach Auflösung von Entsetzen wechseln sich Zuversicht und heiße Gedanken ab. Es ist mit Herzklopfen zu rechnen.

Als ich am nächsten Morgen in die Küche hinunterging, fühlte ich mich mutlos wie schon lange nicht mehr. Das Haus war nach wie vor klamm und kalt – statt der Temperatur war nach unserem gestrigen Baumarktbesuch einzig der Chaosfaktor dramatisch gestiegen.

«Wenn sich nicht bald was tut, werde ich verrückt», sagte ich zu Crowley, der um meine Füße herumwuselte. «Das solltest du nicht auf die leichte Schulter nehmen!»

Ich schob eine große Kiste mit Farbkübeln, Rollern und Abdeckplanen zur Seite und dachte mit Entsetzen an den Betrag, den ich dafür hingeblättert hatte. Dazu noch die Stoffrechnung für Maries Vorhänge. Und der Umzug war ja schon teuer genug gewesen. Wenn das so weiterging, war ich pleite, bevor auch nur ein einziger Handwerker das Haus betreten hatte.

«Es kann gut sein, dass du deinen Speiseplan bald mit selbstgefangenen Mäusen aufstocken musst», sagte ich zum Kater, der vor seinem Futternapf stand. «Oder du überdenkst die Sache mit den Wollmäusen und dem Hexen noch mal.» Ich gab Crowley etwas Trockenfutter und sah zu, wie er sich begeistert darüber hermachte. Typisch Mann. Den Zauberstab würde ich wohl wieder mal selber schwingen müssen.

Aber bevor ich mich den schwarzen Künsten widmete, brauchte ich erst mal einen starken Kaffee.

Ich setzte Wasser auf und machte Feuer in der Küchenhexe. Die Ascheschublade war voll, also zog ich sie heraus und trat vor die Terrassentür, die von der Küche in den Garten führte. Zum Glück wurde es von Tag zu Tag etwas wärmer, und meine Laune besserte sich beim Anblick des sonnenbeschienenen Gartens ganz ungemein. Langsam ging ich an den Staudenbeeten entlang. Zu meiner großen Freude entdeckte ich schon erste grüne Triebe.

«Das ist doch mal ein gutes Zeichen», sagte ich und ging völlig in Gedanken versunken weiter zum Komposthaufen hinten am Zaun.

Ich wollte gerade die Schublade ausleeren, als plötzlich eine heisere Stimme hinter mir erklang: «Ja, doo schau her!»

Erschrocken wirbelte ich herum und war im nächsten Augenblick von oben bis unten grau und staubig.

«No, des wollt ich fei ned!», stammelte jemand, der sich anscheinend im Gebüsch versteckte.

Mit klopfendem Herzen spähte ich durch die Zweige und entdeckte hinter dem Zaun zum Nachbargrundstück einen unrasierten Mittfünfziger, der in sackartigen Jogginghosen steckte und es offensichtlich schick fand, seinen karierten Pullunder ohne was drunter zu tragen. Der Mann stierte mich mit großen Augen an. «Ich wollt fei bloß Grüß Godd sagen!»

Ich starrte einen Moment zurück. Das war ja wohl so Sitte in Wiestal.

«Grüß Gott!», antwortete ich, während ich beiläufig an Pulli und Hose herumwischte, was die Asche aber eher in den Stoff hineinrieb. «Ich sehe fei nicht immer so aus. Hatschi!»

Mein Nachbar trat nun recht zutraulich an den Zaun. «Naa, des war fei werglich ka Absicht. Ich bin der Gustl. Der Gustl Beck von neb'nan.»

«Nina Lindner.» Ich schüttelte die riesige, haarige Pranke, die er mir entgegenstreckte, und stellte fest, dass mit der Koordinierung von Gustls Körperbehaarung anscheinend etwas schiefgegangen war: Während sein Kopf nur von ein wenig rötlichem Flaum gekrönt wurde, sprossen auf Fingern und Armen jede Menge schwarze Haare.

Gustl lehnte sich gemütlich an den Zaun und machte eine ausladende Bewegung. «Do duud sich scho a weng was im Garddn, gell?»

Schnell rief ich mir meine erste Fränggisch-Lektion ins Gedächtnis. Ja, es tat sich schon etwas im Garten.

Ich musste wieder niesen.

«Äh, Sie hamm da was», sagte Gustl und deutete auf meine Nase. Er zog ein riesiges Taschentuch aus den Tiefen seiner Hosentasche.

«Oh, vielen Dank. Aber ich denke, ich gehe doch lieber hinein und mache mich, äh, frisch. Hatschi! Ich meine, wiedersehen!» Und bevor er etwas erwidern konnte, flüchtete ich ins Haus und drückte hastig die Tür hinter mir zu.

«Was ist denn jetzt schon wieder los?» Marie, die gerade den Tisch deckte, sah mich verdutzt an. «Was hast du angestellt?»

«Ich habe gerade unseren Nachbarn kennengelernt.»

«Und der hat dich mit Asche überschüttet?»

«Nein! Das war ich. Ich hab mich … ein wenig erschreckt», sagte ich.

«Wieso? Sieht er aus wie ein Monster?»

Ich schüttelte den Kopf. «Eher wie dieser Komiker, Olaf Schubert. Nur dreimal so dick.»

Nach dem Frühstück waren Marie und ich uns einig: Da es wenig Sinn hatte, auf Hilfe von außerhalb zu warten, würden wir selber loslegen und Wände streichen, bis uns unsere Arme lahm würden. Hauptsache, es ging endlich was voran.

Während Marie sich mit dem Kübel bordeauxroter Farbe in ihr Kabuff unter dem Dach verzog, öffnete ich die Türen der Gästezimmer im ersten Stock und ging langsam den Flur auf und ab. Schließlich musste ich mich vor dem ersten Pinselstrich erst mal entscheiden, welcher der Räume mein Arbeitszimmer werden sollte.

Trotz Kälte und all der Schwierigkeiten war das ein tolles Gefühl. Die gehörten alle mir! Ich hatte die Wahl, und niemand quatschte mir dazwischen.

Die Atmosphäre war in jedem Zimmer anders. Ich genoss es, mich so lange mit jedem einzelnen Raum vertraut zu machen, bis ich eine Verbindung spürte.

Eine Stunde später waren nur noch zwei in der engeren Auswahl: ein großes Zimmer zur Hauptstraße, das Onkel Hubert mit dem Spruch *Frühling, Sommer, Herbst und Winter. Arbeitsfleiß verschönt den Lebenskreis* bedacht hatte, und eines, das auf die Worte *Wo Wein, Gesang und Liebe thronen, müssen gute Menschen wohnen* hörte und einen schönen Gartenblick hatte.

«Du hast ja noch nicht mal angefangen!», rief Marie, die bereits erste Farbspritzer im Gesicht hatte.

«Ich weiß nicht, welches von beiden ich nehmen soll», gab ich zu.

Marie sah sich meine Auswahl kurz an, dann deutete sie auf das Zimmer nach vorne. «Spruchtechnisch ganz einfach», sagte sie. «Wenn ein schöner Lebenskreis erst mal da ist, lassen Wein, Gesang und Liebe bestimmt auch nicht lange auf sich warten!» Sie knuffte mich in die Seite. «Aber jetzt leg endlich mal los, sonst wird das nix mehr. Ich geh zu Gundi rüber, meine Mails checken. Bis später!» Und weg war sie.

Ich hatte die erste Wand fast fertig, als ich die Klingel hörte.

«Ich komme!» Froh über die unverhoffte Pause, rannte ich die Treppe hinunter. Als ich die Haustür öffnete, stellte ich fest, dass die Pause nicht nur unverhofft, sondern auch verdammt gut aussehend war.

«Frau Lindner?»

Eine angenehm tiefe Stimme hatte sie auch.

Erfreut sah ich den schönen Mann an, der vor mir stand: blaue Augen. Dunkle Locken.

Groß und breitschultrig.

Er sah wirklich … gut aus.

«Frau Lindner?»

«Äh, ja?»

«Christian Lodes, von der Schreinerei Lodes in Hedelbach. Sie hatten mir gestern auf den Anrufbeantworter gesprochen.»

Ich nickte.

«Komme ich gerade ungelegen?»

«Nein-nein, natürlich nicht», stammelte ich. «Ich, äh, ich

hatte nur gar nicht damit gerechnet, dass Sie sich überhaupt bei mir melden.»

«So? Aber Sie haben gesagt, Sie brauchen einen Schreiner, also bin ich hier …»

«Und ich bin begeistert!» Ich versuchte, ein dämliches Grinsen zu unterdrücken. «Die anderen Handwerker haben nämlich …» Ich machte den Mund wieder zu, bevor ich mich um Kopf und Kragen redete. «Ach, vergessen Sie es. Bitte, kommen Sie doch herein.» Ich öffnete die Tür zum Gastraum. Er trat ein.

«Hier hat sich ja fast nichts geändert», sagte dieses Bild von einem Mann.

«Stimmt», sagte ich.

Er sah mich erstaunt an. «Sie kennen den Gasthof von früher?»

«Ja, als Kind war ich ein paarmal mit meinen Eltern hier.»

«Ich auch», sagte er. «Dann wissen Sie bestimmt, dass der Hubert die besten sauren Zipfel in der Gegend gemacht hat.»

«Hubert war mein On… Saure was?»

«Zipfel.» Er ging auf das erste Fenster zu und fing an, das Holz zu untersuchen. «Bratwurst in Essigsud. Gibt's nur in Franken.»

Ich spürte, wie der Appetit auf eine ganz andere fränkische Spezialität in mir hochstieg. Mir wurde warm. Ich fächelte mir unauffällig mit dem T-Shirt Luft an die Brüste.

«An denen ist lange nichts gemacht worden», sagte er nun.

«Das stimmt», brachte ich mit kratziger Stimme hervor. *Könnten wir sofort was dran ändern,* fügte ich in Gedanken hinzu.

Du. Ich. Hier. Oder von mir aus auch der Reihe nach in jedem einzelnen Zimmer im ersten Stock. Gehören alle mir.

«Die Schenkel sind komplett hinüber», sagte er.

«Was?»

«Die Wasserschenkel hier. Die müssen erneuert werden.»

«Ach so.»

Ich versuchte, mich auf das Gespräch zu konzentrieren. Doch wie sollte das gehen, bei diesen Augen, diesen Händen, diesem sinnlichen Mund, der mich geradezu magisch …

«Sie sehen nicht gut aus», sagte mein Besucher.

«Wie bitte?» Mein Gott, Nina, reiß dich mal zusammen!

«Die Fenster sehen nicht gut aus», wiederholte er. «Ich muss mal schauen, wie man das am günstigsten machen kann. Sie haben ja bestimmt noch ein paar mehr Baustellen, oder?»

Ich nickte. «Die Heizung funktioniert nicht, die Elektrik stammt aus dem vorletzten Jahrhundert, und – ach, ich weiß gar nicht, wo ich zuerst anfangen soll.»

Christian Lodes sah mir tief in die Augen. «Wie wäre es dann jetzt mit einem kleinen Rundgang? Vielleicht kann ich Ihnen auch sonst noch ein paar Tipps geben.»

Der Mann verschlug mir einfach die Sprache. «Tolle Idee», brachte ich hervor und war bereit, mit ihm in die tiefsten Katakomben hinabzusteigen.

Herr Lodes sah sich sämtliche Fenster an, inspizierte Bad, Toiletten und Saal, und obwohl mir bei jeder seiner Einschätzungen immer mulmiger wurde, tat es unendlich gut, diesen hilfsbereiten Menschen zur Seite zu haben.

«Und was ist mit der Heizung?», fragte er.

«Tote Hose. In der Küche heizen wir mit Holz, ansonsten mit warmen Gedanken.» Wobei ich wohlweislich verschwieg, dass ich die gerade im Überfluss hatte.

«Dann schauen wir uns das mal an.»

«Unbedingt», sagte ich. «Die Anlage ist allerdings nur über eine äußerst marode Kellerdrebbn zu erreichen. Die Erstbesichtigung habe ich fast mit dem Leben bezahlt.»

Schreiner Lodes lachte. «Dann kümmere ich mich erst mal um Ihre Drebbn.»

Und tatsächlich: Eine halbe Stunde später hatte er die Stufen provisorisch repariert, und wir konnten problemlos zur Heizungsanlage vordringen.

«Kein Wunder, dass sich da nichts tut.» Mein Retter zeigte auf die Anzeige. «P7 bedeutet, das Heizöl ist alle.»

«Das ist alles?»

«Moment.» Er drehte ein Ventil auf und zog einen dieselschwarzen Einsatz heraus, den er gegen das Licht hielt. «Der Filter sieht gut aus.» Er zog einen alten Lappen aus der Tasche, wischte das Ding ab und baute es wieder ein. Dann drückte er eine Taste, und das Blinken im Anzeigenfeld hörte auf. «Das ist eine gute Anlage, ich hab die gleiche im Keller. Sehen Sie, hier können Sie sogar verschiedene Voreinstellungen programmieren.» Wie durch Zufall berührten sich unsere Hände, und ich stand unter Strom.

«Also …»

«… müssen Sie nur Öl kaufen», sagte er fröhlich.

Von wegen nur. Ich fügte meiner mentalen Kostenaufstellung eine weitere Summe hinzu und nahm mir vor, am Montag mit dem Lottospielen anzufangen.

Nach der Hausbesichtigung landeten wir in der Küche, wo Crowley von der Eckbank aus skeptisch beobachtete, wie Herr Lodes sich gründlich die Hände wusch.

«Und wie machen wir beide jetzt weiter, Frau Lindner?», fragte mein Schreiner über die Schulter.

Na, das war doch schon geklärt: nackt. Gerne hier ... Einen knackigen Po hatte er auch.

«Frau Lindner?»

Ich riss mich zusammen. «Vielleicht sollten wir zuerst das Frau-Lindnern sein lassen», sagte ich in Anlehnung an Gundi. «Auf dem Land duzt man sich ja, oder?»

Mein Lieblingsschreiner nickte. «Gerne. Ich bin der Christian.»

«Und ich heiße Nina.»

«Okay.» Er holte sein Handy heraus und schrieb eine Nummer auf einen Zettel. «Das ist die Heizölfirma. Wenn du da Montag gleich in der Früh anrufst und es ein bisschen dringend machst, liefern die sicher schnell.»

«Und wann könntest du mit den Fenstern loslegen?»

«Ich habe nicht alle Termine im Kopf, aber ich schau nächste Woche auf jeden Fall vorbei.»

Als Christian gegangen war, schnappte ich das alte Transistorradio von Onkel Hubert und stieg beschwingt die Treppe hinauf. Nächste Woche kommt er wieder ... nächste Woche kommt er wieder ...

Ich stellte einen Sender mit Popmusik ein, und zu den Klängen von Kylie Minogues «Can't Get You Out Of My Head» strich ich laut singend weiter.

«I just can't get you out of my head, boy your loving is all I think about.»

«Mann, Mama, was ist denn hier schon wieder los?» Marie musterte mich, als wäre ich nicht ganz dicht.

«Was soll denn sein?»

«Kaum verlässt man mal das Haus, tobst du hier rum, als wärst du in der Disco.»

«Na und?»

«Und wer war das?» Marie zeigte durch das Fenster auf die Einfahrt.

«Da stand doch ganz lange ein Transporter.»

Er war hier! Der schärfste Schreiner, seit es Holz gibt.

Ich schaute betont gleichgültig auf die Straße. «Ach, das war der Herr Lodes, dieser Schreiner aus Hedelbach, dem wir gestern auf den AB gequatscht haben. Der hat sich die Sachen hier mal angeschaut und meinte, dass die Heizung okay ist. Nur das Heizöl ist alle. Und nächste Woche will er sich um die Fenster kümmern.»

«So wie's aussieht, ist dir auch ohne Heizung ganz schön warm geworden, was?» Meine Tochter grinste frech.

Ich grinste zurück. «Ich weiß nicht, was du meinst.»

«Du möchtest jetzt nicht drüber reden, stimmt's, Schatz?» Marie imitierte den Tonfall, den ich ihr gegenüber in Krisenzeiten anschlage. «Na, du weißt ja, ich bin immer für dich da.»

Ich musste lachen. «Schnucki, das ist lieb von dir. Dann erinnere mich unbedingt am Montag daran, diese Heizölfirma anzurufen.»

«Ist gebongt.» Sie wedelte mit der Tageszeitung. «Gundi lässt dich übrigens grüßen. Wir sollen heute Abend wieder zum Duschen und Essen vorbeikommen. Gegen sechs.»

«So», sagte Gundi. «Des is der Mario.»

Wir hatten uns gerade zu einem leckeren Abendessen an den Tisch gesetzt, als sie mit einem etwa siebzehn Jahre alten, schwarz gekleideten Jungen in der Küche auftauchte. Ein bisschen blass und unscheinbar sah er aus, aber nicht unsympathisch. «Und des sind Nina und Marie, die in den Gasthof vom alden Hubbert gezog'n sinn. Etzt biste mit deinem Goddigg-Zeugs endlich nimmer allaans.»

Eine geschätzte Nanosekunde lang musterten sich die beiden Jugendlichen, murmelten etwas Unverständliches, dann setzte sich Mario Marie gegenüber und stierte auf seinen Teller.

«Der Mario ist mein bersönlicher BeeZee-Eksbädde. Immer wenn's was Neues zum Daunloodn gibt, macht er des für mich. Gell, Mario?»

Der Knabe nickte stumm und sank unter seiner Schnittlauchfrisur noch ein bisschen weiter in sich zusammen.

«Und? Geht bei euch scho a weng was voran?», fragte Gundi, während sie eine dampfende Auflaufform auf den Tisch stellte.

«Schreiner Lodes aus Hedelbach war da», erzählte ich, während ich mir eine große Portion Blumenkohlgratin auf den Teller schaufeln ließ. «Nächste Woche werden weitere Pläne gemacht.»

Gundi nickte zufrieden. «Des iss a fähicher Kerl. Und a ganz a Nedder dazu!»

Marie kicherte leise, was ihr sofort einen scharfen Mutterblick einbrachte.

«Is was?» Der früheren Lehrerin entging nichts.

«Nö.» Ich schüttelte den Kopf. «Ansonsten haben wir gestrichen wie die Weltmeister und können schon bald die ersten Zimmer einrichten.»

«No brima! Dafür hab ich mich heud wieder g'scheit aufreg'n müssen», brummte Gundi. Sie nahm einen Katalog von der Eckbank. «Schauts euch des amol an. Lauter scheußliche Kiddlschürzn! Do möcht mer nimmer leben, oder?» Mit angewidertem Blick blätterte sie das Heft im Schnellverfahren durch und zeigte mir Frauen im sogenannten gesetzten Alter. Alle in Beige- und Brauntöne gekleidet. «Adressiert wars fei an mich bersönlich.» Sie tippte auf den Adressaufkleber. «Do steckt bestimmt mei bleede Kusine dahinder! Möcht wohl, dass ich endlich was Bassendes anzieh!» Gundi schnaufte. «Aber do kann se lang warddn.»

«Schreib ihr doch einen knackigen Spruch auf die Titelseite und schick ihn ihr zurück», lachte Marie. «Dann lässt sie dich in Zukunft sicher in Ruhe!»

Marios Mundwinkel verzogen sich zu einem zaghaften Lächeln, aber Gundi tat Maries Vorschlag mit einer Handbewegung ab.

«Blos ned, dann hat'se an Vorwand, mich ozurufen. Und des kann bei der Stunden dauern. Des duu ich mir ned oo!» Sagte es und warf das Heft in den Korb neben dem Kachelofen. «Wahrscheinlich brennds ned amol g'scheit, so schregglich, wie des Zaich ausschaut.»

Dann konzentrierten wir uns wieder auf das Essen, jeder mit seinen eigenen Gedanken beschäftigt. Bis Mario plötzlich den Mund aufmachte.

«Greentunes, kennst du das?»

Maries Gesicht leuchtete auf. «Ja, klar! Da wollte ich schon immer mal hin.»

«Das hat jemand von hier gegründet, aus Bayreuth. Ich war dieses Jahr da. Willst du mal die Fotos sehn?» Und bevor ich bis drei zählen konnte, waren die beiden im Nebenzimmer verschwunden, um sich bei Facebook einzuloggen.

«Griendjuuns is so a Musikfesdival, wo's auch um Dierschutz und Umwelt geht», sagte Gundi, als sie mein verdutztes Gesicht sah. «Gude Sache.» Sie stellte das Geschirr in die Spülmaschine und scheuchte mich ins Wohnzimmer. «Und solang die sich mit der vechedarischen Jugendkuldur beschäftigen, machen mir zwaa a g'mütliche Sofasession.»

Wir nahmen auf Gundis geblümter Couch Platz.

«Und sonst? Hast scho a baar Leut kenneglernt?»

«Heute früh hatte ich das Vergnügen mit unserem anderen Nachbarn.» Ich erzählte ihr von der Sauerei mit der Aschelade.

Gundi kicherte. «Der Gustl is ka schlechder Kerl. Bloß a bissel ungschickt und a weng, wie soll ich sagen ...»

«Eigenbrötlerisch?»

«Genau. Der is halt noch nie richtig aus Wiestal rausgekommen. Der kennt bloß die hiesichen Siddn.»

«Ach, so was gibt's hier?» Vielleicht erklärte das dieses merkwürdige Verhalten der Schnepfenbande! «Gibt's da irgendwelche Gebräuche, die man einhalten muss, wenn man hier neu hinzieht?»

Gundi überlegte kurz. «Naa, ned dass ich wüsst. Des mit 'm Grüß Godd hab ich dir scho g'saacht, des is auf jeden Fall die halbe Miede. Der Rest un alles annere wird sich dann scho weis'n.»

«Ich hab aber den Eindruck, dass ich ein paar Leute vor den Kopf gestoßen habe.»

Gundi winkte ab. «Quadsch! Ich waaß scho, was de meinst. Wart's nur ab, des gibt sich ganz von allaans. So! Und etz isses Zeit für meinen speziellen Freund.»

Aha. Bevor ich nachfragen konnte, schnappte sie sich die Fernbedienung.

«Sollte ich nicht lieber mal nach Marie und Mario schauen?»

Gundi schüttelte den Kopf. «Die brauchen uns ned.» Sie schaltete den Fernseher ein. «Und wenn's doch so is, erfahr'n mir des noch früh genug.»

Na gut, dann eben Heimatfilm. Und mit der beknackten Situation in meiner *neuen Heimat* würde ich eben noch a weng zurechtkommen müssen.

Eine bekannte Titelmelodie setzte ein.

Hä?!

«Ich hoff, du magst *Star Dregg*?» Es war Gundi deutlich anzusehen, wie sehr sie sich über meinen dämlichen Gesichtsausdruck freute.

«Doch, sehr!», sagte ich. «Ich bin nur überrascht, dass du das auch magst. Und wer ist dein spezieller Freund?»

«Der Schang-Lük Pikahr naddürlich.» Sie seufzte zufrieden. «Der ist fast so schnuggelich wie der Walder.»

«Ah, Walter! Wenn du den nicht aus der Zeitung ausgeschnitten hättest, könnte ich sogar mitreden», sagte ich grinsend.

«Kommt schonnoch», sagte sie und tätschelte mir das Knie. «Und etz genge mir beide amol a weng in die unendlichen Weiden!»

Während der Vorspann lief, dachte ich darüber nach, dass es bei *Star Trek* eine Menge Parallelen zu meiner eigenen

Situation gab: Genau wie die Mannschaft der Enterprise war ich Lichtjahre von meinem Heimatort entfernt und definitiv dabei, unbekannte Lebensformen und neue Zivilisationen zu entdecken. Ich kuschelte mich in die Kissen. Bestimmt konnte ich mir beim Captain und seiner Crew ein paar gute Tricks für den Umgang mit widerborstigen Einheimischen abschauen.

Eine halbe Stunde später saßen Picard und sein Team ausgeplündert im Kerker einer rückständigen Kriegerrasse, von Marie und Mario war kein Mucks zu hören, und Gundi schnarchte gemütlich vor sich hin. Ich war wahnsinnig gespannt, wie der Captain sich diesmal aus der Affäre ziehen würde, da setzte Gundi sich plötzlich mit einem Ruck auf: «Wo sinnse denn etz?»

«Picard, Data und Riker sind auf einen Planeten gebeamt worden und können keinen Kontakt mit der Enterprise aufnehmen, weil sie …»

«Ah, ich seh scho: weil sie ihr Pabberle nimmer hamm.»

«Ihr was?» Diese Frau erstaunte mich immer mehr.

«Ihr Pabberle», sagte Gundi ungeduldig. «Geh, saach, wie heißt des Ding?»

Sie tippte sich mit der flachen Hand ein paarmal auf den linken Busen. Jetzt fiel bei mir der Groschen.

«Kommunikator?»

«Genau», bemerkte meine Nachbarin weise. «So brakdisch, wie des sein mag, wennstes verloren hast, bist schee angschmiert!»

Marie und Mario hatten sich anscheinend auch ohne Kommunikator gut verstanden, denn Marie machte auf dem Heimweg einen recht beschwingten Eindruck.

«Na? Und wie ist dieser Mario so?»
«Ziemlich okay», sagte Marie.
Holla! Auf das Kompliment konnte der Knabe sich wirklich was einbilden.

Wir hatten kaum die Haustür geöffnet, da klingelte mein Handy. «Elke!»
«Sorry, dass ich mich jetzt erst melde», sagte meine Freundin. «Ich musste Volker heute zu einem ewig langen Meeting begleiten, und da gab es keine ruhige Minute. Der Mann ist ja manchmal wie ein Terrier auf Speed. Aber wem erzähle ich das! Und jetzt sag schon: Was hast du denn so erlebt?»
Ich warf Marie, die nach oben ging, eine Kusshand zu, schenkte mir ein Glas Wein ein und machte es mir auf der Eckbank in der Küche bequem. So berichtete ich von den ersten Tagen in meinem Haus am Ende der Welt, von Gundi und Martin, den gefährlichen Elektroleitungen, maroden Fenstern und vor allem von dem Kummer mit den Schnepfen. Elke tat, was eine gute Freundin tun muss: Sie hörte mir zu. Ab und zu stellte sie an den richtigen Stellen die richtigen Fragen und verschonte mich mit Sätzen wie: *Du solltest vielleicht mal ...* oder: *Warum hast du dann nicht gleich ...* Aber am Ende servierte sie mir die Quintessenz meines Geschwafels in einem einzigen Satz: «Wenn du dort glücklich werden willst, wirst du dich wohl irgendwie integrieren müssen.»
«Will ich ja», brummte ich. «Aber die lassen mich gar nicht erst an sich ran. Du hättest die Weiber erleben sollen: Gegen die ist Volker ein zahmes Schoßhündchen ...»

«Da muss irgendwas dahinterstecken!», grübelte Elke. «Aber was?»

Ich schickte einen tiefen Seufzer nach Berlin. «Wenn ich das nur wüsste. Vielleicht ruht ja ein Fluch auf dem Haus, und Onkel Hubert wollte sich posthum noch an der buckligen Verwandtschaft rächen, also quasi an mir.»

«Ach, das ist doch Unsinn!», rief Elke.

Ich langte nach meinem Weinglas. «Hast recht. Immerhin sind Gundi, Martin und der scharfe Schreiner ausnehmend nett zu mir.»

«Scharfer Schreiner???»

«Sehr attraktiv, sehr sympathisch. Außerdem sehr fähig und witzig …»

«Ich will ja nicht unken», unterbrach mich Elke. «Aber das klingt enorm nach *in sehr festen Händen*!»

«Einen Ring habe ich nicht entdecken können.»

«Hallo? Der Mann ist Handwerker.»

«Vielen Dank für die aufmunternden Worte», murmelte ich. «Aber im Ernst, er wirkte auch überhaupt nicht verheiratet.»

«Das sagt gar nichts. Mao wirkte auch nicht wie ein Massenmörder.»

«Toller Vergleich!»

«Hör mir gut zu, Süße, ich gebe dir jetzt mal einen wichtigen Rat: Wenn die Gattin von diesem Schreiner mitkriegt, dass du mit ihrem sympathisch-fähig-scharfen Mann anbandelst, hast du in Wiestal verschissen – und zwar ein für alle Mal. Dann kannst du deine Kisten gerade wieder einpacken.»

«Immer verdirbst du mir den Spaß», meckerte ich. «Vielleicht ist er ja geschieden.»

«Du weißt ganz genau, was ich meine, Nina. Freilaufende Männer dieser Art gibt es in unserem Alter nicht mehr. Jedenfalls keine guten.»

Ich lachte. «Höchstens welche, die mit der Harley herumknattern. Soll ich mir den Blech-und-Betten-Martin schnappen?»

«Nur wenn es unbedingt sein muss», meinte Elke. «Was hast du da im Glas? Schwarze Mädchentraube? Kellergeister?»

«Nicht ganz so schlimm», erwiderte ich. «Dornfelder. Und in der Gaststube gibt es noch drei Flaschen Grauburgunder.»

«Arme Socke», seufzte Elke bedauernd. «Habt ihr denn morgen wenigstens was Schönes vor, oder wollt ihr den ganzen Sonntag weiterackern?»

Gute Frage. «Morgen könnten wir ja mal essen gehen und die Gegend erkunden», beschloss ich spontan. «Und danach richten wir Maries Zimmer ein, damit es fertig ist, wenn die Schule beginnt.»

Fünf

Die Vorhersage für Sonntag, den 30. März:
Verbreitet Irrwitz. Dabei kommt die Stimmung nur mühsam in Fahrt.

So einfach, wie ich gedacht hatte, war der Plan mit dem Essengehen gar nicht umzusetzen. Jedenfalls nicht mit einer vegetarischen Tochter im Schlepptau.

Nachdem die Gasthöfe, an denen wir bei unserer Vormittagswanderung vorbeigetrabt waren, nur Braten, Roulade und Schnitzel im Angebot gehabt hatten, beschlossen wir, mit dem Auto nach Hedelbach zu fahren. Umsonst. Überall gab es gutbürgerliche Küche, und die war in Franken ohne Fleisch anscheinend undenkbar.

«Wir gehen jetzt einfach da rein und fragen, ob sie dir etwas ohne Fleisch machen können», schlug ich beim vierten Versuch vor. «Sonst bleibt uns nichts übrig, als nach Hause zu fahren und Brote zu schmieren.»

Als wir die Goldene Krone betraten, schlug uns geballter Bratenduft entgegen, und ich sah, wie Marie das Gesicht verzog.

«Komm, da hinten in der Ecke ist noch Platz», sagte ich und nahm ihre Hand.

Und schon war es wieder so weit! Einige Gäste stellten das Kauen ein, stießen sich gegenseitig in die Rippen und deuteten mit dem Kopf in unsere Richtung. Es war klar, dass es diesmal an Maries Outfit lag, denn ein größerer Kontrast zur sonntäglich herausgeputzten Landbevölkerung war nur schwer vorstellbar. Mädchen wie meine Tochter kannte man hier höchstens aus schrägen Vorabendserien im Fernsehen.

Unbeeindruckt schoben wir uns an den vollbesetzten Tischen vorbei und versuchten, den hektisch herumrennenden Bedienungen dabei nicht in die Quere zu kommen.

Dann hatten wir endlich unser Ziel erreicht. «Sind bei Ihnen noch zwei Plätze frei?»

Die Großfamilie, die vom Säugling bis zum Urgroßvater alles im Angebot hatte, rückte kommentarlos zusammen und setzte die Diskussion, ob Tante Geraldine sich das mit dem Haus nun leisten konnte oder nicht, im selben Atemzug fort.

Sekunden später erschien eine verschwitzte Bedienung, warf zwei wuchtige Speisekarten vor uns auf den Tisch und verschwand sofort wieder.

Das Ambiente versetzte mich in die Zeit zurück, als ich bei Onkel Hubert die Ferien verbracht hatte: die plastikbeschichteten Tischdecken, die Speisekartenmappe aus Kunstleder und die vielen verstaubten Sanseverien, auch Schwiegermutterzunge genannt, auf der Fensterbank.

«Vegetarisch ist das hier die volle Nullnummer», bemerkte Marie. «Nur auf der Abendkarte haben sie einen gebackenen Camembert mit Preiselbeeren.»

«Immerhin etwas.» Im Gegensatz zu meiner Tochter konnte ich der Fränkischen Hausmannskost durchaus etwas abgewinnen, und nach einigem Hin und Her entschied ich mich für Sauerbraten. Oder sollte ich doch lieber die Rouladen nehmen?

Mein Entscheidungskampf wurde von der gehetzt dreinblickenden Bedienung im Keim erstickt. «Wiss mer schon, was mer kriegn?»

«Zwei Apfelschorlen», bestellte ich. «Und haben Sie außer dem gebackenen Camembert irgendein vegetarisches Gericht?»

«Was?»

«Etwas ohne Fleisch», übersetzte ich geduldig.

«Mir hamm Gloß mit Soß. Des ist aber bloß für Kinder.»

«Sie ist ja meine Tochter», sagte ich spitzfindig. «Und was ist das für eine Soße?»

«Vom Schweinebradn halt.»

Marie rollte mit den Augen. «Ich esse aber kein Fleisch!»

«Dann nehmen's halt an Fisch!»

«Ich esse nichts, was Augen hat.»

«Dann nehmen wir den Camembert mit Preiselbeeren und die Rouladen», sagte ich bestimmt.

«Des ist aber von der Abendkardde. Ich waaß ned, ob der Koch des macht.» Mit großen Schritten eilte sie Richtung Küche.

Unsere Diskussion mit der Bedienung hatte anscheinend die Probleme um Tante Geraldine getoppt, denn die acht Augenpaare unserer Tischgenossen waren nun doch unverwandt auf uns gerichtet.

«Du schaust fei komisch aus!» Ein etwa fünfjähriges Mädchen im rosa Sonntagskleidchen sprach das aus, was die restliche Familie nur dachte. Sie strahlte Marie fasziniert an.

«Du auch», sagte Marie und schnitt eine Grimasse. Das Kind lachte und verschwand unter dem Tisch. Im nächsten Moment tauchte es neben Marie wieder auf und setzte sich zu ihr auf die Bank. «Warum isst'n du ka Fleisch?»

«Weil ich nicht möchte, dass wegen mir Tiere umgebracht werden», erklärte meine Tochter.

«Sin Schnitzel auch Diere?»

«Ein Schnitzel war mal ein Schwein. Und Rouladen eine Kuh.»

Die Kleine dachte gerade über diese Neuigkeiten nach, als ein Kellner mit einem Riesentablett am Tisch auftauchte und Teller verteilte.

«Komm, Nicole, dei Kinderschnitzel mit Bommes!», gurrte die Mutter. «Schau, wie legger des ausschaut.»

Nicole überlegte kurz, dann schüttelte sie den Kopf. «Ess ich ned!» Sie blieb mit bockigem Gesichtsausdruck neben Marie auf der Bank sitzen. «Des ist a dodes Schwein, und Schweine sinn süß!»

«So a Schmarrn!», rief der Vater. «Du kommst etzt sofort her, isst dei Schnitzel und gibst a Ruh!»

«Ned so laut, Georch», versuchte Mutti ihren Mann zu bremsen. «Des muss ja ned jeder mitgrieg'n!»

«Geh lieber zu deinen Eltern», sagte Marie leise. «Du kannst ja die Pommes und den Salat essen. Das sind keine Tiere.» Nicole sah sie dankbar an und verschwand wieder unter den Tisch.

«Und du, gell?!», rief Vater Georch. «Du hörst sofort auf, mei Kind aufzuhetzen. Des braucht sei Fleisch!» Mir warf er einen giftigen Blick zu. «Ich erzieh mei Dochder nämlich g'scheid. Ned, dasse nachher auch mal so ausschaut.»

Ich lächelte dünn zurück und sehnte mich nach Gundis Küchentisch. Unsere alte Nachbarin war anscheinend die Einzige, die uns so akzeptierte, wie wir waren.

Am Nachmittag richteten wir Maries Zimmer fertig ein. Ihre verschnörkelten Berliner Möbel passten so gut in diese Dachkammer, die trotz der roten Wände und schwarzen

Vorhänge nicht düster wirkte, dass ich fast ein wenig neidisch wurde. Marie hatte einfach einen guten Geschmack.

Sie baute ihr messingbeschlagenes Fernrohr unter dem Fenster auf und trat zur Tür, um den Anblick auf sich wirken zu lassen.

«Wie ein Traum aus einem Steampunk-Comic», sagte sie zufrieden. «Genau, wie ich es wollte.»

«Dann hoffe ich, dass dies hier auch in deinem Sinne ist.» Ich zog eine längliche Schachtel aus der Tasche meiner Strickjacke und gab sie Marie.

«Was ist das denn?»

«Etwas zum Neuanfang», sagte ich.

Marie setzte sich auf das Bett, entfernte das Geschenkpapier und öffnete die Schachtel. «Boah!» Sie sah mich mit leuchtenden Augen an. «Ist das schön!» Vorsichtig nahm sie das dreigliedrige, mit rosengeschliffenen Granaten besetzte Silbercollier in die Hand und bewunderte es von allen Seiten. «Wo hast du das denn her?»

«Es ist ein Erbstück», sagte ich und freute mich wie eine Schneekönigin über ihr strahlendes Gesicht. «Ich habe es von meiner Mutter bekommen, und jetzt ist der richtige Moment gekommen, es an dich weiterzugeben.»

Marie sprang auf und umarmte mich stürmisch. «Du bist die liebste Mutter der ganzen Welt», sagte sie.

Vorsichtig legte ich ihr das Collier um den Hals und stellte mich mit ihr vor den Spiegel. «Möge es dir Glück bringen, mein Schatz», sagte ich leise.

Marie gab mir einen Kuss. «Uns beiden. Dann kriegen wir alles hin. Wetten?»

Ich lachte. «Wette angenommen!»

Sechs

Die Vorhersage für Montag, den 31. März:
Nach ersten Problemlösungen heiter bis erfreulich. Gegen Abend vereinzelte Geistesblitze.

Der Montagmorgen begann mit einer Überraschung. Nach einer Nacht, in der ich immer wieder von einem laut krakeelenden Hahn aus dem Schlaf gerissen worden war, stand Mario bereits kurz nach sieben bei uns vor der Tür. Leicht geschminkt, mit schwarz gefärbten Haaren.

«Ist Marie schon fertig?», fragte er. Und bevor ich bis drei zählen konnte, hatte meine Tochter sich von einem gähnenden Schlafmonster in einen fröhlichen Teenager verwandelt und fuhr nach einer kurzen Verabschiedung hinten auf Marios Vespa davon.

«Ist ja schön, dass sie schon jemanden kennt und ihrer eigenen Wege geht», sagte ich zu Crowley. «Aber ich hätte mich gefreut, wenn sie es mir vorher erzählt hätte. Immerhin war ausgemacht, dass ich sie am ersten Tag zur Schule fahre und nicht dieser Knabe.»

Andererseits konnte ich nun in Ruhe einen weiteren Morgenkaffee zu mir nehmen und dazu einen Blick in die Zeitung vom Wochenende werfen, die diesmal keine Löcher im Regionalteil aufwies. Dafür mehrere Fotos von der Feuerwehrjubiläumsfeier im Nachbardorf.

Schön zu wissen, dass die Feuerwehr sich so gut um alles kümmerte. Dabei fiel mir ein, dass bei mir eine gewisse

Brennflüssigkeit fehlte. Ich suchte Christians Zettel heraus und wählte die Nummer der Heizölfirma, wild entschlossen, mich bei dieser Gelegenheit bis auf die Knochen zu integrieren.

Das Telefon klingelte drei Mal, dann meldete sich eine ältere Frauenstimme mit einem langgezogenen «Jaaa?».

Ich flehte die Grüß-Götter an, dass ich niemanden von der Schnepfenbande am Rohr hatte, und räusperte mich. «Guten Morgen, ich hätt gern a weng a Heizöl beschdellt», begann ich in meinem besten Fränkisch.

«Jaaa?»

«Und würd mich fei freuen, wenn Sie bald liefern könndn, wir hamm nämlich, äh, fei keinen Dropfen mehr im Dank.»

«Jaaa?»

Ein bisschen einseitig war das Gespräch schon, aber immerhin schien die Frau mich zu verstehen. Ich legte noch einen Zacken zu. «Hamm S' denn a weng a Ahnung, wann Sie des liefern könnten?»

Ein weiteres «Jaaa?» nahm seinen Anlauf, doch nun mischte sich eine jüngere Stimme ein. «Was machst du denn da, Oma?»

Es folgte allerhand Geraschel, anscheinend gab Oma den Hörer nicht freiwillig aus der Hand. Dann fragte die junge Stimme: «Hallo, wer ist denn da?»

«Ich möchte fei gern a weng a Heizöl beschdelln», wiederholte ich meinen Text.

«Was ist mit dem Heizöl?» Die Stimme klang genervt. «Könnten Sie bitte etwas deutlicher sprechen? Ich bin nur die Vertretung und verstehe Ihren Dialekt nicht.»

«Kein Problem», sagte ich, stolz, als Fränkin durchgegangen zu sein. «Ich möchte gerne Heizöl bestellen. Und es wäre dringend, denn ich habe keinen Tropfen mehr im Tank, und wir frieren.»

«Du meine Güte. Dann sehe ich zu, dass morgen gleich geliefert wird», sagte die junge Frau. «Sagen Sie mir bitte Ihre Adresse?»

Das tat ich nur zu gerne. Nach dem Auflegen lehnte ich mich zufrieden zurück. Bestimmt würde heute ein richtig guter Tag.

Von meinem Erfolgserlebnis beschwingt, sammelte ich die erforderlichen Papiere zusammen und fuhr nach Hedelbach, um Marie und mich im Rathaus anzumelden.

Ich hatte einen dicken Schmöker eingesteckt, um mir die Wartezeit zu verkürzen, doch das stellte sich als überflüssig heraus. Die verschiedenen Ämter, für die man in Berlin mehrere Hochhäuser brauchte, passten hier in drei Zimmer. Außerdem war ich heute Morgen die einzige Bürgerin weit und breit. Ich klopfte bei der mittleren Tür, hinter der man laut Beschriftung für Anmeldung, Ummeldung, Geburtsbeurkundung, Fischereiabgabe und Fundsachen zuständig war.

«Ja?»

Beim Eintreten sah ich, dass drinnen die Türen zu den Büros links und rechts weit offen standen. «Grüß Gott, ich möchte meine Tochter und mich anmelden.»

Die Sachbearbeiterin, laut Tischschildchen eine gewisse Geraldine Popp, musterte mich über den Brillenrand hinweg und nahm gelangweilt die Ausweise entgegen. «Wo sinn's denn hingezogen?»

«Nach Wiestal.»

«Aha.» Sie rief das zuständige PC-Programm auf und fing träge an zu tippen. «Nina Lindner, Tochter Marie Lindner …» Wieder ein Blick über den Brillenrand. «Gadde?»

Nix Gatte. «Geschieden.»

«Aha.»

«Adresse?»

«Hauptstraße 44.»

Diese Info weckte schlagartig ihre Lebensgeister. «Des is doch der Gasthof!»

«Ja, den habe ich von meinem Onkel geerbt.»

«Und Sie ziehn do ein?»

«Deshalb bin ich hier.»

«Ich werr verrüggt. Moni! Gisi! Da ist fei die Frau, die den Gasthof in Wiesdal gegricht hat!»

Plötzlich war ich die Sensation des Tages. Moni und Gisi kamen von links und rechts angerannt, stellten sich hinter die Kollegin Popp und schauten mich neugierig an.

Ich unterdrückte das heftige Bedürfnis, ihnen einfach die Zunge herauszustrecken, und schaute möglichst freundlich zurück.

«Dessisserawahnsinn!», meinte die korpulente Blonde im lachsfarbenen Twinset. «Des werd manchen aber gar ned bassen, gell, Moni?» Sie zog vielsagend die Brauen hoch.

«Des kannst glauben», brummte Moni. «Dann hamm Sie wohl die schwarz g'färbte Dochder, die so ausg'fallne Glamoddn anhat?»

Die Buschtrommeln funktionierten also auch in Hedelbach. «Ja, meine Tochter hat einen eigenen Stil», sagte ich. Und während ich überlegte, ob ich weitere Infos preisgeben oder die Damen selber sammeln lassen sollte, fiel mir ein, wo

96

der Name Geraldine mir schon mal untergekommen war. Und beschloss, es darauf ankommen zu lassen.

Ich stützte mich auf den linken Ellbogen und beugte mich vor. «Was mich aber mal interessieren würde, Frau Popp. Wie ist das jetzt mit Ihrem Haus? Übernehmen Sie sich tatsächlich mit der ganzen Sache, oder bildet sich die Familie das nur ein?»

Was leicht als Rohrkrepierer hätte enden können, schlug ein wie eine Bombe.

«Woss?» Frau Popp sah mich mit offenem Mund an. «Wer haddn des behaubtet?!»

Moni wusste die Antwort sofort. «No wer scho? Des kann bloß der Georch g'wesen sein!» Sie sah mich fragend an. «Gell?»

«Genau, so einer mit Halbglatze. Etwas cholerisch veranlagt, mit einer kleinen Tochter.» Ich musste mich zusammenreißen, nicht vor Freude in die Hände zu klatschen.

«No freilich! Und die Glaa heißt Nigoll!»

Ich nickte bestätigend. «Das war er.»

«Der Mistkerl …» Frau Popp atmete schwer. «Der kann sich fei auf was g'fasst machen!»

Moni tätschelte ihre Schulter. «Du gehst etzt amol in mei Zimmer, rufst den Georch an und machst'n rund. Derweil duu ich hier die Frau …» Sie schielte auf den Monitor. «… die Frau Lindner anmeld'n. Gell?»

In den nächsten zehn Minuten konnte ich zwei Punkte auf meiner To-do-Liste abhaken. Während Geraldine dem Georch die Meinung geigte, bekam ich eine schöne Tasse Kaffee und wurde samt Marie eingebürgert. Und dank meines Insidertipps kümmerten sich Moni und Gisi auch noch um mein Sperrmüllproblem, ohne dass ich dafür das Zimmer wechseln musste.

«Des erledigen mir auf'm gleinen Dienstweg», erklärte Gisi. «Bleim'se nur sitzen, des hammer gleich!»

Als ich mich von den Kolleginnen verabschiedete, kam Frau Popp in ihr Büro zurück.

«Der werd sei bleeds Maul in Zukunft haldn», sagte sie zufrieden. «Und Ihnen noch mal Dank'schön, gell?» Sie schüttelte mir die Hand. «Leb'm Se sich fei recht gut ein bei uns!»

Ich versprach, mein Bestes zu tun. Dann stieg ich quietschvergnügt ins Auto und fuhr nach Hause.

Wie es aussah, war ich in der Disziplin Buschtrommeling ein Naturtalent. Wenn das mal keine gute Voraussetzung für eine zügige Integration war!

Zu Hause beschloss ich, den frischen Schwung auszunutzen und mich erst einmal um meine Jobs zu kümmern. Ich hätte zwar lieber damit angefangen, mein Arbeitszimmer fertig einzurichten oder ein paar andere dringende Dinge in Angriff zu nehmen, aber ohne Geld würde ich sowieso nicht weit kommen. Also installierte ich mich mit meinen Unterlagen, Laptop und Handy in der Küche und legte los.

Die ersten beiden Stunden funktionierte das hervorragend, doch dann schlich sich ein bestimmter Name in mein Hirn: Christian.

Ob er wirklich verheiratet war?

Ich könnte ja ganz beiläufig fragen, wenn er das nächste Mal kam.

Mit mir zusammen.

Hier. Auf dem Küchentisch …

Aus! Nina! Arbeiten!

Als ich aber bei den nächsten Telefonaten gleich zwei meiner Gesprächspartner mit Herrn Lodes bzw. Christian ansprach, gab ich es auf. Es war wohl sicherer, erst mal eine Pause einzulegen und den Rest der Korrespondenz später bei der Nachbarin per Mail abzuwickeln.

Ich trat vor die Küchentür und streckte mich. Beim Anblick des sprießenden Gartens fiel mir Gundis Tipp wieder ein: Die Stauden sollten bald geschnitten werden. Genau das Richtige bei diesem schönen Wetter, und außerdem wollte ich mich ja an die Dorfsitten anpassen.

In Onkel Huberts Schuppen fand sich alles, was ich brauchte, und so legte ich in dem kleinen Gartenstück neben dem Gasthof los. Mit den Stauden war ich schnell fertig, deshalb begann ich auch gleich noch, der Ligusterhecke einen neuen Haarschnitt zu verpassen. Ich überlegte gerade, ob ich die verdammte Hecke bei Gelegenheit herausreißen lassen sollte, als ich die Schnepfen Beyer und Haas die Straße entlangkommen sah. Auf der Stelle entschied ich mich für *stehen lassen*, ging in die Knie und versuchte eins zu werden mit den immergrünen Blättchen. Gerade rechtzeitig, denn die Damen hatten einen flotten Schritt drauf und waren launetechnisch auf hundertachtzig.

«Und etz der Manfred!», zeterte die Haas. «Glaubstes? Ich könnt verrüggt werr'n!» Zu meinem großen Schreck blieben sie direkt vor der Hecke stehen. Ich überlegte, ob ich mit einem lauten Schrei aus dem Nichts auftauchen und ihnen einen doppelten Herzinfarkt bescheren sollte, aber ich hielt

mich zurück. Um diese Giftspritzen ins Jenseits zu beför-
dern, würde ich größere Geschütze auffahren müssen. Und
so begnügte ich mich damit, auf ihre unrasierten Beine zu
starren.

«Dir is scho glaar, wer dahintersteckt, gell?» Die ge-
hässige Stimme der Beyer nahm die Unterhaltung wieder
auf.

«No freilich!» Frau Haas schnaufte. «Aber die soll bloß
nedd glauben, dasse so einfach davonkommt!»

«Do musst an Riegl vorschieben, und zwar gleich», zischte die Beyer. «Wo kämen mir denn hin, gell? Wenn des a
jeder machet!»

Die beiden setzten sich wieder in Bewegung. Als sie außer
Hörweite waren, schälte ich mich vorsichtig aus meinem
Versteck und atmete tief durch. Gut zu wissen, dass sie auch
noch andere Leute auf dem Kieker hatten. Ich wünschte
dem mir unbekannten Manfred alles Gute.

Nach diesem Fast-Zusammenstoß verlegte ich meine Gar-
tenaktivitäten lieber hinter das Haus. Den schönen Tag
wollte ich mir einfach nicht verderben lassen.

Voller Elan rechte ich altes Laub zusammen, schnitt ver-
trocknete Stängel zurück, harkte den Weg und freute mich
über die grünen Spitzen, die an allen Ecken aus der Erde
hervorkamen.

Wer aber in meinen Gedanken auch wieder hervorkam,
war Christian. Auf den Rechen gestützt, hing ich meinen
Phantasien nach. Er. Ich. Unter dem Apfelbaum …

«Grüß Godd, Frau Nachbarin!» Gustl Beck stützte sich
mit seinen haarigen Unterarmen auf den Zaun und zeigte
mit einem breiten Grinsen, dass er schon lang nicht mehr

beim Zahnarzt vorbeigeschaut hatte. «No, dun mer wohl a weng im Garten arbeidn?»

Nein, du Knaller. Ich wechsele gerade die Winterreifen.

«Sie haben aber auch ein Talent, mich zu erschrecken!»

«Do hat man immer a weng wos zu dun im Garddn, gell?»

«Jaja», sagte ich. «Vor allem im Frühling. Gell?»

«Sie müssen fei auf die Schneggn obacht geb'm, gell?» Gustl zeigte auf den hinteren Teil der Beete. «Den Riddersporn mögens b'sonders gern!»

«Ich werde es mir merken», versprach ich. Dann schaute ich wie zufällig auf meine Armbanduhr. «O je, schon so spät!» Flugs raffte ich meine Sachen zusammen und winkte meinem Nachbarn freundlich zu. «Ich muss leider los. Wiedersehen!»

Es war sowieso höchste Zeit, meine Mails zu verschicken.

Die Unterlagen unter dem Arm, klingelte ich bei Gundi. Stille. Ich unternahm einen weiteren Versuch und sah hinter dem Haus nach, wo ein Zettel an der Küchentür hing: *Bin im Obstgarten*, samt Lageplan.

Mist.

Der Garten schien aber nicht allzu weit weg zu sein, also trabte ich los.

Als ich das Ortsschild von Wiestal ohne weiteres Schnepfenrendezvous erreicht hatte, entspannte ich mich. Ich hielt mein Gesicht in die Sonne und sog die Frühlingsluft tief ein. «Du schaffst das», sagte ich mir leise. «Heute hat ja alles schon richtig gut geklappt.» Dann überquerte ich einen kleinen Bach und folgte dem Weg durch das Tal.

Ich war schon eine ganze Weile gegangen, als ich etwas im Gebüsch hörte. In der Hoffnung, ein Tier in freier Wildbahn beobachten zu können, sah ich mich genau um und staunte nicht schlecht, als ich Gundi im Unterholz entdeckte.

«Was machst du denn hier?»

«Pscht!» Sie hielt mir ein Fernglas hin. «Schau amol!»

Nach ihrem begeisterten Blick hatte ich mindestens einen kapitalen Zwölf-Ender erwartet, doch alles, was ich entdecken konnte, war ein alter Mann, der gleichmäßig eine Sense durch das hohe Gras zog.

Verdutzt sah ich sie an. «Und was ist daran so interessant?»

«Des ist der Walder!» Sie sagte es mit so viel Begeisterung, dass ich mir das Fernglas erneut vor die Augen hielt, um den Mann genauer zu betrachten. Gundis Angebeteter war Ende siebzig, hatte ein freundliches Gesicht und einen üppigen grauen Haarschopf.

Ich gab ihr das Fernglas zurück. «Nett sieht er aus.»

«Bald schnabb ich'n mir, und dann werd geheiert», sagte Gundi entschlossen.

«Ge-was?»

«Ge-hei-ra-tet.»

Ich war beeindruckt, aber dann kam mir ein Verdacht. «Weiß Walter schon von seinem Glück?»

«Bis jetz noch ned.»

«Und wenn er nicht will?»

Sie sah mich groß an. «Seit wann wissen Männer, was se woll'n?»

Wir gackerten beide los.

«Und was machst etzt du in Wald und Flur?», wollte Gundi dann wissen. «Musst'n du ned arbeid'n?»

«Doch, doch», sagte ich. «Aber dafür bräuchte ich heute das Internet meiner Nachbarin. Und die treibt sich ja gerade im Gelände herum!»

Gundi lachte. «Des hammer gleich!» Sie hakte sich bei mir unter, und zusammen gingen wir ins Dorf zurück.

Nachdem ich meine Korrespondenz auf den neuesten Stand gebracht hatte, erlaubte ich mir einen winzigen Ausflug zur Website der Firma Lodes. Leider konnte man hier zwar alles über die Dienstleistungen der Schreinerei erfahren, aber nichts über den Familienstand des Chefs.

Ich beschloss, diesen Mann für heute endgültig aus meinem Kopf zu verbannen und stattdessen das Internet für ernsthaftes Arbeiten zu nützen, solange ich es zur Verfügung hatte.

Ich hörte erst auf, als Gundi ins Zimmer kam, um mitzuteilen, dass ein *Gurierdienst* ein *Bäckla* für mich abgegeben hätte. Wobei Päckchen untertrieben war: Es handelte sich um einen großen Karton mit zwölf Flaschen bestem Bordeaux.

«Is wohl a besonderer Wein?», fragte Gundi, als sie sah, wie gerührt ich war.

Ich nickte. «Mein Lieblingswein. Von meiner Lieblingsfreundin.»

«Dann lass'n dir schmeggn», sagte Gundi. «Aber fang fei nedd gleich damit an, gell?»

Als ich alles nach Hause geschafft hatte, stellte ich mich der leidigen Frage, was ich zu essen kochen sollte. Dabei sah ich aus dem Küchenfenster, und mich traf der Schlag: Jemand hatte meine Arbeit draußen zu Ende geführt und Laub und

Gartenabfälle feinsäuberlich neben dem Komposthaufen zusammengeschichtet.

Ich trat vor die Küchentür und rieb mir die Augen. Nein, ich hatte mich nicht getäuscht. Und auch noch keinen Tropfen Bordeaux getrunken, nur das Etikett gelesen. Aber davon wurde man bekanntlich nicht besoffen.

Jemand hatte mir geholfen. Aber wer?

Da kam mir ein schrecklicher Gedanke. Lieber Grüß-Gott, lass es bitte-bitte nicht den Gustl gewesen sein!

Ja, sicher, Alkohol war keine Lösung. Aber ich war gegen fünf Uhr fest davon überzeugt, dass ein Schluck Bordeaux *hilfreich* sein könnte. Daher ließ ich es auf einen Versuch ankommen und entkorkte eine von Elkes Flaschen.

Marie war gleich nach dem Essen mit Mario verschwunden und würde erst gegen zehn nach Hause kommen. Ich hatte den ganzen Nachmittag in meinem Arbeitszimmer geschuftet, und allmählich nahm die Sache Form an. Die Arbeitsplatte stand auf zwei Böcken vor dem Fenster, die Rollcontainer links und rechts darunter und das erste Buchregal hatte ich bereits mit Ordnern bestückt.

Das Weinglas in der einen, ein Stück dunkle Schokolade in der anderen Hand, setzte ich mich auf meinen Schreibtischstuhl. Ich ließ mich langsam um die eigene Achse drehen, betrachtete sehr zufrieden mein Werk und überlegte, was ich morgen in Angriff nehmen würde.

«Santé!», sagte ich und schnupperte genüsslich am Wein. Da klingelte es.

Mein Herz setzte spontan für einige Takte aus. Ich stellte

das Glas ab, rannte ins Bad, zupfte schnell vor dem Spiegel die Haare zurecht und ging mit weichen Knien hinunter.

Er. Ich. Bei einem Bordeaux. Und dann ...

Martin.

«Hallo!» Der Anwalt strahlte mich begeistert an. Unter seiner Lederjacke blitzte ein weißes T-Shirt hervor, das sich über ansehnliche Bauchmuskeln spannte. Den Helm trug er lässig in der Hand.

Auch nicht übel.

«Wo warst du denn heute Mittag? Ich habe schon befürchtet, du wärst doch wieder nach Berlin geflüchtet.» Er schüttelte mit gespielter Empörung den Kopf. «Tz, tz, wenn man dich mal kurz aus den Augen lässt! Hast du Lust, mit mir essen zu gehen?»

Hoppla! Der Mann ging aufs Ganze.

Blöderweise gefiel mir das.

Und wozu sollte ich hier alleine herumsitzen?

«Warum nicht? Warte, ich hole nur eben meine Autoschlüssel.»

«Nix Auto», sagte Martin und zauberte einen zweiten Helm hervor.

Eine rasante Harleyfahrt später brauchte ich in Martins Stammlokal in Büchenbach erst mal einen großen Schluck hausgebrautes Bier.

«Das war flott», sagte ich. «Fährst du immer so?»

Martin lachte. «So macht es doch erst Spaß.» Er schlug eine Speisekarte auf und reichte sie mir.

Das Angebot wäre sogar für Marie in Ordnung gewesen. Auf der Brotzeitkarte standen verschiedene Käsesorten, und die Bratkartoffeln, die am Nebentisch serviert wurden, sahen köstlich-knusprig aus. Ich bestellte mir aber doch lieber Bratwürstchen.

«Aane oder zwaa?», wollte der Wirt wissen.

«Drei», erwiderte ich, was mir eine erstaunt hochgezogene Augenbraue von Martin und einen beeindruckten Gesichtsausdruck von Seiten des Wirts einbrachte.

«Ja, findet euch damit ab, ich habe Hunger!», sagte ich etwas pampig. «Von zwei Würstchen wird doch keiner satt.»

«Für mich das Übliche», sagte Martin, und der Wirt dampfte ab.

Ich hob das Glas. «Danke, dass du mich eingeladen hast», sagte ich.

«Schön, dass du mitgekommen bist.»

Ich stieß mit ihm an und genoss die wohlige Entspannung, die sich in mir breitmachte, seufzte zufrieden und schloss die Augen. Als ich sie wieder öffnete, bemerkte ich, dass Martin mich interessiert ansah.

«Warum bist du wirklich von Berlin weggezogen?», fragte er.

Ich winkte ab. «Ach, lange Geschichte. Das willst du gar nicht wissen.»

Als er nicht lockerließ, erfand ich eine eingedampfte Kurzversion, in der mein skurriles Kreuzberger Umfeld die Hauptrolle spielte. «Ich hatte auf das stressige Großstadtleben einfach keine Lust mehr», behauptete ich. «Hier in Wiestal ist alles so schön friedlich.»

Aber der Scheidungsanwalt ließ sich nicht täuschen.

«Da war ein Mann im Spiel, oder?»

«Ja, klar», erwiderte ich frech. «Mehrere sogar. Aber das waren alles kleine Würstchen.»

In diesem Moment kam der Wirt mit unserer Bestellung,

und ich machte große Augen. Auf meinem Teller lagen drei riesige Bratwürste auf einem gigantischen Sauerkrautbett.

«Tja», sagte Martin und grinste. «Kleine Würstchen kriegst du bei uns nicht.»

«Mein Gott, der geht ja richtig ran», rief Elke, als ich sie später am Telefon hatte.

«Erstens heißt das hier *Grüß* Gott, und bevor du weiterfragst: Ja, er sieht richtig gut aus. Aber er ist auch eine ganze Ecke jünger als ich, hat keine Kinder, war nie verheiratet … Er kommt mir vor wie ein großer Junge.»

Mist. Jetzt fiel mir ein, dass ich völlig vergessen hatte, den großen Jungen zu fragen, ob er derjenige gewesen war, der meine Gartenabfälle weggeräumt hatte.

«Ist doch prima!», meinte Elke. «Da besteht wenigstens nicht die Gefahr, dass die Landfrauen dich als familienzerstörenden Vamp abstempeln.»

Ich kicherte bei der Vorstellung, wie ich als Femme fatale durch die Wiestaler Familien fegte und den dicken Vatis die Köpfe verdrehte.

«Viel Auswahl hast du ja wahrscheinlich nicht», bohrte Elke weiter. «Oder gibt es noch mehr Männer, die ganz sicher nicht in festen Händen sind?»

Ich dachte an Gustl Beck und stöhnte.

«Ich höre?», kam es postwendend aus Berlin.

«Mein Nachbar», sagte ich. «Hat ein Herz aus Gold, ist sehr umgänglich, immer gut gelaunt …»

«Und warum hat sich noch niemand dieses Sahneschnittchen geschnappt?»

«Vielleicht, weil er zu viele Haare hat?», fragte ich. «Außer auf dem Kopf, versteht sich. Und ich bin mir sicher, dass er ein bisschen müffelt.»

«Ich ziehe das Wort *Sahneschnittchen* zurück», sagte Elke. «Das klingt eher so, als müsste man ihn in eine Frischhaltebox sperren!»

«So schlimm ist es auch wieder nicht», nahm ich meinen Nachbarn in Schutz. «Aber vielleicht wäre es eine Produktidee für Tupper. Dubberschachteln stehen hier ja hoch im Kurs und …»

«Das machst du!» Elkes Stimme überschlug sich vor Begeisterung.

«Gustl in eine Tupperbox sperren?» Ich wollte gerade fragen, wie viel Bordeaux sie schon intus hatte, als Elke die Erklärung nachschob:

«Nein, du organisierst eine Tupperparty und lädst alle Frauen im Dorf dazu ein!», rief sie. «Bei der Gelegenheit könnt ihr euch ganz locker flockig kennenlernen und alle Missverständnisse aus der Welt schaffen!»

Das war, Bordeaux hin oder her, gar keine dumme Idee!

Sieben

Die Vorhersage für Dienstag, den 1. April:
Bei auflebenden Emotionen sind die Gefühle heute stark bis stürmisch. Am späteren Nachmittag verbreitet Frust.

«Mama, aufwachen! Ich muss gleich los!» Marie schüttelte mich unsanft hin und her.

Das Leben war ungerecht. Eben hatte ich noch mit Christian auf einer Blumenwiese gelegen, und nun landete ich unsanft in der Realität:

Ich. Allein. Im kalten Schlafzimmer.

«Bin schon da.» Ich wälzte mich aus dem Bett und rieb mir die Schläfen. «Warum hast du mich nicht eher geweckt?»

«Ich habe selber verpennt und wollte dich eigentlich weiterschlafen lassen», brummte meine Tochter. «Aber das Holz will nicht brennen, und ich ...»

«Alles klar.» Mein Kopf fühlte sich an, als wäre er mit Glassplittern gefüllt. «Geh du mal ins Bad, ich kümmere mich um den Rest.»

Ich räumte Maries Zündelversuche aus dem Ofen und schichtete Papier und Anmachholz in die richtige Reihe.

«Nein, für dich gibt's heute nur Trockenfutter», sagte ich zu Crowley, der mir beharrlich um die Beine strich. Schon der Gedanke an Dosenfutter ließ meinen Magen heftig rebellieren.

«Zu viel Bier?», fragte Marie, die nun auch in die Küche kam.

Ich schüttelte vorsichtig den Kopf. «Beim Telefonat mit Elke habe ich blöderweise auf das Bier noch ein Glas Wein getrunken.»

«Soll man nicht», belehrte mich Marie.

«Jaja», sagte ich. «Und wie war es gestern bei dir?» Marie hatte mir beim Heimkommen zwar zugewinkt, war aber gleich verschwunden und hatte schon fest geschlafen, als ich mit Elke zu Ende gequatscht hatte.

«Ganz okay.»

«Alle Hausaufgaben gemacht?»

Marie rollte genervt die Augen. «Ich habe Marios Freunden sogar Mathe erklärt. Und danach haben wir Musik gemacht. Zufrieden?»

War ich. Sehr sogar.

Als Marie kurz darauf bei Mario aufs Moped stieg und ich den beiden nachwinkte, sah ich, dass bei meiner Nachbarin Licht brannte – ich beschloss, mich gleich um meine gesellschaftliche Eingliederung mittels Tupperparty zu kümmern. Wenige Minuten später stand ich mit meinem Laptop und einem Handtuch bei Gundi vor der Tür.

«Für senile Bettflucht bist fei noch a weng zu jung», sagte Gundi. «Oder is was bassiert?»

«Naa, ich bräucht dei Indernedd amol kurz», sagte ich. «Und die Dusche, wenn es geht.»

Gundi musterte mich kurz. «Wer lumpt, muss leiden», war ihr Kommentar. «Komm rein.»

Eine Viertelstunde später sah die Welt schon ganz anders aus.

«Is wohl doch ned so a guder Wein g'wesen, hm?» Gundis

blaue Augen blitzten frech, als sie mir einen Kaffee hinstellte.

«Gut war er schon, aber Wein auf Bier war eine Scheißidee.» Ich überlegte kurz, ob ich Gundi in meine Tupperpläne einweihen sollte, aber nein. Vielleicht hielt sie das auch für eine Scheißidee, und das würde mich in Hinblick auf meine Integrationspläne auf eine Gesamtsumme von null Ideen herunterreißen.

Frau Kolb wiederum, ihres Zeichens Beraterin der Firma Tupperware, war von meinem Vorhaben schlichtweg begeistert. «Über so a Einladung freut sich garandiert jeder. Und Sie hamm auch noch Glück! Gestern Abend hat jemand abg'sacht. Würd Ihnen der Freidach in zwaa Wochen bassen? Am Achzehndn?»

«Genial», sagte ich. «Sagen Sie mir noch, was ich alles vorbereiten muss?»

«Des ist ganz einfach. Ich schick Ihnen morgen gleich die Einladungen für den Abend zu. Die können Se dann an Ihre Freundinnen verdeilen.» Frau Kolb überlegte. «Und Gedrängge müssten Se besorgen. A weng a Broseggo kommt immer gut. Um alles annere kümmer ich mich dann scho.»

Prima. Fehlten mir nur noch die Freundinnen. Aber immer positiv denken, sagte ich mir. Und nicht unterkriegen lassen!

Weitere Überlegungen wurden vom Lärm eines großen Tanklasters unterbrochen, der mit quietschenden Bremsen auf der Straße zum Stehen kam.

Ich spähte durch die Gardine. «Ich glaub, ich griech a weng a Heizöl.»

«Frau Lindner?» Ein vierschrötiger Mann in Latzhosen hielt mir ein Auftragsformular unter die Nase. «Wo is'n der Einfüllstutzn vom Dank?»

Gute Frage. «Sicher irgendwo im Keller», sagte ich und sperrte die Tür auf. «Schauen Sie kurz mit runter? Ich wohne hier noch nicht lange und …»

«Hammer gleich.» Und bevor ich bis drei zählen konnte, war die gedrungene Gestalt im Flur verschwunden und hatte die Kellertür aufgerissen.

«Vorsicht! Warten Sie!» Ich rannte hinterher, aber er war bereits heil unten angekommen.

Danke, Christian!

Der Fahrer öffnete ein schmales Fenster unter der Decke und wollte wieder nach oben gehen, als mir ein genialer Gedanke kam.

«Sie als Fachmann wissen doch sicher auch, wie die Heizungsanlage funktioniert, oder?» Ich legte all meinen Charme in ein Lächeln.

«Kei Dhema», brummte der Fahrer. «Um was geht's 'n?»

«Ich habe keine Ahnung, wie man dieses Teil da drüben korrekt anwirft», sagte ich. «So, dass nachher nichts explodiert.»

Er grinste. «Da häddn's a Freud, gell? Aber kei Dhema. Machmerscho.»

Mein Herz hüpfte. «Großartig! Und möchten Sie einen Kaffee?»

Der Mann nickte kurz. «Ja bidde. Schwaddz.»

Eine Stunde später schwebte ich durchs Haus. Die Heizung lief, und nach den kryptischen Äußerungen des Fahrers würde es bald überall mopsgemütlich sein, kei Dhema.

«Siehst du, wie das mit dem positiven Denken klappt?», sagte ich zu Crowley. «Alle Wünsche gehen damit in Erfüllung. Und jetzt schrubben wir endlich mal das Badezimmer, was meinst du?»

Der Kater gähnte und rollte sich zusammen. Okay, dann würde ich die Sache eben allein erledigen.

Nach einer halben Stunde wienern, wischen und desinfizieren tat mir zwar das Kreuz weh, aber das Bad glänzte, genau wie meine Laune.

Und Onkel Hubert hatte auch etwas zu meinen Bemühungen zu sagen: *Wo wir kehren ein und aus, bringen wir viel Glück ins Haus*, stand auf einem Wandhänger, den ich hinter der Badewanne hervorgefischt hatte.

Das mit dem Kehren hatte ich gut hingekriegt. Gegen die dicken Kalkablagerungen an Waschbecken und Wänden war ich ohne Essigreiniger allerdings machtlos. Mülltüten brauchte ich auch. Höchste Zeit für einen Ausflug in den Supermarkt.

Um die Gelegenheit gleich richtig auszunutzen, inspizierte ich noch den mager bestückten Kühlschrank, schrieb eine umfangreiche Einkaufsliste, packte Taschen und Klappkisten ins Auto und fuhr los. Bei dem Gedanken, dass das Haus heute Abend warm und sauber und voller Vorräte sein würde, überrollte mich ein wahres Glücksgefühl.

Ich parkte schwungvoll vor dem großen Aldi-Markt zwischen Wiestal und Hedelbach, schnappte mir einen Einkaufswagen und musste mich zusammenreißen, um nicht laut loszuträllern.

Doch kaum hatte ich die ersten Einkäufe in den Wagen gelegt, blieb mir jegliches Liedgut im Halse stecken: Ein paar Meter vor mir standen Frau Beyer und eine der Mitschnepfen.

Positiv denken, Nina. Und immer schön freundlich sein. Wie man in den Wald ruft, so schallt es heraus. Also ging ich mit einem fröhlichen «Grüß Gott!» direkt auf die Damen zu.

Die eisigen Blicke, die Frau Beyer auf mich abfeuerte, brachten mein Positiv-Mantra gehörig ins Stottern. Ich ließ mich nicht beirren und wandte ich mich an die Grauhaarige, die neben ihr vor dem Keksregal stand. «Man merkt, dass der Frühling nicht mehr lang auf sich warten lässt, gell?» Die Frau nickte und wollte zu einer Antwort ansetzen. Doch da hatte sie die Rechnung ohne Mutti Beyer gemacht. Die stieß ihr unsanft den Ellenbogen in die Rippen und zischte ihr etwas ins Ohr.

Was die Beyer von sich gab, konnte ich zwar nicht hören, aber das Ergebnis war, dass beide sich unisono abwendeten und intensiv das Süßwarenangebot der Gebrüder Albrecht studierten.

Einen Moment stand ich wie vor den Kopf gestoßen da. So hatte mich noch nie jemand behandelt, nicht einmal Volker.

«Passen Sie fei bloß auf», sagte ich wütend.

Die Beyer drehte sich ganz langsam um und schaute mich boshaft an. «Auf was?»

«Dass Sie nicht zu viel Schokolade essen. Das ist der Tod einer jeden Bikinifigur, gell? Grade in Ihrem Alter!» Damit schob ich meinen Wagen mit schweißnassen Händen weiter in den nächsten Flur, wo ich mit einem Blutdruck von hundertfünfzig zu zweihundert stehen blieb.

Und nun? Ich legte meine Packung Ciabatta in ein Regal

mit Shampooflaschen und beschloss, meine Einkäufe woanders zu erledigen. Nichts wie weg.

Als ich kurz danach auf dem Edeka-Parkplatz ausstieg, war ich immer noch auf hundertachtzig. Am meisten ärgerte ich mich über mich selbst. Einer Mittvierzigerin mit dem Tod ihrer Bikinifigur zu drohen! Ich kam mir unglaublich blöd vor. Andererseits hatte sie ja mit dem Zickenkrieg angefangen!

Aber diesen frustrierten Oberschnepfen würde ich es noch zeigen! Ich holte tief Luft und betrat kampfbereit den Supermarkt. Sollte mir zur Abwechslung jetzt Frau Haas über den Weg laufen, würde ich sie ohne Vorwarnung niederstrecken und in die Tiefkühltruhe stopfen. Dort gehörten sie alle hin, diese hirnlosen Giftnudeln, diese …

«He, das ist ja eine schöne Überraschung!»

Vor Schreck biss ich fast in den Einkaufszettel, und mein Blutdruck nahm schon wieder Fahrt auf. Diesmal aber nicht vor Ärger.

«Christian!»

Beherrsch dich, Nina, warf ich ein neues Mantra an. Benimm dich zur Abwechslung mal wie eine erwachsene Frau!

«Na, wie geht es dir?»

Wie er mich bei dieser Frage ansah! Ich wollte ihm sagen, dass seine Augen mich an schwarze Schokolade erinnerten. Dass ich dauernd einen Erotikstreifen im Kopf hatte und am liebsten jetzt, hier, direkt vor dem Kaffeeregal, eine Szene mit ihm durchspielen würde.

Doch alles, was ich zustande brachte, war ein gekrächztes «Ganz okay!».

«Hat es mit dem Heizöl geklappt?»

Heizöl?

«Von der Firma, die ich dir empfohlen hatte», half Christian mir auf die Sprünge.

«Ach, das Heizöl!» Ein paar Leute musterten mich befremdet, und ich versuchte, meine Stimme auf Normalfrequenz zu bringen. «Äh ja, das war ein guter Tipp. Der Fahrer hat auch gleich die Heizung angeworfen.» Obwohl mir schleierhaft war, wie man überhaupt frieren konnte.

«Dann bin ich beruhigt», sagte Christian. «Es wird nämlich noch etwas dauern, bis ich deine Fenster in Angriff nehmen kann. In der Firma ist völlig Land unter.»

Diese Nachricht verpasste meiner Wiedersehensfreude einen kleinen Dämpfer. «Ach so. Magst du vielleicht einfach mal auf einen Kaffee vorbeikommen?», fragte ich. Dabei könnten wir uns …

«Papi, wo bleibst du? Wir wollten doch ein Geschenk für Mama kaufen!»

Ein kleiner Junge tauchte neben uns auf und alle meine Phantasien sackten wie ein misslungenes Soufflé in sich zusammen. Wie hatte ich auch nur eine Sekunde annehmen können, dass dieses Prachtstück von Mann noch zu haben war?

Als Christian sich verabschiedet hatte, schlich ich wie Falschgeld an den Regalen entlang und packte den Einkaufswagen randvoll.

Papi. Mama. Geschenk. Die Worte hallten in meinem Kopf wie ein Echo im Tal. *Papi. Mama. Geschenk.*

Dann ging ich zur Kasse, zahlte und fuhr äußerst deprimiert nach Hause. Positiv denken? Bullshit!

Gedankenverloren bog ich von der Hauptstraße in die

Einfahrt und konnte gerade noch rechtzeitig bremsen. Irgendein Trottel hatte Holz in die Einfahrt gekippt. Viel Holz. Auch das noch!

Ich stieg aus und trat wütend gegen den riesigen Haufen, diesen verdammten Beweis dafür, dass das Universum sich endgültig gegen mich verschworen hatte. Die Götter schmissen sich wahrscheinlich gerade vor Lachen weg über meine Blödheit zu glauben, dass *ein* Mal im Leben irgendetwas glattgehen könnte ...

«Des is 'm Hubbert sei Andeil», erklärte eine vertraute Stimme.

«Anteil von was?», sagte ich mit sich überschlagender Stimme. Ich spürte, wie der Drang, laut loszuschreien, allmählich übermächtig wurde.

«Von sei'm Holz», erklärte Gundi. «Du hast sei Waldstück mitg'erbt und griechst jedes Jahr dein Andeil.»

Heute Morgen hätte mir der Gedanke, Waldbesitzerin zu sein, sicher gefallen. Doch jetzt löste die Vorstellung destruktive Visionen aus: das Wichtigste zusammenpacken, den Gasthof samt Holz anzünden und mit Marie nach Berlin abhauen.

Ich atmete tief durch.

«Und was mache ich jetzt damit?»

«Im Schubbn aufschichten und droggnen lassen.»

Na klar. Ich hatte ja sonst nichts zu tun.

«Ich kümmere mich später drum.» Mit letzter Kraft schleppte ich meine Einkäufe in die Küche. Um beim Auspacken festzustellen, dass ich zwar neun Tafeln Schokolade gekauft, Essigreiniger und Mülltüten aber vergessen hatte.

Damit waren die Würfel gefallen. Ich wuchtete meinen Lesesessel ins warme Arbeitszimmer, und statt Schrubber und Putzlappen schnappte ich mir eine große Tafel Trüffelschokolade und die Gala, die sich kurioserweise auch in meinen Einkaufswagen verirrt hatte.

Schokolade mampfend versenkte ich mich in die Welt der Promis und Reichen und wunderte mich, was den Redakteuren alles eine Meldung wert war. Mal ehrlich: Dass George Clooney bindungsscheu war, hatte sich mittlerweile herumgesprochen, oder?

Ich blätterte durch die Baby- und Trennungsgerüchte, bis zu einer Fotostory über Elton Johns jährliche Sommerparty. Sofort hatte ich die Schlagzeile zu meiner Tupperparty vor Augen: «So etwas hat Wiestal noch nicht erlebt!»

Dann eine Aufnahme von den Schnepfen und mir. Unterschrift: «Endlich vereint und beste Freundinnen». Darunter ein Foto von mir, in jeder Hand eine Tupperschüssel: «Gastgeberin Nina Lindner war der strahlende Mittelpunkt des Events», gefolgt von einem Bild, auf dem Christian und ich mit Champagner anstießen: «Für diese Frau ließ er natürlich alles hinter sich!»

Papi. Mama. Geschenk.

Verdammt. Verdammt. Verdammt.

Ich klappte die Zeitschrift zu und warf sie in die Ecke. Träum weiter, Nina. Nichts von alledem wird passieren. Du hast eine Bruchbude geerbt, wirst gemobbt, und der Mann, der dein Herz höher schlagen lässt, ist definitiv in festen Händen.

Ich hielt inne und überlegte, ob ich mich weiter in Selbstmitleid suhlen wollte. Nein, wollte ich nicht. Ich würde meine bescheuerten Mantras vor die Tür setzen, Computer,

Scanner und Drucker aufbauen und endlich mit der Arbeit anfangen. Wenn die Lage schon hoffnungslos war, wollte ich wenigstens meinen Kontostand in die stabile Seitenlage bringen.

Acht

Die Vorhersage für Mittwoch, den 2. April:
Im Verlauf des Tages wechseln sich Verständigung und gestörte Kommunikation ab. Es bleibt kein Auge trocken.

«Dein Arbeitszimmer sieht richtig gut aus!»

Verdutzt sah ich meine Tochter an. Sechs fröhlich gesprochene Worte. Und das vor sieben!

«Danke», sagte ich. «Und was habt ihr gestern noch so gemacht?»

Sofort schaltete Maries Redefluss auf einsilbig um. «Bisschen Musik. Und Hausaufgaben.»

«Wollt ihr euch mal hier treffen?»

Marie riss die Augen auf, als hätte ich ihr vorgeschlagen, nackt zur Schule zu gehen. «Mama! Wir haben nicht mal Internet!»

«Wir haben nicht mal Telefon ...» Ich angelte das moosgrüne Retro-Teil vom Regal, stellte es auf den Küchentisch und nahm den Hörer in die Hand. Im nächsten Moment warf ich ihn erschrocken wieder auf den Tisch. «Es tutet!»

Marie reckte ihr Ohr in Richtung Hörer und lauschte: «Freizeichen!» Sie lachte. «So hat sich bestimmt Alexander Graham Bell bei seinem ersten Telefonat gefühlt.»

«Weißt du was? Wir rufen Papa an!» Ich wählte seine Nummer.

«Wir haben Telefon!», rief ich aufgekratzt, als er sich meldete.

«Falls du glaubst, ihr seid die Ersten, muss ich dich enttäuschen», sagte Volker. Er hörte sich ziemlich verschlafen an – und ziemlich vergrätzt.

«Nee, ist klar. Aber du bist der Erste, den wir anrufen! Damit du weißt, dass es Marie gutgeht.»

«Es geht mir gu-hut!», rief Marie im Hintergrund.

«Vielen Dank. Aber in Zukunft will ich solche Informationen erst nach acht.» Er legte auf.

Ich grinste Marie an und konnte mein Glück kaum fassen. Denn wo ein Telefon funktioniert, ist der Internetanschluss nicht weit.

Um dazu nähere Infos zu bekommen, musste ich erneut den Kampf mit der Warteschleife aufnehmen.

Schon das fröhliche «Guten Morgen! Und herzlich willkommen!» weckte eine Menge schlechte Erinnerungen, doch ich fügte mich brav den Anweisungen der Telefontante und hoffte, dass mein passender Berater mir mitteilen würde, dass ich …

«Im Augenblick sind all unsere Mitarbeiter im Gespräch!»

Das war ja ganz was Neues.

Ich knallte den Hörer auf die Gabel und verstand nun, warum Volker sich dieses alte Bakelittelefon zugelegt hatte. Frusttechnisch gesehen hatten diese Modelle wirklich Vorteile.

Ich beschloss, es alle halbe Stunde zu versuchen und mich zwischendrin um die Toiletten im Haus zu kümmern. In einem Anfall von Wahnsinn war ich gestern Abend noch einmal zu Aldi gefahren und hatte mich mit Essigreiniger für Jahrzehnte eingedeckt.

Die Telekom unterstützte meine Putzabsichten enorm,

denn die passenden Berater waren voll im Stress, und ich kam gut voran. Spätestens am Abend der Tupperparty würde hier alles wie neu aussehen.

Ich schrubbte und schrubbte, bis ich lautes Geschrei hinter dem Haus hörte.

Ein Blick durch das Küchenfenster ergab zu meiner großen Überraschung, dass Gustl Beck hakenschlagend durch unseren Garten rannte. Mein erster Gedanke war: Ignorieren. Doch dann siegte meine Neugierde, und ich ging hinaus. «Was ist denn los?»

Gustl, heute in sackartiger Jogginghose und Riesenkarohemd, kam auf mich zu. «Mei Henna», schnaufte er. «Ich kann mei Henna ned finden.»

Henna?! Ich überlegte, an welcher Körperstelle dieses Mittel bei ihm zum Einsatz kommen könnte, verbot mir aber jegliche Gedanken darüber sofort. Und dass man durch fremde Gärten rannte und schrie, wenn man etwas nicht finden konnte, fand ich zwar seltsam, aber was war in diesem Kaff nicht seltsam?

«Ich kann Ihnen gerne mit einem Päckchen Henna aushelfen», sagte ich. Schließlich hatte Marie einen Riesenvorrat mit nach Wiestal geschleppt. «Wir haben aber nur schwarzes.»

Gustl war verblüfft. «A Bäggla Henna?»

«Oder zwei?» Vielleicht aß der Mann das ja zu Mittag.

Jetzt verstand er anscheinend die Welt nicht mehr. «A Bäggla schwaaddze Henna? Ich werr verrüggt …»

Er sah mich an, als wäre ich nicht ganz dicht, dann zwängte er sich durch ein Loch in der Hecke und war verschwunden.

Nach diesem Intermezzo beschloss ich, es wieder bei der Telekom zu versuchen. Verwirrender konnte dieses Gespräch auch nicht werden. Dachte ich.

«Von einer Telefon-Freischaltung steht nichts in meinen Unterlagen», sagte ein passender und frei gewordener Mitarbeiter. «Aber das Telefon geht?»

«Wie Sie hören.»

«Komisch. Und wann haben Sie den Internetanschluss beantragt?»

«Am vergangenen Freitag.»

«Davon steht hier auch nichts.»

«Schicken Sie mir einfach noch einen imaginären Router», sagte ich fröhlich. «Dann kann ich wahrscheinlich direkt lossurfen.»

Und schon hatte ich sein Humorlimit erreicht. «Wollen Sie mich auf den Arm nehmen?», fauchte der Mann.

«Aber nicht doch.» Ich legte auf.

Und fragte mich, wer hier eigentlich wen veralberte.

«Wenn dir das nächste Mal eine gute Fee an der Nase vorbeiflattert, dann sei so gut und schick sie zu mir», sagte ich zu Crowley, der durch die Katzentür hereingeschlappt kam. «Ich bräuchte auch keine drei Wünsche. Weltfrieden und ein einziger lumpiger Internetanschluss würden mir voll und ganz reichen.»

Crowleys Maunzen nach zu urteilen, hatte auch er einen dringenden Wunsch: Futter. Also spielte erst mal ich für ihn die gute Fee – Onkel Huberts Spruch des Tages lautete somit *Eine Hand wäscht die andere*, und plötzlich kam auch für mich Hilfe, aus ganz unverhoffter Richtung: Gundi tauchte mit der Zeitung in der Küchentür auf und sah mich prüfend an. «Was machst'n für a G'sicht?»

«Die Telekom will mich in den Wahnsinn treiben.» Ich erzählte ihr von meinem Internetproblem.

«Des is a Fall für 'n Schorsch», sagte Gundi mit Nachdruck. «Des hammer gleich.» Sie setzte sich ans Telefon und wählte eine Nummer. «Du, Schorsch, horch amol.» In kurzen Sätzen erklärte sie, was ich brauchte. «Ja, 's Delefon geht. Aber des hamm's ihr auch ned vorher g'sagt. Mhm. Genau.» Sie schaute mich an. «Am spädn Nachmiddag isse daheim. Oder?» Ich nickte. «Brima!» Gundi legte auf. «Um fünf kommt er und schaut, dass er dir a weng a Inddernet herzaubert!»

«Danke, danke, danke! Du bist ein Schatz», sagte ich. «Jetzt habe ich aber noch eine Frage.» Die Sache ließ mir keine Ruhe. «Färbt der Gustl sich die Haare?»

«Der Gustl?» Gundi sah mich verdutzt an. «Der hat doch gar kanne Haar zum Färben!»

«Aber warum braucht er dann Henna?»

«Henna?»

«Ja! Der Gustl ist im Garten herumgerannt und hat Henna gesucht. Und da habe ich ihm ein Päckchen von Marie angeboten.»

«Und? Hat ers g'nommen?»

«Nein. Er hat mich nur groß angeschaut und ist verschwunden.»

Gundi kicherte. «Der Gustl hat sei Huhn g'sucht. Seine Hennen. Verstehst?» Mein dummes Gesicht brachte sie noch mehr zum Lachen. «Des werd schon noch mit dei'm Fränggisch», sagte sie. «A Bäggla Henna ... Des muss ich mer merken.» An der Küchentür drehte sie sich noch mal um. «Und vergiss fei ned, dei Holz abzudegg'n! Der Wedderbericht hat Regen gemeldet!»

Jetzt, wo das erste große Problem kurz vor der Lösung stand, flutschte die Arbeit nur so. Ich arbeitete zügig durch, und als ich das nächste Mal auf die Uhr sah, war es höchste Zeit, Mittagessen zu kochen.

«Hi Mom!» Marie kam bepackt in die Küche und drückte mir einen dicken Umschlag in die Hand. «Post für dich.»

Neugierig riss ich die Versandtasche auf. «Und wie war es heute in der Schule?»

«Ganz okay», sagte Marie. «Ich bin in Mathe drangekommen. War ganz easy. Was ist das?»

«Einladungen für die Tupperparty.» Ich drückte ihr eine in die Hand. «Ich habe beschlossen, alle Frauen aus dem Dorf dazu einzuladen. Integration hoch drei, wenn du verstehst, was ich meine.»

Marie nickte anerkennend. «Marios Oma steht voll auf Tupper», sagte sie.

«Du scheinst ja schon die ganze Familie zu kennen», sagte ich. «Wie sind denn seine Eltern so?»

Marie zuckte die Schultern. «Keine Ahnung. Die sind immer am Arbeiten. Aber die Omi ist voll nett.»

«Kann ich dich denn mit Gnocchi und Pilzsoße beglücken?»

«Mmmh!» Marie umarmte mich. «Du bist nicht nur nett, du bist 'ne Wucht!»

«Fühlst du dich hier eigentlich sehr einsam?», fragte Marie, als wir vor unseren leeren Tellern saßen.

«Wie kommst du denn darauf?»

Marie tippte auf die Einladungen. «Weil du so etwas veranstaltest. Ist doch überhaupt nicht dein Ding, oder?»

«Das stimmt allerdings. Aber es ist bestimmt eine gute Möglichkeit, ein paar Leute kennenzulernen. Bis jetzt sieht es damit ja eher mau aus.»

«Führen diese Frauen sich immer noch so blöd auf?»

Ich dachte an die Szene im Aldi. «Ja, irgendwas haben die gegen mich, und ich habe keine Ahnung, was. Hoffentlich klärt sich das alles an diesem Abend.»

«Klappt bestimmt!» Marie schnappte sich das Begleitschreiben. «Hier steht, dass man die Gäste am besten persönlich einladen soll. Willst du das machen?»

Auch mir war dieser Satz sofort ins Auge gesprungen. «Ich glaube nicht, dass das in meinem Fall sein muss», sagte ich. «Schließlich kenne ich außer Gundi niemanden persönlich. Und ich habe nicht die geringste Lust, mir wieder eine Abfuhr von diesen Schnepfen einzuholen.»

Marie schaute mich mitfühlend an. «Das Gefühl kenne ich. Ich werde auch oft blöd angemacht, nur weil ich anders aussehe.» Sie überlegte kurz. «Weißt du was? Ich komme heute Abend mit und helfe dir beim Verteilen.»

Ach, mit Marie zusammen war alles ganz leicht.

Pünktlich um fünf stand Gundis Schorsch auf der Matte. In der Hand hatte er eine große Tasche mit allem, was die Telekom hergab, und als er ging, hatten wir den ganzen Schnickschnack korrekt installiert an der Wand. Marie und ich konnten unser Glück kaum fassen. Wir klickten uns durch die Links, als wären wir zum ersten Mal im Internet, und lachten uns schlapp über die neuesten Simon's-Cat-Filmchen bei YouTube.

«So», sagte Marie. «Jetzt gehen wir los und werfen diese Tupperdinger ein. Und dann schauen wir uns eine DVD an.»

«Hat Mario heute Abend keine Zeit?» Ich schob die erste Einladung in einen Briefschlitz und hoffte, dass sich eine nette Frau darüber freuen würde.

Marie schüttelte den Kopf. «Seine Mutter hat Geburtstag, und sie gehen zum Essen.»

«Du verstehst dich gut mit ihm, oder?»

Sie nickte. «Durch ihn habe ich auch noch ein paar andere nette Leute kennengelernt. Mario hat nicht diese Machoallüren drauf, weißt du?»

Und ob ich wusste, was sie meinte.

«Bring die doch alle mal mit», sagte ich. «Es ist ja jetzt warm bei uns, das Internet funktioniert, und mit dem bisschen Chaos können sie doch sicher leben.»

«Mach ich.» Marie zeigte auf den Briefkasten der Familie Beyer. «Hier auch eine?»

«Unbedingt!» Ich linste unauffällig durchs Fenster. «Diese Miststücke sollen meine Ehrengäste sein!»

Neun

Die Vorhersage für Freitag, den 18. April:
Ein Tupperausläufer sorgt für Turbulenzen und wechselhafte Gefühle.

Bepackt wie ein Lastesel, betrat die Tupperberaterin den Saal des Gasthofs.

«Des hamm Sie fei schön herg'richtet!» Sie stellte ihre Taschen ab und schüttelte mir die Hand. «Ich bin die Traudl Kolb!»

«Nina Lindner!»

«Ob Sie es glauben oder ned, aber ich war fei noch nie in Wiestal. Dabei isses von Pegnitz bloß a Katzensprung!»

«Ja? Passt das alles so?» In den letzten Tagen hatten Marie und ich geschuftet wie die Tiere, hatten unter Lebensgefahr die vergammelten Papierstreifen von der vier Meter hohen Decke geholt, alle Fenster geputzt, den alten Kühlschrank in die Abstellkammer gewuchtet, den staubigen Bühnenvorhang abgesaugt und mit Textilerfrischer eingenebelt und uns vor dem scheußlichen Wandgemälde erschreckt, das an der Stirnseite der Bühne prangte. Es sollte wohl so eine Art Jagdszene darstellen, jedenfalls wirkten sowohl Jäger als auch Hirsch irgendwie angeschossen. Bei Gelegenheit würde ich es überpinseln, bis dahin musste der Vorhang eben geschlossen bleiben.

Ich sah mich zufrieden um. Frau Kolb hatte recht, es sah wirklich schön aus. Sie ging bewundernd an den schön de-

korierten Tischen entlang, auf denen Unmengen von appe-
titlich angerichteten Häppchen standen, die Marie und ich
gestern bis spät in die Nacht produziert hatten.

«Da wer'n die Damen fei staunen.»

«Hoffentlich!» Ich sandte ein Stoßgebet an die zuständige
Stelle, dass meine Mühen Früchte tragen würden.

«So, a baar Sachen hab ich nadürlich auch dabei.» Frau
Kolb lachte. «Quasi die Haubtsache, gell?»

Sie tauchte in die Tiefen ihrer Klappkiste ein und kam
mit einem farbenfreudigen Gefäß wieder hoch. «Des is
schon amol für die Gastgeberin. Unser Lilla-Dubber-Durbo-
Chef!»

«Vielen Dank», sagte ich und überlegte, was man mit diesem Teil wohl anstellen sollte.

Zum Glück konnte die Tupperfrau keine Gedanken lesen.
«Ich hab schon noch mehr dabei», sagte sie und zog weitere
Turbo-Chefs hervor. «Für Ihre Gäste.»

Meine Gäste ... Nur Gundi hatte ihr Kommen bisher zugesagt, obwohl sie sich über die Einladung alles andere als
begeistert gezeigt hatte.

«Die Leut hier im Ort mögen ned immer des, was mer
glaubt», hatte ihre nebulöse Aussage gelautet, die von einem
«Na ja, schaumermal, was geht» abgerundet worden war.

«Was sagen Sie zu unser'm Highlight? Kaffee & Go!» Frau
Kolb drückte mir einen großen blauen Becher in die Hand.
«Ab einem Bestellwert von fünfundfünfzig Euro kriegen Sie
den fei schon für sieben Euro!»

«Großartig!», sagte ich lahm.

«Ach, des wird bestimmt a wunderbarer Abend», babbel-
te Frau Kolb fröhlich. «Kennen Sie unsere UldraBro-Reihe
schon? Die is fei genial. Do kommen meine Rouladen rein,

und dann wer'n die *budderzart*. Wie machen nachher Sie Ihre Rouladen?»

«Gar nicht», sagte ich. «Meine Tochter ist Vegetarierin.»

Frau Kolb sah mich mitleidig an. Als hätte sie nur auf das Stichwort gewartet, kam Marie durch die Tür. «Du, Mama, Mario und ich möchten uns mit zwei Kumpels treffen. Vielleicht gründen wir eine Band!

Wäre es sehr schlimm, wenn ich heute Abend nicht mit dabei bin?» Sie sah mich unsicher an.

Ich nahm sie in den Arm. «Quatsch, du hast mir schon genug geholfen», sagte ich. «Geh ruhig. Hier langweilst du dich ja eh nur. Viel Spaß!»

Als sie gegangen war, sah Frau Kolb mich mitfühlend an. «Haben's wohl an Dodesfall in der Familie g'habt?»

«Nein, meine Tochter ist auf dem Gothictrip», sagte ich. «Alles nur halb so schlimm.»

«Aufm Dribb? Und Vechedarier. Guder Godd … Manche trifft's fei hart.»

Und damit hatte sie leider absolut recht, denn in diesem Moment schaute Gundi um die Ecke und winkte mich zu sich.

«Ich kann heut fei doch ned dabei sein», teilte sie mir mit finsterer Miene mit. «Mei Kuseng feiert Geburtstag, und da muss ich hin.»

So plötzlich? Da steckte doch irgendetwas dahinter. «Bist du sauer, dass ich das hier auf eigene Faust gemacht habe?»

«Schmarrn», sagte Gundi. «Aber bei manche Sachen fragst mich in Zukunft besser vorher.» Und mit diesem kryptischen Hinweis ließ sie mich stehen.

Nervös sah ich auf die Uhr. Na toll. In zehn Minuten sollte es losgehen, und der einzige Mensch, mit dem ich fest gerechnet hatte, war abgesprungen.

Ich setzte mich wieder zu Frau Kolb in den Saal. Sie plauderte fröhlich weiter. Wenn ich zugehört hätte, hätte ich sicher eine Menge über die hervorragenden Eigenschaften von Tupperware im Allgemeinen und das aufregende Leben einer Tupperwareberaterin im Besonderen erfahren. Aber meine Gedanken schweiften, wie so oft, zu Christian ab. Er hatte sich regelmäßig gemeldet, um mir zu sagen, dass es nicht mehr lange dauern würde, bis er bei mir anfangen könne. Leider meinte er damit nur die Reparatur der Fenster, nicht die Heilung meines verliebten Herzens.

Aber ich hatte mir geschworen, stark zu bleiben. Schließlich hatte ich auch ohne Affäre mit einem verheirateten Mann genügend Probleme an der Backe. Zum Beispiel eine Tupperparty, die von allen Eingeladenen fröhlich ignoriert wurde.

In diesem Moment hörte ich, wie die Haustür geöffnet wurde, und schoss hoch. Voller Erwartung eilte ich in den Flur, und dort stand … Martin.

«Da bist du ja schon!» Er hielt zwei Schutzhelme in der Hand. «Lust auf einen Kinoabend in Bayreuth?»

Ich schüttelte den Kopf. «Geht heute nicht.»

«Du hast was Besseres vor?» Martin grinste mich an. «Jetzt bin ich echt gespannt.»

«Ich veranstalte eine Tupperparty.»

Martin schaute mich einen Moment ungläubig an. Dann riss er die Tür zum Saal auf, wo Frau Kolb einsam und allein zwischen ihrem Sortiment und den mit Essen überladenen Tischen saß. Sie winkte erfreut.

Martin winkte charmant zurück, dann wandte er sich wieder zu mir.

«Alles klar», sagte er. «Die Stimmung kocht.»

«Möchtest du mitmachen?», fragte ich hoffnungsvoll.

«Unbedingt!», brummte er. «Aber mir ist gerade eingefallen, dass ich vergessen habe, meinen Kaktus zu gießen.»

Beim Hinausgehen drehte er sich um. «Du solltest dich bald mal um das Holz da draußen kümmern. Das wird nicht besser, wenn es unter der Plane liegt!»

«Na? Wer möcht denn schon a Gläsla Broseggo mit Waldmeistersirubb und Kiwi?», rief Frau Kolb gut gelaunt, ein Tablett mit vollen Gläsern in der Hand. «Nanu, is der Herr wieder gegangen?»

«War nur ein Bekannter, der kurz vorbeikam», sagte ich. «Aber Prosecco ist eine gute Idee!» Ich nahm ihr ein Glas ab und stieß mit ihr an.

«Die Gäste kommen schon noch!», sagte sie tröstend. «Des hammer öfters, dasse a bissle verspädet losgeht.» Sie nippte an ihrem Glas und linste durch den Vorhang. «Na, wer sagt's denn. Do sinn ja scho die ersten!»

Wirklich?! Ich steckte begeistert den Kopf neben ihr durch die Gardine und sah tatsächlich drei Frauen auf den Gasthof zukommen. Die Sache hatte allerdings einen Schönheitsfehler: Sie wurden von der Beyer begleitet, die wild gestikulierend auf sie einredete. Vor dem Haus blieben sie kurz stehen – aber dann gingen sie gemeinsam weiter.

«Die hamm wohl was anderes vor.» So schnell ließ Frau Kolb sich nicht entmutigen. «Aber da kommen ja scho die nächsten!»

Diesmal waren sie zu fünft und in Begleitung von Frau

Haas. Das Grüppchen ging vorbei, ohne das Gasthaus auch nur eines Blickes zu würdigen. Ich schüttete das ganze Glas Prosecco-Kiwi-Waldmeister-Mix hinunter und nahm ein weiteres vom Tablett.

«Da scheint's noch a Veranstaldung zu geben», flötete Frau Kolb unbeirrt. «Des hammer öfters.» Sie sah sich im Saal um und entdeckte einen der Sinnsprüche von Onkel Hubert. «Duun's in Ihrer Freizeit wohl gern a weng sticken?»

«Die hat alle mein Onkel gemacht», sagte ich.

«Ach, Ihr Onkel stickt?» Es war offensichtlich, dass Frau Kolb sich allmählich fragte, ob sie in einem Irrenhaus gelandet war.

«Hat. Er ist schon tot», sagte ich düster. Ich würde jetzt auch gleich mit dem Handarbeiten beginnen. Und der Spruch, den ich als Erstes exklusiv für die Damen Haas und Beyer auf ein Bettlaken sticken und quer über die Hauptstraße hängen würde, lautete:

Wer Mutti kränkt, wird gehängt. In Blutrot.

«Soll ich Ihnen derweil schon amol a baar Dubberbrodukte zeigen?», fragte Frau Kolb.

Ich tauschte mit gnadenloser Entschlossenheit mein leeres Glas gegen ein volles. «Gerne!»

Frau Kolb hielt gerade die erste Vorratsdose in die Höhe, als jemand in den Flur polterte. Irgendetwas fiel scheppernd um, dann schloss sich die Haustür mit einem dumpfen Schlag.

«Ach, die hamm sich alle vorher irgendwo gedroffen und kommen etzt alle z'samm», jodelte Frau Kolb. «Die Dubberbadie kann beginnen!»

Herein kam aber nur Gustl Beck, mit einem verlegenen Grinsen im Gesicht und einer quietschbunten Krawatte über dem karierten Hemd. «Die Beyers Leni sacht, hier däd a heiße Padih steigen?»

Das war endgültig zu viel des Guten. Ich spürte, wie meine Temperatur anstieg, und im nächsten Augenblick stand ich im eigenen Saft …

«Ja, und dann?» Elke hatte meinen Schilderungen atemlos gelauscht.

«Dann habe ich mich erst mal umgezogen. Ich hatte ja keinen trocknen Faden mehr am Leib.»

«Und in der Zeit hat Gustl alle Häppchen gegessen?» Elke klang heiter bis hysterisch.

«Sagen wir es mal so: Er ist recht weit gekommen. Dafür sind wir jetzt per du.» Ich trank einen großen Schluck Rotwein, und zwar aus einem Gefäß, das ich kurzerhand in Bordeaux & Go umbenannt hatte.

«Ein wahrer Albtraum», seufzte Elke. «Und ein Jammer, dass ich nicht vor Ort war.»

Allerdings. Elke hätte der Veranstaltung sicher einen gewissen Drive verpasst, indem sie die Frauen einfach ins Haus gezerrt und sich anschließend mit den Schnepfen angelegt hätte.

«Ich muss der lieben Traudl aber zugutehalten, dass sie nicht die Nerven verloren hat. Sie hat mir keine Vorwürfe gemacht, als herauskam, dass ich doch niemanden persönlich eingeladen hatte und Gustl überhaupt nicht. Als wir den endlich absverviert hatten, haben wir uns sogar noch ganz gut unterhalten.» Und eine Flasche Prosecco ohne Kiwi-Zeugs nachgeschoben. «Außerdem bin ich jetzt stolze Besitzerin eines Dupper-Durbo-Chefs. Ein raffiniertes Gerät, mit dem man alles Mögliche zerkleinern kann.»

«Alles Mögliche? Dann solltest du es gleich morgen mit den Freundinnen Beyer und Haas einweihen.»

Zehn

Die Vorhersage für Samstag, den 19. April:
Am Morgen wechselhaft mit Kopfschmerzen. Später verbreitet gute Laune, bevor die Stimmung gegen Abend richtig baden geht.

Ich war gerade ins Bett gegangen, als mich eine heulende Sirene aus dem Schlaf riss. Es dauerte eine Weile, bis ich kapierte, dass mein vibrierendes Handy auf dem Nachtkästchen herumtanzte und jaulte. Verdammter Klingelton.

Ich richtete mich halb auf und schielte auf den Wecker. Halb acht. Ich hatte wohl doch schon länger im Bett gelegen.

«Ja?» Meine Stimme klang, als hätte man die Stimmbänder mit Sandpapier bearbeitet.

«Oh, ohh, hab ich dich etwa geweckt?»

Ex-Alarm. Na klar. Volker zahlte einem immer alles mit gleicher Münze zurück.

«Nein, ich bin schon lange auf», krächzte ich. «Ich habe nur noch mit keinem geredet. Was gibt es denn?»

«Ich wollte mich mal erkundigen, wie es meinen Lieben geht. Hab ja seit Mittwoch nichts mehr von euch gehört.» Volker tat sein Bestes, besorgt zu klingen.

«Super geht es uns!», sagte ich fröhlich. «Marie geht es gut, mir geht es gut, alles ist in bester ...»

«Wunderbar, wunderbar, das klingt ja hervorragend», unterbrach er mich. «Ich rufe auch an, weil ich da einen kleinen Auftrag hereinbekommen habe, der ganz dringend jetzt am Wochenende, du weißt schon. Knackige Sache, genau das Richtige für dich.»

Das konnte ja wohl nicht wahr sein. Jetzt hatte ich schon Hunderte von Kilometern zwischen uns gebracht, und der Typ dachte immer noch, ich müsse auf Zuruf für ihn springen. Mein Blick fiel auf Huberts Weisheit des Tages:

Es erzeugt viel Überdruss, wenn einer mehr tut, als er muss. Und? Musste ich denn?

Ich nahm meinen Mut zusammen und schrie in den Hörer. «Hallo? Ich höre dich nicht mehr, hast du auch dieses Rauschen im Ohr? Hallo? ... Hallo?!»

Dann unterbrach ich die Verbindung, bettete meinen Kopf wieder aufs Kissen und schloss die Augen. «Onkel Hubert», sagte ich. «Ich weiß ja nicht, ob du noch hier herumgeisterst. Aber wenn doch: Schönen Dank!»

Mein Handy klingelte wieder, aber ich ging nicht ran. An Schlafen war allerdings auch nicht mehr zu denken, also schlappte ich ins Bad, klatschte mir kaltes Wasser ins Gesicht und betrachtete mich im Spiegel: Abgekämpft sah ich aus. Und es wurde höchste Zeit, mich in die Hände eines guten Friseurs zu begeben.

Ich sah noch kurz zu Marie ins Zimmer. Sie lag selig schlummernd im Bett. Nur ihre schwarzen Locken schauten unter der Decke hervor. Und Crowley, der bei meinem Anblick begeistert aufsprang und sich zwischen meinen Füßen hindurchzwängte. Unten blieb er maunzend vor der Saaltür stehen.

«Nix da!» Ich scheuchte ihn in die Küche. «Den Lachs hat der Gustl aufgefressen, und das restliche Elend will ich heute erst mal nicht sehen.»

Ich gab dem Kater ein Döschen und machte Feuer. Als ich sah, dass nur noch wenige Scheite im Holzkorb lagen, fiel mir der Haufen in der Einfahrt wieder ein. Den Schuppen hatte ich letzte Woche aufgeräumt, und daher beschloss ich, mich heute endlich um meinen verdammten Waldanteil zu kümmern. Schließlich schien die Sonne, und körperliche Arbeit würde mich vielleicht auf andere Gedanken bringen.

Ich arbeitete verbissen vor mich hin und ließ meine ganze Wut an den Holzscheiten aus. Holzhacken wäre als Therapie sicher noch effektiver gewesen, aber ich hatte Angst, mir ins Bein zu hacken, und eine ernsthafte Verletzung war mir die Sache dann doch nicht wert.

Ich hatte schon einige Schubkarrenladungen in die Scheune geschafft, als Marie aus dem Haus kam.

«Na, Süße, alles klar? Schon gefrühstückt?»

Meine Tochter gähnte. «Schon. Aber ich habe voll die Watte im Kopf. Hast du Lust auf einen Spaziergang?»

«Au ja!» Mein Rücken konnte eine Pause gebrauchen, und wenn Marie schon mal freiwillig mit mir spazieren gehen wollte, würde ich doch nicht nein sagen!

Wir zogen uns passende Schuhe an und liefen los.

«Papa hat angerufen.»

«Oh.» Marie sah mich an. «Was wollte er?»

«Wissen, wie es uns geht. Und mir wieder mal einen kleinen Wochenend-Job andrehen, aber da ist plötzlich die Leitung zusammengebrochen. Einfach so!» Ich grinste.

«Mhm», machte Marie. «Bestimmt ist er jetzt sauer. Du hättest ihm vielleicht lieber sagen sollen, dass du nicht willst.»

«Ach, jetzt hör mal auf. Papa ist es egal, was man sagt, er

hört ja doch nicht zu. Und dann lässt er nicht locker, bis er gekriegt hat, was er wollte. Nein, nein, das war schon richtig so.»

Marie schwieg eine Weile

«Und wie war der Tupperabend?», fragte sie dann.

«Schrecklich. Gundi hat in letzter Minute abgesagt, und am Ende saßen Frau Kolb und ich da und haben Gustl Beck beim Häppchenessen zugesehen.»

«Oje. Ich hätte doch dableiben sollen!»

«Quatsch. So interessant war das auch wieder nicht!»

Wir gackerten um die Wette.

Marie hakte sich bei mir unter. «Weißt du was? Ich helfe dir nachher, den Saal aufzuräumen. Dann kannst du die Sache abhaken.»

«Du bist echt ein Schatz», sagte ich. «Und wie war deine Party?»

«Schön!» Marie grinste. «Die Leute in meiner Klasse sind echt ganz gut drauf. Ein paar schauen noch etwas schräg, wenn sie mich sehen, aber das stört mich nicht.» Sie sah mich von der Seite an. «Und dein Angebot, im Saal zu proben – steht das noch?»

Ah, daher der Drang aufzuräumen. «Na klar. Ihr seid jederzeit willkommen.»

Wir setzten uns auf eine Bank am Wegrand und schauten ins Tal. «Es ist schon schön hier, oder?» Ich schloss die Augen und spürte die wärmende Sonne. «Wenn nur diese bescheuerten Weiber nicht wären.»

«Irgendwann müssen die sich auch mal einkriegen.» Marie legte ihren Kopf auf meine Schulter.

«War Mario auch da?», fragte ich.

«Ja, aber dem geht es voll schlecht», sagte Marie. «Seine

Mutter macht ihm Stress, weil er sich jetzt auch ein bisschen schminkt. Aber er lässt nicht viel raus.»

«Hast du die Mutter jetzt mal kennengelernt?»

Marie schüttelte den Kopf. «Er hat mich noch nie mit nach Hause genommen, immer nur mit zu seiner Omi. Scheinen komische Leute zu sein.»

So dösten wir noch eine Weile friedlich in der Sonne, dann gingen wir auf Umwegen nach Wiestal zurück.

Wo uns eine große Überraschung erwartete.

«Sag mal, habe ich noch Restalkohol, oder ist das Holz wirklich verschwunden?» Ich rieb mir die Augen, aber die Einfahrt war leer. Nur die Schubkarre stand noch da, die Plastikplane lag fein säuberlich zusammengefaltet daneben.

«Sieht aus, als hätten die Heinzelmännchen zugeschlagen», sagte Marie.

Wir gingen in den Garten. Das Holz war ordentlich im Schuppen aufgeschichtet worden.

«Wer könnte das gewesen sein?» Ich sah auf die Uhr. Wir waren mehr als zwei Stunden unterwegs gewesen.

«Vielleicht haben die Schnepfen Buße getan», grinste Marie. «Oder du hast einen Verehrer.» Sie nahm meine Hand. «Egal, freu dich einfach. Und jetzt räumen wir den Saal auf. Es sei denn, das hat auch schon jemand erledigt.»

Leider stand das ganze Gerümpel noch genauso da, wie ich es am Abend vorher verlassen hatte. Ich war schon dabei, die sauberen Teller und Platten zusammenzustellen, als Marie dazukam.

«Ob dein Schreiner auch Spülmaschinen anschließen kann?», fragte sie. «Wäre nicht schlecht, wenn er das am Montag gleich mit erledigen könnte.»

«Marie, das ist nicht mein Schreiner, und wer sagt denn, dass er am Montag kommt?»

«Hör dir den AB an, und du weißt mehr.»

Schon war ich in der Küche und drückte den Play-Knopf.

«Hallo, Nina!» Der Klang von Christians tiefer Stimme löste bei mir erhebliche Resonanzen unterhalb der Gürtellinie aus. «Wo steckst du denn, warum gehst du nicht an dein Handy?»

Das Handy! Das lag natürlich wegen Volker immer noch auf dem Nachttisch. Am liebsten hätte ich mir in den Hintern gebissen vor Ärger, aber Christians weitere Worte besänftigten mich sofort:

«Ich wollte nur sagen, dass ich am Montagvormittag noch mal vorbeikomme. Dann kümmere ich mich um deine *Kellerdrebbn* und messe die Fenster aus. Wäre gut, wenn du dann da wärst. Bis bald!»

Übermorgen! Ich machte ein paar Tanzschritte um den Tisch und wollte mir die Nachricht gerade zum zweiten Mal anhören, als Marie in die Küche kam.

«Dieser Gustl ist da. Kannst du dich um ihn kümmern?»

Unser Nachbar begrüßte mich mit einem fröhlichen «Grüß Gott!».

«Hallo, Gustl», sagte ich. «Schon wieder unterwegs?»

Gustl nickte. «Ich hab heut scho a Menge g'schafft und wollt amol kurz a Bause machen, und do hab ich gedacht ...»

«Du schaust mal bei uns vorbei.» Plötzlich durchzuckte mich wieder dieser schreckliche Verdacht. War es doch

Gustl gewesen, der das ganze Holz weggeräumt hatte? Und wie sollte ich mich jetzt verhalten? Mich vorsichtshalber bei ihm bedanken?

Zum Glück fiel mir die Lösung ein, als ich sah, wie gierig Gustl auf die Reste starrte. «Weißt du was?», sagte ich. «Wer so viel arbeitet, braucht auch was Leckeres zum Essen. Wie wäre es, wenn ich dir etwas einpacke?»

Bingo! Gustl strahlte über beide Ohren. «Fei a gude Idee!»

«Kei Dhema, hammer gleich», sagte ich. Ich nahm eine der neuen Tupperdosen und füllte sie randvoll. «Bitte schön. Guten Appetit!»

Als Gustl verschwunden war, sah Marie mich feixend an. «Du glaubst auch, dass er derjenige war, oder?»

«Ich fürchte schon. Vor einigen Wochen gab es schon mal so eine gute Tat. Da hatte jemand die Gartenabfälle auf den Kompost geräumt. Und Gustl hat es ja nicht weit.»

«Hast du ein Glück», sagte Marie und kicherte. «Gutaussehend *und* Gentleman. Solche Typen findet man nicht an jeder Ecke.»

Ich war gerade mit dem Abspülen fertig geworden, als Marie mir einen Zettel in die Hand drückte. «Der lag im Briefkasten.»

«Einladung zur Wasserversammlung», las ich laut. «Am kommenden Montag um neunzehn Uhr im Feuerwehrhaus. Und was soll das sein?»

Marie zuckte mit den Schultern. «Ist doch egal. Aber wenn du hingehst, solltest du auf jeden Fall vorher herauskriegen, was man zu so einem Event trägt.»

«Schwimmflügel?»

«Gummiflossen!» rief Marie. «Aber von Wiesienne Westwood.»

Wir malten uns das Thema gerade richtig schön aus, als Gundi in der Küchentür stand. «Schee, dass es euch gutgeht, Madla. Wie isses gestern g'laufen?» Sie legte die Zeitung auf den Tisch und setzte sich zu Crowley auf die Bank.

«Schlecht», sagte ich wahrheitsgemäß. «Außer Gustl war keiner da.»

«Hab mir scho so was gedacht.» Gedankenverloren strich sie Crowley über den Kopf.

Allmählich hatte ich die Faxen dicke. «Kannst du mir vielleicht mal erklären, was da gespielt wird?»

Gundi zuckte die Schultern. «Manche Leute werr'n halt garschtig, wenn's ned so läuft, wie se sich des vorg'stellt hamm.»

«Ich bin gar doch nicht garstig!»

«Du bist ja auch gar ned gemeint», sagte Gundi. «Reg dich am besten ned groß auf. Gell, Grauli, mir regen uns gaaar ned auf.» Sie kraulte den Kater unter dem Kinn, was dieser mit lautem Schnurren beantwortete. Für die beiden war das Thema ganz offensichtlich abgehakt.

Ich zeigte Gundi den ominösen Zettel. «Und was ist das für eine Wasserversammlung?»

Sie warf nur einen kurzen Blick darauf.

«Ich weiß ned, ob ihr des wisst, aber unser Dorf hat drei Quellen, die uns mit Wasser versorgen», sagte Gundi. «Und einmal im Jahr setzen mir uns z'amm und besprechen alles, was ansteht. Da geht's um die Wasserqualität, um die Frage, wann die nächste Wasserbrüfung ansteht und so Zaich.»

«Also betrifft mich das gar nicht?» Ich wollte den Zettel schon ins Altpapier werfen, als sie mich streng ansah.

«Nadürlich bedrifft des dich, und deswegen musst du da auch hingeh'n. Von an jedem Haushalt muss einer deilnehmen!»

Erst jetzt sah ich den letzten Satz: Teilnahme ist Pflicht. Mein Magen zog sich schmerzhaft zusammen.

Onkel Hubert! Hilfe! Mit a weng positivem Denken wäre es bei diesem Event wohl nicht mehr getan …

Die Vorhersage für Montag, den 21. April:
Ein Stimmungstief bringt flaue Gefühle. Um die Mittagszeit können sich einzelne, zum Teil heftige Hitzewallungen entwickeln.

Meine Schritte wurden langsamer. Gleich waren wir da. Doch als wir um die letzte Häuserecke bogen, blieb ich wie angewurzelt stehen. «Das ist doch nie und nimmer das Feuerwehrhaus!»

«No freilich! Was soll's denn sonst sein?» Gundi sah mich mit großen Augen an.

Vor uns lag eine trutzige, mittelalterliche Burg, die ich noch nie vorher gesehen hatte.

Gundi zeigte auf das Schild, das an der hohen Mauer über der Zugbrücke befestigt war. Freiwillige Feuerwehr Wiestal, stand dort in großen Frakturlettern. «Do steht's.»

Ich sah, dass sich auf den Zinnen der Burg etwas bewegte. Und kaum standen wir vor der heruntergelassenen Zugbrücke, hörte ich eine bekannte Stimme.

«Do isse!», kreischte Frau Beyer. «Her mit'm heißen Deer! Die mach mer ferddig!»

«Zuerst dun mer se rädern», plärrte Frau Haas, die ihre blondierten Haare hoch aufgetürmt hatte. «Rädern und ausbeitsch'n, des hat se verdient!»

«Gundi …» Panisch riss ich meine Nachbarin zurück. «Ich will nach Hause!»

145

«Schmarrn», sagte Gundi. «Die Weiber sind halt a weng biestig, aber des werd sich scho wiedergeben. Reech dich ned auf. Außerdem is Deilnahme Pflicht!»

Ich geriet in Panik. «Die sind nicht biestig, die wollen mich umbringen!» Obwohl ich die Worte herausschrie, kam kein Laut aus meinem Mund. Gundi zerrte mich weiter über die Brücke.

Während ich versuchte, mich aus ihrem eisernen Griff zu befreien, spürte ich, wie sich heißer Teer über mich ergoss. Voller Panik schlug ich um mich und ...

... landete schweißgebadet vor meinem Bett.

Ich blinzelte benommen, dann stand ich auf und rollte mich unter die warme Decke zurück. Diese verdammten Weiber! Jetzt machten sie mir schon nachts das Leben zur Hölle.

Ich schloss die Augen und versuchte, den Traum zu vergessen. Doch die Bilder ließen sich nicht löschen, schlimmer noch: Mein Hirn präsentierte mir die ganzen letzten Wochen als mieses B-Movie. Welcher Blödmann hatte mir eigentlich dieses goldene Arschkartenabo vermacht?!

Mit meiner Arbeit ging es mehr schlecht als recht voran, und im Haus war seit der Heizölllieferung gar nichts mehr passiert. Die Viererbande unter der Leitung der Beyer machte mich systematisch fertig, und Gundi war mir zwar wohlgesonnen, trieb mich aber mit ihren kryptischen Bemerkungen allmählich in den Wahn. Ganz zu schweigen von den Männern, die ich kennengelernt hatte.

Mein Nachbar Gustl ging mir auf die Nerven, Martin tauchte völlig unverbindlich zu den unmöglichsten Zeiten auf, und der schöne Schreiner war in festen Händen. Ach, Christian. Du. Ich. Immer noch eine heiße Nummer ...

«Mama?» Marie stand in der Schlafzimmertür. «Könntest du mich heute in die Schule fahren?»

«Na klar», sagte ich. «Ist Mario krank?»

«Nö, aber es wäre doch schön, wenn wir heute mal zusammen fahren.»

Oje, sah man mir schon an, wie schlecht es mir ging?

«Na, dann los.» Ich schwang die Beine aus dem Bett und wusste plötzlich, womit ich die Fahrt nach Pegnitz verbinden würde: mit einem Frisörbesuch.

Wenn ich heute Abend schon geteert und gefedert werden sollte, wollte ich wenigstens gut aussehen.

«Gut siehst du aus!» Christian pfiff anerkennend durch die Zähne und folgte mir in die Gaststube. «Also, wo fangen wir an?»

Ich verscheuchte standhaft das Erotikkino aus meinem Kopf. «Du hattest am Telefon etwas von Ausmessen gesagt. Und du wolltest die Kellerdrebbn richtig reparieren.»

Christian grinste. «Dann kümmere ich mich um die zuerst, und danach assistierst du mir bei den Fenstern.»

Während er im Keller zu tun hatte, wollte ich an meinem Schreibtisch etwas Sinnvolles zustande bringen, aber daraus wurde nichts. Nur, dass mir diesmal nicht meine Gefühle für Christian einen Strich durch die Rechnung machten, sondern die Angst vor dem heutigen Abend. Wieder und wieder stellte ich mir vor, wie die vier mich fertigmachten und ich keine Chance hatte, mich zu wehren, weil ich nicht einmal wusste, warum.

«Die *Drebbe* ist fertig!» Christian kam verdreckt aus dem Keller zu mir ins Arbeitszimmer, und ich musste mich zusammenreißen, ihm nicht die Spinnweben aus den Locken zu zupfen.

«Jetzt kümmern wir uns um die Fenster. Die schauen wir alle der Reihe nach an, und die Notfälle repariere ich zuerst.» Er sah mich fragend an. «Warum schaust du denn so? Gibt es ein Problem?»

Ja. Mit dem heutigen Abend. Und mit der Tatsache, dass er in festen Händen war. Aber Letzteres konnte ich ihm ja schlecht auf die Nase binden.

«Ach, ich habe einfach zu viel Arbeit auf dem Tisch», sagte ich stattdessen. «Und heute Abend muss ich auch noch zu so einer beknackten Wasserversammlung.»

«Wenn du möchtest, kann ich das mit den Fenstern auch allein machen», sagte der schönste Schreiner der Welt. Irrte ich mich, oder sah er ein bisschen enttäuscht aus dabei?

«Auf keinen Fall!», rief ich, lauter als beabsichtigt.

Christian lächelte und sah mir tief in die Augen. Er reichte mir ein Klemmbrett, und unsere Hände berührten sich etwas länger als unbedingt nötig. Mir wurde ganz schwummerig.

«Na dann», sagte er. «Ran an den Speck.»

Wir arbeiteten uns von Raum zu Raum durch. Die Fenster auf der Rückseite des Hauses waren eigentlich ganz gut in Schuss und brauchten nach Christians Auskunft nur einen ordentlichen Anstrich. Nach vorne hinaus sah die Sache leider nicht so gut aus.

«Aber lass dir davon die Laune nicht vermiesen», sagte er, als wir die Runde durchhatten. «Ich muss ja nicht alles auf einmal reparieren. Wir machen das so, dass es für dich passt, und jetzt kommt ohnehin erst mal der Sommer.»

Ich lächelte tapfer, aber innerlich war mir zum Heulen.

Zwölf

Eine aktuelle Unwetterwarnung:
Konfrontationen erreichen im Laufe des Abends Orkanstärke. Es muss mit heftigen Turbulenzen gerechnet werden.

Gegen sieben Uhr abends klingelte es. Ich stand im Bad und überlegte, ob ich mich übergeben oder tot stellen sollte.

«Mama! Gundi ist da!», rief Marie.

Mist.

Ich raffte mich auf und ging hinunter.

«Fällt die Versammlung aus?», fragte ich hoffnungsvoll, aber Gundi schüttelte den Kopf.

«Naa, duud se ned. Aber es wär doch schee, wenn mir zwaa miteinander hingehn.»

«Gute Idee!», sagte Marie.

Ich nahm gottergeben meine Jacke.

«Du machst das schon, Mama», flüsterte Marie, als ich an ihr vorbeiging. «Ich glaub an dich.»

Auf dem Weg zum Feuerwehrhaus plapperte Gundi wie ein Wasserfall. Ich hatte das Gefühl, dass sie mich ablenken wollte, aber das machte mich nur noch nervöser. Was, um Himmels willen, erwartete mich dort?

«Der Walder werd nadürlich auch da sein», teilte Gundi mir ungefragt mit. «Dann kannst'n dir endlich amol aus der Nähe anschau'n.»

«Hast du dein Fernglas dabei?», fragte ich, aber sie verstand den Witz nicht.

«Wahrscheinlich setzt er sich wieder in die hinderste Egge, wo er sich letztes Jahr scho versteckt hat», fuhr sie fort. «Also, wennst mich fragst, der hat eindeutig a weng an Verfolgungswahn.»

Genau wie ich. Aber wenn das bei mir genauso berechtigt war wie bei Walter, dann gute Nacht, Nina!

Kurz darauf waren wir am Feuerwehrhaus angekommen, einem kleinen Fachwerkhaus, das zum Glück nicht mit Zinnen oder einer Zugbrücke ausgestattet war, sondern nur mit einen schmalen Turm zum Schläuchetrocknen und einer ganz normalen Tür.

«Dann wollmeramol!» Gundi drückte mir kurz die Hand. «Werdschonwern!»

Mit klopfendem Herzen stieg ich hinter Gundi zum Gemeinschaftsraum im ersten Stock hinauf. Zu meiner Beruhigung entdeckte ich im verwinkelten Treppenhaus ein paar Nischen. Sollte ich mich also später am Abend vor einem Teerkessel in Sicherheit bringen müssen, hatte ich eine reelle Überlebenschance.

Dann waren wir am Ziel, einem großen, holzgetäfelten Raum. Ich folgte Gundi, die zwischen den überwiegend mit Männern besetzten Tischen hindurchging und nach rechts und links grüßte. Ich scannte nervös die anwesenden Frauen, aber die Schnepfen waren nicht darunter.

Als ich auch noch Herrn Beyer in der Menge entdeckte, atmete ich erleichtert auf. Wunderbar! Dann würde seine Frau wohl kaum hier auftauchen.

«Mir setzen uns do hinten hie.» Gundi zeigte auf einen fast leeren Tisch. «Do hab ich den Walder schee im Blick!»

Bei einem Bier fing ich allmählich an, mich zu entspannen. Gundi gab ein paar lustige Geschichten über Walter zum Besten, Nachbar Gustl winkte mir vom anderen Ende des Raumes freundlich zu, und noch immer hatte sich keine einzige Schnepfe blicken lassen. Um sieben wiegte ich mich in völliger Sicherheit. Die Vorsitzende griff bereits zu einer kleinen Glocke, als Herr Beyer plötzlich aufstand.

«Was is? Gehst du wieder?», fragte die Vorsitzende.

«Ich hab noch an Kunden.» Herr Beyer trank sein Bier mit einem einzigen Schluck aus. «Gleich kommt mei Fraa!»

Als hätten sie die Szene vorher geprobt, erschien genau in diesem Moment Leni Beyer in der Tür und hinter ihr die Schnepfenbande. Sie durchquerten den ganzen Raum und setzten sich an den einzigen Tisch, der noch frei war: den neben unserem.

Herr Beyer verschwand, die Vorsitzende läutete mit ihrem Glöckchen, und ich wünschte mir einen vollen Becher Zyankali & Go herbei. Damit wäre das alles egal. So aber musste ich dem Schicksal ins Auge sehen. In acht Augen, die mir bitterböse Blicke zuwarfen. Und mir wurde auch ohne Gift speiübel.

Die Tagesordnungspunkte rauschten komplett an mir vorbei. Ich stimmte bei den jeweiligen Wahlen so ab, wie Gundi es mir empfahl, ansonsten war ich einzig und allein mit der Frage beschäftigt, wie ich hier möglichst schnell wieder rauskam.

Nach einer endlosen Stunde erklärte die Vorsitzende das Treffen für beendet, und die ersten Leute standen auf.

Ich hatte mir inzwischen überlegt, dass ich den Raum am schlauesten mit Gundi als Schutzschild verlassen würde, doch daraus wurde nichts.

«Mist! Der Walder geht scho!», rief sie, sprang auf und war im nächsten Moment verschwunden.

Na super. Damit war Plan A gestorben, Zeit für Plan B. Ohne einen Schimmer, wie der aussehen könnte, saß ich wie gelähmt im Feindesland fest.

Die Frauen am anderen Tisch tuschelten und guckten streitsüchtig zu mir herüber.

Gundis Worte kamen mir wieder in den Sinn: «Bei manchen Dingen hier im Ort fragst mich in Zukunft besser vorher.» Aber wenn ich sie brauchte, rannte sie wie ein verknallter Teenager hinter Walter her!

Immer mehr Leute verließen den Saal, und ich beschloss, es ihnen nachzutun, egal wie sehr ich mich dafür überwinden musste. Meine Beine hatten sich in Gummi verwandelt, und ich setzte behutsam einen Fuß vor den anderen. Doch als ich an den Schnepfen vorüberschlich, wurde das Tuscheln lauter. Worte wie Hirnwäsche und Erbschleicherin wehten zu mir herüber.

Unschlüssig blieb ich stehen. Ein Teil von mir – und zwar der weitaus größere – wollte abhauen. Wollte im Galopp die Hauptstraße hinunterrennen, die Haustür von innen verrammeln, ins Bett springen und die Decke bis über den Kopf hochziehen.

Der andere, winzige Teil war wütend. Aber ich spürte, wie diese Wut von Sekunde zu Sekunde größer wurde. Inzwischen war sogar ihre Farbe zu erkennen, irgendwas zwischen Dunkelrot und Giftgrün. Und bevor ich begriff, was passierte, explodierte ich.

«Vielleicht könnt ihr mir zur Abwechslung mal verraten, warum ihr euch so beschissen aufführt?!»

Schlagartig war es im ganzen Saal mucksmäuschenstill. Erschrocken zog ich den Kopf ein. Nach ein paar Momenten nahmen die anderen Anwesenden ihre Unterhaltung wieder auf, aber am Schnepfentisch sagte keine was.

Okay, Plan B war da, und ich würde ihn jetzt durchziehen. Ich stützte mich mit beiden Händen auf den Tisch und sah einer nach der anderen in die Augen.

«Also, raus mit der Sprache. Was habe ich euch getan, dass ihr euch die Mühe macht, das ganze Dorf gegen mich aufzuhetzen?»

Die drei Unterschnepfen hüstelten und sahen betreten weg. Nur Leni blickte mich zunächst genauso böse an wie ich sie. Doch dann geriet ihre Fassade ins Wanken. Offensichtlich hatte sie mit allem gerechnet, nur nicht mit einer Meuterei meinerseits.

«Des is a weng a längere Geschicht», sagte meine Erzfeindin schließlich und deutete auf einen freien Stuhl.

Das war es in der Tat, und es dauerte noch a weng länger, bis ich alle Puzzleteile richtig zusammensetzen konnte. Und selbst dann konnte ich kaum glauben, was ich hörte.

«Soll das heißen, dass ihr Hubert über Jahre gepflegt habt und er euch dafür den Gasthof vererben wollte?», fasste ich zusammen. «Und nach seinem Tod habt ihr feststellen müssen, dass nicht ihr, sondern ich das Haus bekommen habe?»

«Und dann bist aa noch eing'zogen!», sagte die Grauhaarige, die Bärbel hieß. «Da war mer dann endgültig bedient.»

«Das habe ich allerdings gemerkt.» Ich sah in die Runde. «Aber warum ist das Haus so wichtig für euch? Wolltet ihr die Wirtschaft weiterführen? Oder es verkaufen? Und warum habt ihr nicht einfach mit mir geredet?»

«Hab ich's ned gleich g'sagt?» Die mollige Rosi sah bei diesen Worten zu Leni Beyer hinüber.

«Is ja gut!» Es war offensichtlich, dass dieser Kommentar Leni gar nicht passte, und ich konnte mir lebhaft vorstellen, dass auch für die anderen mit der Oberschnepfe nicht immer gut Kirschen essen war.

«Und was hattet ihr nun für Pläne?»

Die vier sahen sich so verlegen an, dass ich auf die wildesten Ideen kam.

«Einen Großhandel mit Hanfpflanzen? Eine Sado-Maso-Pension?» Vielleicht hatten die Frauen ja vor, eine Landfrauenversion von *Shades of Grey* zu inszenieren. *Shades of Green* sozusagen, in der man mit Brennnesseln gefesselt und gepeitscht wurde.

Einen Augenblick starrten mich die Frauen verblüfft an, dann lachten sie los. Das Eis war gebrochen.

«Des wär's, Leni!», johlte Claudia aufgedreht. «Do könnt'st dein Kurt mal a weng ausbeitschen, wenn er ned spurt!»

Auch bei den anderen mangelte es nicht an kreativen Einfällen. Sie blödelten noch eine Weile herum, bis ich sie an meine ursprüngliche Frage erinnerte:

«Aber was wolltet ihr denn nun wirklich machen?»

«Was ganz Abg'fahrnes», sagte Bärbel und grinste. «A Schneiderei.»

«Habt ihr denn zu Hause nicht genug Platz?»

«Der Blatz isses ja ned», sagte Leni ungeduldig. «Mir häddn halt vor allem was gebraucht, wo mer die Dür hinter uns zumachen können und wo uns kaaner nei'redt.»

Es gab Leute, von denen Leni sich dazwischenquatschen ließ? Ich sah ungläubig in die Runde, aber die anderen nickten.

«Daheim kommt doch andauernd einer g'laufen, der was will. Da kann ja ka Mensch ernsthaft arbeiten.» Claudias düsterer Blick sprach Bände.

«Und mir häddn uns halt vorg'stellt, dass mer die Sach a weng größer aufziehn», fügte Rosi hinzu. «Nähen können mir alle recht gut. Die Leni hat sogar Schnidddechniggerin g'lernt, weißt?»

«Für Dobb», seufzte Leni. «Und Hagga.»

Hä!!?

Als die vier meinen ratlosen Blick sahen, mussten sie lachen.

«Schnitt-Technikerin für Damen-ober-bekleidung und Herren- und Kinderbekleidung», erklärte Rosi. «DOB und HK.»

«Mir häddn a dolle Kolleggtion auf die Beine g'stellt», sagte Leni.

«Na ja», sagte Bärbel. «Des werr mer scho noch hiegriegen. Halt bloß ned so bald.»

Sie schwiegen und hingen ihren Gedanken nach.

Und ich fasste einen spontanen Entschluss.

«Was würde denn dagegensprechen, die Schneiderei trotzdem in der Wirtschaft einzurichten?»

Acht Augen wurden tellergroß.

«Drotzdem?» Claudia Haas konnte es nicht fassen. «Und wie soll des gehn?»

«Ganz einfach. Am Tag arbeitet ihr dort, und nachts machen Marie und ich es uns auf den Arbeitstischen gemütlich und decken uns mit euren Stoffen zu!»

Jetzt lachte ich über ihre verdutzten Gesichter.

«Nein, Quatsch. Aber wenn euch der große Saal reicht, spricht von meiner Seite aus nichts dagegen.»

Nach diesem Vorschlag dauerte es nur Sekunden, dann redeten alle durcheinander. Bis mein Nachbar Gustl plötzlich an unserem Tisch auftauchte.

«Ich geh dann amol heim. Magst mitkommen?» Er strich sich über die Glatze, als wollte er die Stoppeln zum Wachsen ermutigen.

«Naa, die hat etzt ka Zeit für dich», herrschte Leni ihn an. «Mir hamm do was Wichtig's zum besprech'n!» Und sie scheuchte ihn weg wie eine lästige Fliege.

So viel zum Thema dazwischenquatschen.

Eine Stunde später war der Deal in trockenen Tüchern.

«Da stoß mer etzt aber mal so richtig drauf an!», sagte Rosi und ging zum Kühlschrank. Wir waren mittlerweile die Letzten im Saal.

Claudia stellte Gläser und Knabberzeug auf den Tisch, Rosi den Sekt. Eine pappsüße Marke, aber ich würde sie mit Todesverachtung hinunterschütten, wenn es meiner Integration diente.

«Auf die Zukunft!» Wir stießen an. Der Alkohol fand sofort seinen Weg in meine Blutbahn, aber gleichzeitig fühlte ich auch, wie meine Energie endlich zurückkam. Und nicht nur das. Zum ersten Mal seit Wochen war ich wieder zuversichtlich.

Leni füllte die Gläser ein zweites Mal, während Rosi

Nachschub holte. «Ich kann's fei noch ned glaub'n», seufzte Bärbel glücklich. «Jetzt wird unser Draum doch noch wahr.»

Ich seufzte glücklich. Meiner auch!

Dass die vier Frauen im täglichen Leben nicht sehr viel zu träumen hatten, wurde mir klar, als ich mehr über sie erfuhr.

Die geschiedene Rosi war unglücklich mit ihrem Halbtagsjob als Änderungsschneiderin in einem Modehaus und schlitterte auf der Suche nach einem neuen Mann von einer Diät in die nächste.

Claudia wusste an vielen Tagen gar nicht, wie sie ihre drei Kinder und die Arbeit im Geschäft unter einen Hut bringen sollte.

Lenis Kinder waren zwar aus dem Gröbsten heraus, dafür hatte sie eine Menge Scherereien mit ihrer demenzkranken Schwiegermutter, für die sich weder ihr Mann noch ihr Schwager zuständig fühlten.

«Und bei unserer Bärbel steht seit einer Woch der Ernst des Lebens vor der Dür», sagte Rosi augenzwinkernd.

Bärbel, die mir von den Vieren am sympathischsten war, ließ einen tiefen Seufzer los. «Wenn er wenigstens amol *vor der Dür* steh'n däd. Meistens hockt er ja bloß auf der Couch. Und seitdem er weiß, dass es mit der Schneiderei nix wird, fühlt er sich erst recht überflüssig.»

Es wurde immer spannender. «Ist dein Mann auch Schneider?»

«Naa, der war sei Leben lang Buchhalder in einer großen Firma. Und etz, wo er pangsioniert is, wollt er halt a weng für uns was machen, dass er sich ned so überflüssig vorkommt.» Sie lächelte. «Der wird sich etz auch freu'n!»

Rosi schenkte wieder nach, und ich spürte, wie Alkohol

und Glückshormone eine berauschende Liaison miteinander eingingen.

«Aber jetzt hammer so viel von uns gequatscht», meinte Bärbel. «Erzähl doch amol von dir!»

«Oje, wo soll ich da anfangen?» Ich überlegte.

«Ich bin achtundvierzig und geschieden. Meine Tochter ist sechzehn, die kennt ihr ja schon.»

«Allerdings», brummte Claudia, wurde aber sofort mit einem Knuff von Leni gestoppt.

«Und weiter?»

«Wir haben immer in Berlin gelebt und wären an sich auch gern dageblieben, aber ich hatte Ärger mit einem Verflossenen, der nicht kapiert hat, dass unsere Wege sich getrennt hatten. Der ist einfach nicht aus meiner Wohnung ausgezogen, und da kam mir der Gasthof von Hubert gerade recht, um einfach alles hinter mir zu lassen und einen Neuanfang zu wagen.»

«Also doch ned so berfeggt, wie ich gedacht hätt», sagte Leni ehrlich. «Du hast immer so gewirkt, als hättst alles im Griff!»

Na, das war ja die Krönung, diese Einschätzung ausgerechnet von ihr zu hören!

«So wie bei der Tupperparty, mh? Oder meinst du die Handwerkersuche?» Ich grinste. «Da hofft man, dass alles endlich besser wird, macht aber die Rechnung ohne vier Schnepfen, die einem die Hölle auf Erden bereiten.»

Die vier schauten etwas bedröppelt, aber dann erhob Leni feierlich das Glas. «Die Handwerker hamm etz wieder freie Kabbazidädn!»

Claudia nickte. «Und deuer sind se auch ned, wirst scho sehn.»

Bärbel und Rosi stimmten mit ein. «Auf die neue Wiesta-lerin Nina!»

Es war schon fast zwölf, als wir kichernd die Treppe hinun-terstolperten. Wir hatten ordentlich einen sitzen. Draußen blieben wir stehen und genossen die kühle Nachtluft auf unseren erhitzten Wangen.

«Jetzt habe ich noch eine letzte Frage an euch.» Ich ver-suchte, nicht zu lallen. «Gibt es in Wiestal Heinzelmänn-chen, von denen ich nichts weiß?»

«Wieso?», fragte Claudia. «Was machen se denn?»

«Gartenabfälle wegräumen», sagte ich. «Und am Samstag haben sie das ganze Brennholz im Schuppen aufgeschich-tet.»

Die Frauen tauschten einen wissenden Blick, dann lach-ten sie laut heraus.

«Des wird der Gustnbeck g'wesen sein!» Claudia schlug mir ausgelassen auf die Schulter. «Der steht fei voll auf dich, des weiß inzwischen doch a jeder!»

Dreizehn

Die Vorhersage für Mittwoch, den 29. Mai:
Freundlich. Im Tagesverlauf Wechsel zu surrealen Erlebnissen und Durchzug einzelner Emotionen.

Mehr als fünf Wochen waren seit dem denkwürdigen Abend vergangen, aber die Worte *Der Gustnbeck steht auf dich* hatten sich in meinem Kopf verfangen wie Fliegen in einem Spinnennetz. Manchmal schien es, als hätten sie ihr Leben ausgehaucht, doch dann zuckten sie wieder, unfähig, mich endlich in Frieden zu lassen.

Fatalerweise war ich auch noch telepathisch mit meinem Nachbarn verbunden: Jedes Mal, wenn ich darüber nachgrübelte, wie ich ihm für ein und alle Mal klarmachen konnte, dass ich nichts mit ihm am Hut hatte, stand er kurz darauf in der Tür und wollte ein Schwätzchen halten.

Auch heute war das nicht anders. «Grüß Godd!» Gustl kam zur Küchentür herein und sah mich freudestrahlend an.

Ich tat überrascht. «Gustl! Du, es tut mir leid, aber ich bin heute voll im Stress!» Und das war nicht mal gelogen. Ich war gerade dabei, zwei Hektoliter Kaffee für die Handwerker zu kochen, die inzwischen im Gasthof werkelten. Danach musste ich den Männern Instruktionen geben, und um zehn stand eine große Besprechung im Saal an.

«Ich wollt fei bloß fragen, ob du amol bei mir vorbeikommst.»

Oha, diese Nummer war neu. Doch bevor ich mir eine

stichhaltige Ausrede einfallen lassen konnte, kam Bärbel in die Küche. Mit dem Versprechen, ihn später besuchen zu kommen, schob ich meinen Nachbarn in den Garten.

«Der Typ ist eine Klette.»

«Da isser ned der Einzige!» Bärbel ließ sich auf einen Küchenstuhl sacken. «Lang halt ich des fei nimmer aus.»

«Redest du von Ernst?» Ich schenkte uns Kaffee ein und setzte mich zu ihr. «Was macht er denn?»

«Nix. Und am liebsten wär's ihm, wenn ich auch nix machen würd.»

«Der Mann braucht eine neue Beschäftigung. Etwas, bei dem er sich nützlich fühlt.»

«Und wo soll ich des herzaubern, solang hier noch nix läuft? Bald bin ich mit'n Nerven am Ende.»

Ich hörte Rosi, Leni und Claudia in die Gaststube kommen und strich Bärbel über den Arm. «Du konzentrierst dich jetzt erst mal auf deine eigenen Pläne», sagte ich. «Der Rest wird schon werden!»

Kurz darauf saßen wir zu fünft im Saal und gingen den Plan für den Einzug der Schneiderei durch. Wir versuchten es jedenfalls, denn die Handwerker nervten uns im Fünf-Minuten-Takt mit Fragen.

«Fehlt bloß noch, dass einer vom Klo *Fertig!* ruft, und mir sollen ihm den Hindern abwischen», brummte Claudia nach der vierten Unterbrechung.

Auch Lenis Nervenkostüm war nicht das beste. «Wo war'n mir grade stehengeblieben?»

«Bei den Tischen, die mir bestellt hamm», sagte Bärbel. «Und dass mir die hier im Saal aufstell'n lassen.»

«Und was mache ich mit den Sachen, die jetzt hier stehen?» Mir war klar, dass die Frauen höhenverstellbare Arbeitsflächen brauchten, aber ich wollte nicht die Bühne mit den überflüssigen Möbeln zustellen.

«Die lagern mer derweil bei uns ein», sagte Leni.

Gute Idee. Ich nahm meine aktuelle Liste und strich unter der Rubrik *Fragen* diesen Punkt durch.

Seit unserer Aussprache im Feuerwehrhaus hatte ich eine Menge Listen angefertigt. Auf der ersten hatten alle Vor- und Nachteile dieser Fusion gestanden.

Am Ende hatten die Vorteile klar gegen die Nachteile gewonnen, nämlich dass die Handwerker endlich die dringenden Reparaturen durchführten, ich nicht mehr den ganzen Tag im großen Haus allein und zusätzlich durch meine Schnepfenbande mehr ins Dorfleben integriert war. Außerdem würde die Schneiderei natürlich Miete zahlen, wie Bärbel mir erklärt hatte. Und das konnte ich bei meiner klammen Finanzlage wirklich gut gebrauchen.

Dennoch machte ich mir Gedanken darüber, dass ich nun nicht mehr alleinige Herrscherin im eigenen Haus war. Leni zeigte gelegentlich ein Dominanzverhalten, das mich fast schon an Volker erinnerte. Und so gab es Nächte, in denen ich mir schlimmste Szenarien ausmalte, und die Schweißausbrüche, die mich dabei überrollten, hatten nichts mit irgendeiner hormonellen Umstellung zu tun.

Zum Glück hatte ich inzwischen immer einen von Huberts Sprüchen im Blick, wenn es mir schlechtging.

Oft macht man sich das Leben schwer, obwohl es gar nicht nötig wär, prangte zum Beispiel auf einem bestickten Wandbehang, der in einem der Gästezimmer hing.

«Hammer inzwischen a Lösung für die Schnidde?» Rosi sah fragend in die Runde. «Sonst däd ich vorschlagen, dass mer se erst amol an so fahrbare Ständer hängen. Die gricht mer günstig in jedem Baumarkt, und dann könn mer se beliebig hin- und herschieben.»

Leni nickte und machte sich eine Notiz. «Fehlt nur noch a Lager für die Stoffe, dann simmer durch.»

«Da könnt ihr oben eins der Gästezimmer benutzen», sagte ich und dachte an das mit dem Wandbehang. Ich wollte jetzt dringend mit der Besprechung fertig werden, denn auf meinem Schreibtisch wartete eine Menge Arbeit, und ich musste blöderweise ja auch noch bei Gustl vorbeischauen.

Gerade als ich vorschlagen wollte, den Raum schnell zu besichtigen, jodelte Bärbels Handy los.

«Ja?» Ihre Augen verengten sich. «Ja, Ernst. Naa, des geht etzt ned ... Ich bin in einer Besprechung. Ja, ich hab was vorbereitet. Des kannst gegen zwölf in die Röhre stell'n ... Zweihundert Grad.» Sie lauschte. «Naa, Ernst, du kannst des mit der Röhre. Letzte Woche hastes auch gekonnt.» Ein tiefer Seufzer. «Dann warddest halt ... Jaaa. Bis! Ich!! Komm!!!» Sie drückte das Gespräch weg und sah uns mit Blutvergießermiene an.

«Wenn ich beim nächsten Dreffen ned da bin, brauch ich an gudn Anwalt.»

Keine Frage: Ernsts Leben hing an einem seidenen Faden.

Eine halbe Stunde später waren die Frauen endlich weg. Leni, Claudia und Bärbel mussten für ihre jeweiligen Männer das Mittagessen auf den Tisch stellen, und Rosi musste zu ihrem Job. Um den Besuch bei Gustl noch ein kleines bisschen hinauszuzögern, sah ich mir in aller Ruhe die Modelle an, die die Viererbande bereits vor meiner Ankunft hergestellt hatte und die nun vor der Bühne an einer Kleiderstange hingen.

Besonders angetan war ich nicht. In meinen Augen waren die Klamotten ziemlich bieder, trotz greller Farben und Muster. Ich war mir ziemlich sicher, dass selbst Gundi sich geweigert hätte, in einem der Teile aus dem Haus zu gehen. Ob es für diese Art Kleidung überhaupt einen Markt gab?

Soweit ich es beurteilen konnte, war Bärbel die Einzige, die ein Gespür für Farben hatte. Leni und Claudia trugen gelegentlich perfekt selbstgenähte, aber uninspirierte Sachen, und Rosis Outfit konnte sich zwar sehen lassen, aber sie trug, wie so viele Frauen, die sich dick finden, zu weite Teile und sah dadurch erst recht kompakt aus.

Egal. Solange sie Miete bezahlten, sollte das nicht meine Sorge sein. Ich setzte mich an den Computer, um wie versprochen das Protokoll der Besprechung ins Reine zu schreiben.

Das war schnell erledigt, doch als ich den Text vor dem Speichern überflog, bemerkte ich, dass ich jedes Mal Schreinerei statt Schneiderei geschrieben hatte. Oha. Irgendwie machte ich in der Disziplin *Nicht an Christian denken* keine nennenswerten Fortschritte.

Dabei arbeitete ich ständig daran. An manchen Tagen war ich sogar richtig gut. Aber wenn er dann wieder direkt vor mir stand, war das ganze Training umsonst. Mein Blutdruck spielte verrückt, wilde Visionen jagten durch meinen Kopf, und ich fühlte mich wie ein Teenager, der zum ersten

Mal verknallt ist. In diesen Fällen bemühte ich mich, die Phantasien wenigstens einigermaßen in Schach zu halten.

«Gustl, Gustl, Gustl», sagte ich jetzt betont langsam, und sämtliche Gefühlswallungen brachen im Nu in sich zusammen. Na also, Gift – Gegengift. Funktionierte doch bestens.

Ich korrigierte meine Freud'schen Verschreiber und machte mich dann widerwillig auf, mein Versprechen einzulösen.

Der Weg durch das Dickicht am Zaun war durch Gustls häufige Wildwechsel inzwischen schon recht breit geworden. So gelangte ich auf seinen Hof, ohne Löcher in meine Kaschmirjacke gerissen zu haben. In Gustls Haus kam ich genauso problemlos. Anscheinend hatte er hinter der Gardine gelauert, denn er riss die Tür auf, bevor ich die Klingel auch nur berühren konnte.

«Sooo, des is ja schee, dass du mich a weng besuchen kommst», rief er begeistert und winkte mich herein.

Ich holte noch einmal tief Luft und begann meinen Ausflug in eine fremde, unbekannte und anscheinend auch ziemlich schmuddelige Welt. Auf jeden Fall roch es schon im Flur recht muffig. Saß etwa in einem der Zimmer eine mumifizierte Mutter herum? Mist, ich hätte Gundi Bescheid sagen sollen, bevor ich einfach so hier hineinstolperte. Und jetzt machte Gustl auch noch die Tür hinter mir zu!

Im Stillen nahm ich mir vor, mich unter allen Umständen von Duschvorhängen fernzuhalten.

Gustl führte mich stolz durch ein paar vollgestopfte Zimmer, die tatsächlich so aussahen, wie der Geruch es vermuten ließ, aber das schien ihn nicht im Geringsten zu stören. Er erklärte mir ausführlich, was es mit diesem und jenem Raumschmuck auf sich hatte, darunter eine Porzellanpferdchensammlung, die er von seiner Mutter geerbt hatte: «Und des do is der Hengst. Bei dem is des eine Hinterbein a weng abgangen, wie ich'n des letzte Mal abg'staubt hab …»

Nach dieser Info hatte ich allmählich die Nase voll.

«Warum hast du mich denn jetzt eingeladen?», wollte ich wissen.

«Dafür müss mer unters Dach!» Gustl knetete sich unsicher die Hände, und auch mir war diese Wendung nicht ganz geheuer. Zögernd ging ich mit.

Am oberen Ende der ausgelatschten Treppenstufen betraten wir einen schummerigen Korridor. In meiner Phantasie hatten sich mittlerweile noch mehr Horrorszenarien breitgemacht: Zu den eben besichtigten Beleidigungen des guten Geschmacks gesellten sich nun Spinnen, die in dunklen Nischen lauerten, und ein geisteskranker Bruder, den Gustl auf dem Dachboden versteckt hielt. Deshalb konnte ich im ersten Moment auch gar nicht glauben, was ich sah, als Gustl eine Tür öffnete und mich eintreten ließ.

In dem Raum, in dem es durchdringend nach Firnis und Farbe roch, war jede freie Fläche mit Farbtuben, Pinseln und Spachteln belegt. Überall lehnten Leinwände, und am Fenster stand eine große Holzstaffelei mit einer verhüllten Leinwand: Ich stand in einem richtigen Atelier.

Gustl hatte sich anscheinend auf Landschaftsmalerei spezialisiert, denn viele Werke zeigten die Täler und Hochflächen der fränkischen Schweiz, mal bei untergehender, mal bei aufgehender Sonne.

«Das ist ja toll!», rief ich, ehrlich beeindruckt. «Wo hast du denn das gelernt?»

Gustl, der schüchtern in der Tür stehen geblieben war, zeigte auf einen kleinen Fernseher mit Videolaufwerk.

«Vom Bob Ross.»

Im ersten Augenblick wusste ich nicht, was er meinte. Doch als ich den lächelnden Mann mit Afrofrisur auf den Kassettenhüllen sah, erinnerte ich mich an Bob Ross' Sendung, an der ich manchmal beim nächtlichen Zappen hängen geblieben war. «We don't make mistakes, we just have happy little accidents», sagte er, wann immer ihm auf einem seiner quietschig bunten Bilder der Pinsel ausrutschte.

Gustl liebte es genauso farbenfroh wie Bob, hatte aber auch tatsächlich etwas drauf.

Ich sah mich bewundernd um. «Du bist ja ein richtiger Künstler!», rief ich und zeigte auf das verhüllte Bild auf der Staffelei. «Und was versteckt sich da drunter?»

«Des is a G'schenk für dich!» Mit schwungvoller Geste zog Gustl das Tuch von der Leinwand und ging abwartend einen Schritt zurück.

Mir stockte der Atem. Denn da war ich.

Jedenfalls in etwa.

So gut er auch Landschaften malte, Porträts gehörten nicht zu Gustls Stärken. Obendrein hatte ich meinen Platz erst nachträglich vor diesem dramatischen Jurapanorama gefunden. Auf meiner Stirn schimmerten zwei Tannen durch, und unter der linken Wange verlief eine zackige Felskante, die an den Schmiss einer schlagenden Verbindung erinnerte. Auch meine Nase war apart. Sie war so oft übermalt worden, dass sich fast ein 3-D-Effekt ergab.

«Das ist ja …» Skurril? Gespenstisch? «Großartig!», presste ich hervor.

Gustl strahlte nun über beide Wangen. «Ja?»

Ermutigt von meinem Lob, zeigte er mir nun auch die Skizzen, die zu diesem Meisterstück geführt hatten.

«Und das hast du alles aus dem Kopf gezeichnet?» Wider Willen war ich beeindruckt.

«Naa! Die Marie hat mir a Foddo von dir geben.»

Ach was ...

Marie war noch nicht ganz zur Tür herein, als ich sie zur Rede stellte. «Meinst du, es wäre möglich, dass ich in Zukunft vorher erfahre, wem du Fotos von mir schenkst?»

«Meinst du Gustl?» Marie pfefferte ihren Rucksack in den Flur. «Das war doch nur geliehen. Wieso?»

«Schau mal in die Küche.»

Kurz darauf hörte ich sie schallend lachen.

Gemeinsam betrachteten wir Gustls Geschenk. «Und was mache ich jetzt damit?»

Marie sah mich verschmitzt an. «Vielleicht können wir es in den Garten stellen. Ich bin mir sicher, dass dieses Meisterwerk die Schnecken in die Flucht schlägt.»

Die Schnecken ... Ich hatte schon oft Berichte von Gartenbesitzern gelesen, die diese Tierart in den Wahnsinn getrieben hatte. Mir war ihre Existenz bisher herzlich egal gewesen, denn in Berlin hatten Schnecken ähnlich oft meinen Weg gekreuzt wie ungebundene Männer, die keinen an der Klatsche hatten.

Nachdem ich vor ein paar Wochen die Beete vom Unkraut befreit und liebevoll erste Salatsetzlinge eingepflanzt hatte, war jetzt aber doch die Stunde gekommen, mich mit diesen ekligen Biestern zu beschäftigen. Und zwar in dem Moment, in dem ich feststellen musste, dass von meinen

Pflanzen nur armselige Reststummel übrig geblieben waren. Da war eine militante Seite in mir erwacht, die ich bisher nicht gekannt hatte.

Ich hatte neue Pflanzen gekauft und mich in der Dämmerung auf die Lauer gelegt, um mit einem alten Küchenmesser zuzustechen, sobald einer dieser glibberigen Blattvernichter angekrochen kam.

Als Marie aber ausgerechnet an jenem Abend Interesse an den Fortschritten bei Zucchini & Co bekundete und bei mir im Garten aufkreuzte, schwante mir, dass mein Problem gleich noch eine weitere Facette bekommen würde.

Und so war es. Kaum hatte ich den ersten Feind zur Strecke gebracht, schrie meine Tochter entsetzt auf. «Du Mörderin! Du kannst die Tiere doch nicht einfach umbringen!»

«Auge um Auge», sagte ich grimmig. «Die haben schließlich unsere Salatbabys gekillt. Die neuen hier werden sie nicht bekommen.»

«Aber deswegen musst du sie doch nicht gleich töten!»

Ich seufzte. «Okay», sagte ich. «Ich kaufe Schneckenzäune. Aber du hilfst mir, sie einzubuddeln. Und danach bist du für das Wohl der Pflanzen zuständig. Einverstanden?» Ich streckte ihr meine Rechte entgegen.

«Einverstanden!»

Seitdem hatte Marie sich vorbildlich um die Beete gekümmert, und der einzige Schädling, der sich noch gelegentlich darin herumtrieb, war Crowley, der sich gern mitten auf die empfindlichen Setzlinge legte, um sich die Sonne auf den Pelz scheinen zu lassen.

Ich sah aus dem Küchenfenster. Diesmal lag er zwischen den Johannisbeersträuchern und schaute träge einer Hummel nach.

«Findest du nicht auch, dass der Kater ganz schön dick geworden ist?», fragte ich Marie. Und stand damit bei meiner tierlieben Tochter schon wieder knöcheltief im Fettnäpfchen.

«Crowley ist genau richtig», fauchte sie.

Den Nachmittag über arbeitete ich an meinen Aufträgen, und ab vier, nachdem die Handwerker in den Feierabend verschwunden waren, kam ich auch richtig gut voran. Und das, obwohl Marie mir das schreckliche Gemälde ins Arbeitszimmer gestellt hatte.

Um sieben schenkte ich mir ein Glas von Elkes Bordeaux ein und rief bei ihr an, um von Gustls Horrorporträt, den Fortschritten in der Schneiderei und meinen Freud'schen Verschreibern zu erzählen.

«Dass du dir diesen Wunderschreiner immer noch nicht aus dem Kopf geschlagen hast», sagte sie. «Kannst du nicht endlich eine Affäre mit dem –»

«Wenn du jetzt Gustl sagst, war's das mit unserer Freundschaft», brummte ich und nahm einen großen Schluck.

«– Anwalt! Mit dem Anwalt könntest du eine Affäre anfangen. Der macht doch sogar in Betten.»

«Was?»

«In Blech und Betten. Sein Spezialgebiet, das hast du mir selbst erzählt.»

Ich prostete meinem Konterfei zu und trank den Rest des Glases auf ex. «Genau», sagte ich. «Wunderschreiner, Blech und Betten und Gustlbob Ross. Da soll noch mal einer sagen, auf dem Land wird einem nix geboten.»

Vierzehn

Die Vorhersage für Montag, den 2. Juni:
Am Morgen Überraschungen aus unterschiedlichen Richtungen. Insgesamt erfreulich und trocken.

«Mama!» Marie schüttelte mich unsanft hin und her. «Mama!»

Mühsam kämpfte ich mich aus meinem Traum in die Wirklichkeit. «Wassenlos?» Ich schielte auf den Wecker: kurz vor fünf.

Marie strahlte mich an. «Wir haben junge Katzen!»

Sofort war ich hellwach. «Was? Wo?!»

«In der Schachtel mit den alten Klamotten.» Marie zog mich aus dem Bett. «Komm!»

Auf Zehenspitzen schlichen wir uns in das leere Zimmer, das wir im Augenblick als Rumpelkammer verwendeten, und gingen vor einer Kiste in die Hocke.

Drei kleine Katzen, die im Moment eher wie blinde Ratten aussahen, wuselten durcheinander. Zwei waren schwarzweiß gescheckt, eine getigert, und die stolze Mama war niemand anderer als Kater Crowley.

«Gott, sind die süß!», flüsterte ich ergriffen. «Das hast du gut gemacht, Crowley.»

«Als ich aufs Klo musste, habe ich ihn maunzen gehört.» Vorsichtig streichelte Marie der Katze über den Kopf. «Ich meine, sie. Ein Hexenmeister ist sie nun wohl doch nicht.»

Ich schüttelte stumm den Kopf.

«Dann kann sie aber auch nicht mehr Crowley heißen», überlegte Marie und fasste einen radikalen Entschluss.

«Dann nennen wir sie ab jetzt eben Krauli.»

Wir saßen noch eine Weile am Wochenbett, googelten, was frischgebackene Katzenmütter am besten zu fressen bekommen, und nach dem Frühstück – Forelle und Ei für Krauli, frische Brötchen für Marie und mich – musste ich meine Tochter überreden, trotz Familienzuwachs zur Schule zu gehen.

Dann war endlich Ruhe, und ich hatte Zeit für eine Dusche. Die beiden Mitarbeiter der Firma Beyer, die im Keller vor sich hin werkelten, würden wohl mal eine halbe Stunde ohne mich klarkommen.

Leider kam ich nicht ohne sie zurecht, denn kaum war ich eingeseift, stellten sie das Wasser ab. Scheiße!

Fröstelnd wickelte ich mich in ein flauschiges Badelaken und packte meine Shampoofrisur in ein Handtuch.

Und jetzt? In diesem Aufzug zu den Arbeitern zu gehen kam gar nicht in Frage. Den Spaß gönnte ich ihnen nicht. Blieb also nur die Flucht durch den Garten zu Gundi.

Ich holte meine Klamotten aus dem Schlafzimmer, schlich leise·zur Küchentür hinaus und wollte gerade durch das Gartentürchen zu meiner Nachbarin hinüberschlüpfen, als ein wohlbekannter Kleinbus in den Hof fuhr und genau vor mir anhielt. Wie ein hypnotisiertes Reh blieb ich vor der Stoßstange stehen.

Christian beugte sich aus dem Fenster und begutachtete mich grinsend. «Da geht die Woche ja gleich gut los! Ist das ein Modell von den Damen Beyer & Co?»

«Nein, das Wasser wurde …» Ich machte eine unbedachte Handbewegung Richtung Gasthaus. Das Badelaken geriet ins Rutschen, und im nächsten Augenblick stand ich oben ohne da. Christian betrachtete mich interessiert. Seine Mundwinkel zuckten. «Ich seh schon, du bringst einen gewissen Pfiff in die Kollektion.»

Oh Gott! Ich spürte, wie meine Wangen zu glühen begannen, raffte alles, was ich hatte, zusammen und sprintete zu Gundi in die Küche.

«Holla, neues Outfit!», sagte sie. «Aber findst des ned a weng gewagt am frühen Morgen?»

Wirklich witzig, diese Dorfbewohner.

In der Hoffnung, Christian nicht gleich wieder begegnen zu müssen, ließ ich mir bei Gundi Zeit. Als ich nach Hause ging, war der Transporter zum Glück verschwunden, und ich setzte mich erleichtert an den Schreibtisch.

Ein Logo für eine kleine Weinhandlung stand auf dem Plan. Ich las das Briefing, das mir die Inhaberin geschickt hatte, und fing an zu scribbeln. Doch kaum hatte ich mich in die Arbeit vertieft, kam jemand ins Zimmer. «Schon toll, wie kreativ du bist.» Christian sah mir über die Schulter. «Ich beneide dich um deine Phantasie.»

Als ob er meine Phantasien kannte. In denen hatte ich seine Frau ins Nirwana geschickt und ihn selber nach allen Regeln der Kunst ...

«Jeder, was er gelernt hat», kürzte ich meine Gedanken ab. «Ich dachte, du wärst schon weg.»

«Ich wollte nur fragen, ob es dir recht ist, wenn wir morgen das Fenster im hinteren Zimmer austauschen.»

Ich nickte automatisch. Um sofort heftig den Kopf zu schütteln. «Nein, da ist ja die Kinderstube!»

«Wie bitte?»

«Crowley heißt jetzt Krauli und ist seit heute Morgen stolze Mutter von drei Kätzchen.»

Ich war schon aufgestanden, um ihm die Kleinen zu zeigen, als die nächste Störung anrollte.

«Nina? Ni-na!» brüllte Leni von unten. «Der Bostbode sagt, dass er unsere Bestellungen bei dir abgegeben hat?»

Ich warf Christian einen entschuldigenden Blick zu, und er folgte mir ins Erdgeschoss.

«Keine Ahnung», sagte ich. «Vielleicht ist das …»

«Also, so könn mer ned arbeiten», motzte Leni.

Hallo? Was sollte ich da erst sagen!

«Vielleicht hat er die Sendungen woanders abgegeben», versuchte ich die Wogen zu glätten. «Wir können ja mal bei –»

«Grüß Godd!»

Gustlbob stand mit einer Riesenleinwand im Flur. Seit Marie mein Porträt im Arbeitszimmer aufgehängt hatte, verfolgte er das Ziel, alle Wände mit seinen Werken zu bestücken, und schleppte mir dauernd neue Gemälde ins Haus.

«Ich hätt noch a weng was Schön's für'n Saal!» Stolz zeigte er uns seine neueste Arbeit: Unwetter über Wiestal.

Es fehlte nicht mehr viel, bis ich die passende Stimmung zum Bild hätte. «Toll!», sagte ich stattdessen und ignorierte Christians Augenrollen. «Sag mal, Gustl, hast du zufällig Pakete von der Post angenommen?»

Mein Nachbar nickte begeistert. «A ganze Menge!»

Okay, damit war dieses Problem gelöst. Ich nahm Gustl das Gewitterbild ab und schickte ihn mit Leni zum Paketeholen. Doch kaum waren die beiden gegangen, kam Rosi auf mich zugerannt.

«Die Bärbel is immer noch ned da, und ans Delefon geht se auch ned! Ich mach mir fei echt Sorgen!»

«Dann geh doch bei ihr vorbei», schlug Christian vor.

«Aber wenn se …» Mir war klar, dass Rosi Ernst bereits im eigenen Blut auf dem Küchenboden liegen sah.

Ich seufzte. Nach diesem Wochenstart kam es auf eine Leiche mehr oder weniger auch nicht mehr an. «Bin schon unterwegs.»

Wie sich überraschend herausstellte, war nicht Ernst derjenige, der ums Überleben kämpfte, sondern Bärbel. Sie lag mit hohem Fieber im Bett und hustete.

«Rosi hat befürchtet, dass du im Knast sitzt», flüsterte ich, weil Ernst nicht von meiner Seite wich.

Bärbel versuchte ein Lächeln, aber das wirkte mehr als kläglich.

«Kann ich etwas für dich tun? Brauchst du Medikamente? Was zum Essen oder zum Trinken?»

«Des Einzige, was mir schmegg'n könnt, wär a richdige Hühnersubbe», brachte Bärbel vor der nächsten Hustenattacke heraus.

Oha. Hühnersuppe kannte ich nur aus Dosen. Und richtig sah anders aus. Auch Ernst wirkte nicht, als wäre er über Nacht zum Hausmann mutiert. Er sah mich so mitleidheischend an, als wollte er mir gleich einen bewährten Spruch servieren: *Mit diesen Händen?*

Aber ich war streng. Schließlich ging es um das Wohl meiner Freundin.

«Habt ihr ein Huhn im Haus?», fragte ich in Kasernenhofton. Ernst zuckte, aber dann gab er widerwillig zu, dass er ein Tier dieser Gattung im Kühlschrank hatte liegen sehen.

«Und ein Internetanschluss ist auch vorhanden?» Wieder nickte Bärbels Mann.

«Operation Hühnersuppe ist gestartet», sagte ich, und Bärbel grinste jetzt trotz allem.

Gleich darauf standen Ernst und ich gemeinsam in der Küche vor dem Laptop und kochten Hühnersuppe. Schritt für Schritt, Foto für Foto, genau wie ein Chefkoch für Doofe uns das auf seiner Homepage erklärte.

Als alles im Topf war, ging ich zu Bärbel und schüttelte ihr Kissen auf.

«Die Suppe köchelt vor sich hin. Ernst will es zwar nicht zugeben, aber es hat ihm richtig Spaß gemacht. Es würde mich nicht wundern, wenn du da ein kleines Naturtalent hättest.»

Bärbel machte eine müde Handbewegung. «Des ist nur, weil er sich vor dir ka Blöße geben will», krächzte sie. «Sobald ich wieder hatschn kann, ist des vorbei. Wetten?»

Auf dem Weg nach Hause war ich guter Dinge. Außer Hühnersuppe hatte ich zwar noch nichts auf die Reihe gekriegt, aber der Tag war ja noch lang. Und so, wie es aussah, würde er sogar sonnig werden.

Als ich in die Einfahrt einbog, sah ich, dass der Rasen gemäht worden war. Im ersten Moment freute ich mich riesig, doch die Freude verzog sich schnell, als mir einfiel, wer hinter dieser Aktion steckte. Ich musste Gustl endlich schmerzfrei verklickern, dass er mit solchen Liebesbeweisen aufhören sollte, weil es keine gemeinsame Zukunft für uns geben würde.

Aber nicht jetzt. Jetzt musste ich den Frauen Bärbels Grüße ausrichten und mich dann endlich an die Arbeit machen. Schließlich dauerte es nicht mehr lange, bis die Handwerker erste Rechnungen schicken würden.

Im Saal sah es schon richtig nach Schneiderei aus. Insgesamt waren fünf große, höhenverstellbare Tische und Hocker geliefert worden, und auf der Bühne lagen neue Stoffballen. Wie bei den ersten Modellen verlief die Bandbreite der Stoffmuster von *Geht-so*, über *Geschmacksfrei* bis *Seid-ihr-noch-zu-retten?* Und ich fragte mich zum x-ten Mal, wo die Frauen ihre Zielgruppe wähnten.

«Ihr müsst diese Woche ohne Bärbel auskommen», sagte ich und berichtete von meiner erfolgreichen Kochstunde mit Ernst.

«Ned schlecht», meinte Claudia. «Vielleicht kannst des mit mei'm Rudi auch mal durchziehn? Seit ich in die Schneiderei geh, hat der schon beim Frühstück Angst, dass ich des Mittagessen ned rechtzeidig aufm Tisch hamm könnt.»

«Meiner auch.» Leni schnaufte. «Ich hab mir scho ernsthaft überlegt, den Kurt gegen an Hund einzudauschen. Wenn ich heimkomm, hockt er in der Küch und starrt den Kühlschrank an. Ich mein, des könnt a Hund doch genauso, und der däd sich wenigstens freuen, wenn er mich sieht.»

«Tja, es hat eben doch Vorteile, wenn mer solo is», meinte Rosi, die lange Stoffbahnen der Kategorie Schnappatmung auseinanderschnitt. «Obwohl ich gern wieder an Mann hätt. Ich hab scho mit Suchen ang'fangen.»

«Und was machst, wenn'st einen findest?» Claudia zog ihre Brauen fast bis zum blondierten Haaransatz hoch.

«Also, mit dem ...» Rosi hatte sich über diesen Typ anscheinend schon gründlich Gedanken gemacht, denn sie schloss die Augen und lächelte selig. «... mit dem würde ich amol wieder so richtig ...»

«Wo habt's ihr die fuchziger Muffenstopfen??» Ein Zweizentnerkerl in dreckigen Jeans und einem Netzhemd, aus dem Brustfell hervorquoll, erschien in der Tür und sah fragend in die Runde.

«Wenn die rund und aus grauem Plastik sind, liegen sie in der Gaststube vorne auf dem Tisch», sagte ich, und er zog wieder ab. Rosi warf dem Mann einen angewiderten Blick hinterher.

«Ich glaub, du kannst aufhör'n mit der Suche.» Leni grinste breit. «Der Wenninger is fei noch frei.»

Rosi schüttelte sich. «Aber ned für mich», presste sie hervor, «Da ...» Sie holte tief Luft. «Da bleib ich doch lieber allaans!»

Wir lachten, und ich stand von meinem Hocker auf.

«Dann mach ich mich auch mal an die Arbeit.»

«Des machst», nickte Claudia. «Und mir sinn auch fleißig.»

«Als allererstes nähen mir nämlich Vorhänge für dich», sagte Leni und zeigte auf die Stoffbahnen, die Rosi vor sich liegen hatte. «Schee, oder?»

Ich musste einen Hustenanfall vortäuschen, um mein Entsetzen zu kaschieren, und brachte ein heiseres «Super!» heraus. *Super, wirklich super, Nina!* Wenn das so weiterging, würde ich demnächst im Haus eine Schutzbrille benötigen, um nicht durchzudrehen.

Aber die Schnepfen meinten es ja gut, und ich wollte es mir nicht mit ihnen verderben.

Mittlerweile mochte ich sie richtig.

«Wenn mich jemand braucht, ich bin oben», krächzte ich und wandte mich zum Gehen. «Oder drüben bei Gustl.» Um den Zufluss weiterer Gustlbob-Werke zu verhindern.

«Ich will fei nix sagen, aber die Heggel'sche hat schon an arg komischen Männerg'schmack», brummte Claudia, als ich fast außer Hörweite war.

Die Heggel'sche? Wer war das denn schon wieder?

Fünfzehn

Die Vorhersage für Mittwoch, den 11. Juni:
Ein anfängliches Stimmungshoch löst sich nach Durchzug von Selbstzweifeln rasch auf. Gegen Mittag entwickeln sich teils kräftige Rachegelüste.

Hurra! Ein Tag ohne Handwerker, ohne Schnepfen, und auch sonst war keiner in Sicht, der mich bei der Arbeit stören konnte. Nicht mal Gundi, die mir am Abend vorher ihren Hausschlüssel in die Hand gedrückt und sich für drei Wochen verabschiedet hatte, weil sie mit einer Freundin in einem rollenden Hotel durch die Sahara fahren wollte. Schade, dass sie nicht Gustl mitgenommen hatten, aber der ließ sich zum Glück im Moment nur selten blicken.

Ich nahm meinen Kaffee mit nach oben und öffnete die Tür zur Katzenkinderstube. Die Kleinen wuselten um Krauli herum, die mir gnädig gestattete, sie zu streicheln. Ich musste mir einen Ruck geben, um mich loszureißen, aber dann bewegte ich meinen süßen Hintern ins Arbeitszimmer, setzte mich an den Mac und legte los. Gestern hatte ich mit der Weinhändlerin die letzten Korrekturen an ihrem Logo besprochen, sodass ich mich jetzt darauf freute, die Arbeit endlich abzuschließen und die Rechnung zu schreiben.

Aber irgendwie wollte es nicht laufen. Die vermeintlich kleinen Änderungen führten dazu, dass die Gewichtung der einzelnen Elemente nicht mehr stimmte, und ich probierte endlos herum, um das Problem in den Griff zu kriegen. Am

Ende hätte ich das ganze verdammte Ding am liebsten in den Müll gepfeffert. Da es sich auf meinem Bildschirm befand, hätte ich die Datei höchstens in den Papierkorb ziehen können, aber das hatte weitaus nicht den gleichen Effekt. Wo, zum Teufel, war die digitale Entsprechung für ein Bakelittelefon, wenn ich sie brauchte?!

Ich saß vor dem Bildschirm und konnte beinahe zusehen, wie meine Stimmung ins Bodenlose abrauschte. Jetzt bekam ich nicht mal mehr die einfachsten Sachen hin! Sachen, die Jüngere einfach aus dem Ärmel schüttelten, bevor sie abends bei hippen Events RedBull mit Wodka schlürften und netzwerkten. Während ich mit Mitte vierzig, ach was, Ende vierzig am Ende der Welt saß und nichts auf die Reihe kriegte.

Plötzlich war mir hundeelend. Ich fuhr den Computer herunter, und als ich mein Spiegelbild auf dem dunklen Monitor sah, war es ganz aus. Ich war unfähig, sah scheiße aus, keiner liebte mich, und ich würde nie wieder im Leben auf einen grünen Zweig kommen.

Zwei Vorhöllen später wusste ich, dass mir nur eine helfen konnte.

«Elke», krächzte ich ins Telefon. «Ich kriege meine Arbeit nicht hin. Und morgen laufen wieder tausend Leute hierherum, die alle was von mir wollen, und der Einzige, der etwas für mich empfindet, ist ein Farblegastheniker, der mir die Wände mit Sonnenuntergängen zupflastert.»

«Ach Süße … Ruhig Blut. Nach allem, was du in den letzten Wochen gestemmt hast, ist das einfach mal dran.» Schon Elkes Stimme tat mir gut.

«Weißt du», sagte sie dann sanft, «Auf den Fotos, die du mir letzte Woche geschickt hast, sieht man, dass es im Haus mit großen Schritten vorangeht, auch wenn dir das im Moment nicht so vorkommt. Warte mal ab, sobald die Wände wieder zugespachtelt und frisch gestrichen sind, fühlst du dich wie eine Königin in deinem Palast.»

«Aber wie eine Königin, die pleite ist! Und ich muss doch für Marie sorgen und für Krauli und die kleinen Katzen.» Bei diesem Gedanken war mein persönlicher Weltuntergang perfekt. «Nur für mich sorgt keiner!»

«Nina», sagte Elke ernst. «Du bist eine tolle, begabte und liebenswerte Frau. Du hast so viel geschafft in deinem Leben. Warum glaubst du eigentlich im Grunde deines Herzens immer noch nicht, dass du selber für dich sorgen kannst?»

Gute Frage.

Nach diesem Gespräch beschloss ich, erst mal eine Runde in der Erde zu wühlen, um den Kopf freizukriegen.

Ich schlüpfte in mein altes Lieblings-T-Shirt und eine weite Jeans. Das Shirt hatte ich seit ewigen Zeiten, und entsprechend abgetragen sah es auch aus. Aber ich liebte den schönen pflaumenblauen Stoff, der meiner Haut schmeichelte.

Im Garten stand ich eine Weile einfach nur auf dem Kiesweg und genoss die wärmenden Sonnenstrahlen, die Stille und den Duft der Pflanzen.

Das Gemüse gedieh im Schutz der Schneckenzäune jetzt wunderbar. Leider waren die Schnecken nicht besonders wählerisch und hatten sich ersatzweise einfach an meinen schönen Stauden vergriffen. Und der Rittersporn, der letzte Woche schon so vielversprechend in die Höhe geragt hatte, war auch bis auf mickrige Stümpfe niedergemampft.

«Ich warne euch», sagte ich. «Meine Tochter kommt euch auf die sanfte Tour, aber ich mache keine Gefangenen!»

Zunächst aber begann ich meinen Kampf gegen das Unkraut. Während ich die Erde lockerte, dachte ich über Elkes Worte nach. Natürlich konnte ich für mich selbst sorgen, das hatte ich wohl zur Genüge bewiesen. Aber manchmal hatte ich es so satt, immer für alles alleine zuständig zu sein. Ich sehnte mich nach jemandem, bei dem ich mich auch einmal fallen lassen konnte. Nach jemandem, der für mich da war, zu mir hielt und mich schützte …

Gedankenversunken jätete ich in der Sonne vor mich hin und malte mir aus, wie schön sich das anfühlen würde. Dabei wurde ich von Minute zu Minute gelassener, und nach einer Weile war ich ziemlich entspannt.

Bis ich zwei Schnecken auf heißer Tat ertappte. Sie hatten gerade Stockrosen gefrühstückt, und ich konnte sie förmlich rülpsen hören. Na wartet! Mit einem gezielten Schlag beförderte ich die kleinen Schleimer ins Jenseits und zog frustriert die Reststängel aus der Erde. Ausgerechnet die schönen Stockrosen …

Fast wären meine dunklen Gedanken zurückgekehrt, doch dann fiel mir wieder ein, dass Bärbel mir neulich Stecklinge für den Garten angeboten hatte. Stockrosenstecklinge.

Bärbel war zwar noch wacklig auf den Beinen, aber ihre Lebensgeister waren schon wieder da.

«Schneggn», brummte sie. «Elende Dreggsviecher!» Sie ging mit mir in den Schuppen hinter dem Haus, suchte kurz und gab mir nebst den Stecklingen eine Packung, die mit blauen Körnchen gefüllt war. «Probier's amol mit dene, einfach auf die Erde streuen. Des fressen se gern, aber verdragen duun 'ses ned.»

«Apropos: Wie läuft es mit Ernst? Hast du noch Mordgedanken?»

Bärbel lächelte. «Naa. Ich will's ned verschrei'n, aber neuerdings schaut er sich Kochsendungen an. Und gestern hat er sich an einer Gemüsesubbe versucht, die war direkt essbar.»

«Na, das klingt doch schon schwer nach Hausmann!»

«Schaumeramal», war Bärbels Kommentar. «Und? Bei dir?»

Gerade als ich Bericht erstatten wollte, entschied sich mein Körper für eine kleine Demonstration. Schweißnass und mit hochrotem Kopf stand ich vor ihr.

«Oha.» Bärbel reichte mir eine Packung Taschentücher. «Machste was dagegen?»

«Nee, mit Hormonen habe ich es nicht so.»

«Ich auch ned. Aber in der glassischn Homöobaddie gibt's a baar echt gude Middl.»

Ich schlug mir an die Stirn. «Bin ich blöd! Homöopathie verwende ich für alles Mögliche. Aber glaubst du, ich hätte in diesem Zusammenhang daran gedacht? Danke für den Tipp!»

Ich stellte die Setzlinge in einen Karton und wischte mir die Hände am durchgeschwitzten T-Shirt ab.

«Sag mal, Bärbel. Darf ich dich noch was fragen?» Hoffentlich würde sie das jetzt nicht in den falschen Hals kriegen, aber ich beschloss, es darauf ankommen zu lassen. «Gefallen dir die Stoffe, die deine Freundinnen gekauft haben? Ich meine, du trägst immer so schöne Farben, ganz anders als Leni und Claudia.»

Bärbel grinste. «Die Leni is halt a weng mehr fürs Konservadive, waaßt? Ich hätt da schon a baar andere Vorstellungen, aber ich bin froh, wenn mir überhaupt endlich losleg'n.»

Ich wischte mir die letzten Schweißtropfen von der Stirn. «Man müsste mal eine Kollektion für Frauen in den Wechseljahren machen. Bequeme Sachen aus Seide, Leinen oder Baumwolle, die man je nach Bedarf übereinander an- und ausziehen kann, ohne dass es beknackt aussieht.»

Bärbel schaute mich versonnen an. «Des is fei ka schlechde Idee …»

Gut gelaunt kam ich nach Hause und wollte in den Garten, um die neuen Pflanzen in die Erde zu setzen.

Nach einem kurzen Blick in die Küche änderte ich aber meine Pläne: Maries Umhang lag auf der Eckbank, ihr Rucksack davor. «Marie? Bist du schon da?»

Keine Antwort. Ich ging die Treppe hoch und fand meine Tochter zusammengerollt auf dem Bett.

«Was ist denn los, Süße?» Ich setzte mich neben sie und streichelte ihren Rücken. «Bist du krank?»

«Bauchweh», brummte sie.

«Kriegst du deine Tage?»

Kopfschütteln.

«Was Falsches gegessen?»

Marie rollte sich noch ein bisschen mehr zusammen und verneinte. Oh, oh. Jetzt war Fingerspitzengefühl angesagt. «Hattest du Streit mit Mario?»

«Nicht mit ihm. Aber seine Mutter hat mich voll angegiftet.»

«Seine Mutter? Wann hast du die denn kennengelernt?»

Marie sah mich mit großen Augen an. «Sag bloß, du checkst das nicht ...»

«Ich checke was nicht?»

«Dass Claudia Haas Marios Mutter ist!»

Diese Information schlug ein wie eine Granate. Mario war Claudias Sohn! Kaum hatte der Gedanke sich gesetzt, zählte ich eins und eins zusammen. «Steht in Marios Ausweis zufällig der Name Manfred?»

Marie nickte. «Als Kind war er Super-Mario-Fan.»

«Und jetzt ist er Goth-Fan. Aber erst, seit du hier bist, schminkt er sich und isst kein Fleisch mehr», zählte ich die mir bekannten Fakten zusammen. «Und das passt seiner Mutter überhaupt nicht.»

«Die hasst mich», sagte Marie düster.

«Na, die werde ich mir mal zur Brust nehmen», sagte ich empört und wollte noch weitere Maßnahmen ankündigen, als Marie mich erschrocken ansah.

«Nein! Das machst du bitte nicht. Das regeln Mario und ich selber.»

«Aber es geht mich doch auch was an», sagte ich. «Die soll ruhig wissen, dass ich ...»

«Du musst mir versprechen, dass du dich da raushältst, ja?», rief Marie. «Bitte!»

Ich holte tief Luft. Wohl war mir nicht bei der Sache. Aber Marie wollte es selber regeln, und das musste ich respektieren.

«Okay. Versprochen.» Innerlich schwor ich mir jedoch, diese Frau in Stücke zu reißen, sollte sie Marie noch einmal schlecht behandeln.

Sechzehn

Die Vorhersage für Dienstag, den 17. Juni:
Durchzug einer Unruhefront. Anfangs heiter bis euphorisch, später leichte Eintrübungen.

Eine Woche später schien sich die Lage zwischen Marie und Claudia entspannt zu haben, und ich dachte nicht mehr darüber nach.

Zumal ich andere Probleme hatte.

Das Logo für die Weinhandlung war nach endlosem Herumprobieren doch noch fertig geworden, aber die nachfolgenden Jobs gingen mir genauso zäh von der Hand, was nicht nur an mir lag. Denn tagsüber wurde ich immer wieder von Handwerkern oder den Schneiderschnepfen unterbrochen. Allmählich bescherte diese Unruhe mir schlaflose Nächte, und zwar buchstäblich, weil ich nachts jetzt häufig am Computer saß und arbeitete.

«Nina? Der Wenninger braucht dei Underschrift.» Bärbel stand in der Tür meines Arbeitszimmers und machte eine entschuldigende Geste.

Ich speicherte die Arbeitsdatei und stand auf. «Dabei ist deine sicher schöner als meine.»

An der Kellertür kritzelte ich dem dicken Klempner etwas auf seinen Auftragszettel und wollte postwendend wieder nach oben.

«Nina?» Claudia winkte mir aus dem Saal zu. «Könnt'st du ganz kurz was überzieh'n?»

Ich seufzte. Ich kannte das Ganzkurz der Frauen mittlerweile zur Genüge. Sie hatten zwar ihre Schneiderpuppen, aber aus irgendeinem Grund war es ihnen lieber, wenn ich das eine oder andere Teil anzog und mich vor ihnen im Kreis drehte.

«Wie find'st des Oberdeil?» Rosi zeigte mir eine Art Bolerojäckchen, das vom Schnitt her gar nicht mal übel war. Aber das Stoffmuster, das aus vielen kleinen Blumensträußchen bestand, war zum Davonlaufen.

«Hübsch», sagte ich diplomatisch und schlüpfte in die Ärmel. Die Frauen begutachteten mich von allen Seiten.

«Ein bisschen eng um die Taille», sagte ich, als Claudia versuchte, die Knöpfe zu schließen.

«Des drächt mer jetz so», klärte sie mich auf und zerrte am Revers, bis es saß, wie sie es sich vorstellte. Dann ging sie ein paar Schritte zurück.

In meinen frühen Ferien bei Onkel Hubert hatte ich seiner Katze manchmal Kleidungsstücke von meinen Puppen angezogen und konnte nun nachvollziehen, wie das arme Tier sich damals gefühlt haben musste: hilflos und vorgeführt.

Ich spürte, wie mir heißer und heißer wurde. «War es das?»

«Gleich!» Claudia steckte noch etwas am Ärmel ab, dann befreite sie mich aus der Zwangsjacke. «Könnt'st du vielleicht in einer halben Stunde noch mal …?»

Ganzkurz?

Ich griff nach einem Lappen, der in Reichweite lag, und trocknete mir den Nacken. Mein Blick fiel auf die Ständer, die sich in den letzten Wochen beachtlich gefüllt hatten. «Sagt mal, wie vermarktet ihr die Sachen eigentlich?»

Schweigen.

«Ich meine, hierher wird wohl kaum einer kommen, um etwas zu kaufen, oder?», bohrte ich weiter.

Leni gab sich einen Ruck. «Mir wollt'n eigentlich so was wie Dubberbahdies veranstalt'n, wo mer unsere Sachen vorstell'n», sagte sie. «Aber bis jetzt hat des noch ned so richtig geglabbt.»

«Des mit'm Verkaufen is ned so unser Dhema», sagte ausgerechnet Claudia, und ich fragte mich, wie sie ihren Elektroladen über Wasser gehalten hatte.

«Ich hab euch aber gleich g'sagt, dass mir a g'scheides Konzebbt machen müssen», schnappte Bärbel. «Und ned bloß so an hingegritzelt'n Zeddel mit a baar Ideen.»

Leni fühlte sich persönlich angegriffen. «Dann hätt'st dich halt dahindergeglemmt, wenn'st es scho so genau waaßt!»

«Allein gricht mer doch so was gar ned hin ...»

«Dir war ja immer alles ned gut genug!»

Jetzt redeten sie alle durcheinander. Ich schaute mich im Saal um. Natürlich war es nicht mein Problem, wenn sie die Klamotten nicht verkaufen konnten. Aber wovon wollten sie mir die Miete zahlen, die sie mir versprochen hatten?

«Ich könnte meinen Ex mal fragen», hörte ich mich sagen. «Der kennt sich in der Modebranche aus und kann euch vielleicht Tipps geben.»

Hallo? War ich noch zu retten? Verarmungswahn war eine Sache, aber Volker um Hilfe zu bitten eine ganz andere! Ich überlegte krampfhaft, wie ich das Gesagte rückgängig machen konnte, aber zu spät: Vier Paar Augen strahlten mich an, als wäre ich Osterhase und Christkind in Personalunion.

Ich würde in den sauren Apfel beißen müssen.

«Und wie soll das bitte schön gehen?!»

Volkers Reaktion war genau so, wie ich sie mir vorgestellt hatte. Aber noch schrie er nicht, und ich nutzte meine Chance.

«Das möchte ich ja von dir wissen», sagte ich so liebenswürdig, wie es mir über die Zunge ging. «Schau, du hast ja den Finger am Puls der Zeit. Etwas, das man von den Frauen hier echt nicht behaupten kann.»

«Und deshalb soll ich mich um den Schrott deiner Landpomeranzen kümmern?» Volker schnaufte verächtlich. «Auf den hat die Welt gewartet!»

«Ich versteh dich ja.» Todesmutig schmierte ich ihm noch mehr Honig ums Maul. «Aber du bist doch Spezialist für schwierige Fälle. Und wenn einer das hinkriegt, dann du.»

Ich konnte mir lebhaft vorstellen, wie Volker in seinem Glaskasten hin und her tigerte und sich überlegte, was er mir als Gegenleistung abknöpfen konnte. Er gehörte nicht zu den Leuten, die glauben, dass uneigennütziges Handeln gut fürs Karma ist.

«Ich höre mich um und melde mich wieder bei dir», blaffte er in den Hörer. Dann legte er auf seine berühmte Art auf.

Unten im Saal gab es Standing Ovations.

«Er hat noch nichts versprochen!», bremste ich die Begeisterung. «Die Modebranche ist ein schwieriges Pflaster.»

«Aber du setzt dich für uns ein, und des ist fandastisch!» Bärbel strahlte.

Mitten im Trubel öffnete sich die Saaltür. Im ersten Moment bemerkte es keine von uns. Bis Leni ein «Oje, etzt wird's fei Ernst!» von sich gab.

Bärbels Mann sah unsicher in die Runde. «Es is gleich zwölf, und da hab ich mir gedacht …»

«Bidde ned!», stöhnte Bärbel. «Für so was hab ich etzt echt kein Nerv.»

«… dass ich euch a weng was Warmes zum Essen bring», beendete Ernst seinen Satz. «Ich hoff, es basst grad.»

Im ersten Moment waren alle baff. «Ich glaub's ned», staunte Leni. «Du hast für uns gekocht?»

«Sieht ganz so aus!» Ich ging auf Ernst zu und begleitete ihn in die Gaststube. Und tatsächlich: Auf einem der Tische stand ein großer Topf, aus dem es himmlisch duftete.

«Is fei nix Dolles», entschuldigte er sich. «Aber es sinn an Haufen Fiddamine drin, und etzt, wo ihr so viel arbeidet, hab ich mir halt gedacht …»

Bärbel nahm ihren Mann in die Arme und herzte ihn, bis er knallrot wurde. «Du bist a Schatz!»

Kurz darauf saßen wir um den großen Stammtisch und aßen schweigend. Nur das Klappern der Löffel war zu hören. Und hin und wieder ein genießerisches «Mmmh!».

Die Suppe war ein Gedicht, und wir aßen den Topf ratzfatz leer.

«Köstlich», stöhnte Rosi. «Obwohl ich gar ned wissen möcht, wie viel Kalorien des waren. Is da Sahne drin?»

Leni rollte die Augen. «Du mit deine Diäd'n. Kannst ned einfach mal was genießen, ohne die ewige Rechnerei?»

«Da ist nur Gemüse aus unser'm Garddn drin und Brühe», warf Ernst ein. «Und Budder, aber bloß a weng für'n G'schmack. Magst noch a Kelle?»

«Lieber ned.» Rosi schüttelte bedauernd den Kopf und machte verstohlen den Knopf ihrer Hose auf.

Wieso quälten sich Frauen eigentlich immer, um einem völlig unrealistischen Körperideal zu entsprechen? Großzügig gerechnet hatten nur etwa zwei Prozent der weiblichen Bevölkerung von Natur aus Idealmaße. Wobei ja noch sehr die Frage war, was ideal überhaupt sein sollte.

Ich hatte die Nase voll von der unterschwelligen Propaganda, die mir einreden wollte, dass ich meinen eigenen Körper erst einmal grundsätzlich als große Problemzone wahrzunehmen hatte anstatt als großartige Verbündete, die es zu pflegen und zu verwöhnen galt.

War es nicht höchste Zeit für Kleidung, die sich an den Körpern der Frauen orientierte statt andersherum?

Ich bemerkte, dass mir noch immer der Schweiß-Abwisch-Lappen um den Hals hing.

«Habt ihr schon mal daran gedacht, Mode für Frauen in unserem Alter zu machen?»

«Des machen mir doch, oder?» Leni sah mich erstaunt an.

«Ich meine speziell in Bezug auf die Wechseljahre. Sachen, die man toll miteinander kombinieren kann, je nachdem, ob man gerade friert oder im eigenen Saft steht. So eine Art ... Zwiebellook.»

Claudia sah mich an, als hätte ich einen unanständigen Witz erzählt. «Schmarrn. Damit muss fei jeder selber feddich wern.»

Leni pflichtete ihr bei, und Rosi hatte keine Meinung.

Bärbel aber nickte. «Ich find die Idee richtig gut.»

Siebzehn

Die Vorhersage für Donnerstag, den 20. Juni:
Zunächst überwiegen positive Gedanken, die jedoch im Laufe des Tages von Zweifeln überlagert werden.

Wenigstens konnte ich die Frauen davon überzeugen, mich nur zu bestimmten Zeiten mit ihren Anliegen zu behelligen. Doch nun machte sich eine andere Art von Störung bemerkbar: Während ich eigentlich am Werbeauftritt einer Berliner Lakritzmanufaktur arbeiten sollte, griff ich, bestärkt durch Bärbels Bemerkung, immer wieder zum Zeichenblock und kritzelte meine Zwiebellook-Ideen aufs Papier. Das fand ich im Moment sogar spannender als die Frage, wie wohl eine Lakritze schmeckte, die als «unsere Orgasmus-Sorte» angepriesen wurde. Ich nahm mir vor, gelegentlich eine Großbestellung in Auftrag zu geben.

Aber dann verlor ich mich in Träumereien über schicke und bequeme Hosen und über Röcke, die anmutig um Waden jeder Statur schwangen. Ich dachte an Oberteile, die man beliebig mit- und übereinander kombinieren konnte, um etwas zum Ausziehen zu haben, wenn frau ins Schwitzen geriet. Mit denen man aber trotzdem gut angezogen war.

Die Stoffe spielten natürlich eine große Rolle. Meiner Ansicht nach kamen nur leichte, elastische Materialien in Frage, feiner Strick oder Jersey vielleicht. Aber unter diesen dünnen Stoffen zeichnete sich jede Speckrolle, jeder von der Unterwäsche verursachte Einschnitt ab.

Man müsste die Bahnen so drapieren, dass sie locker den Körper umspielten und trotzdem die Konturen nicht verwischten. Beziehungsweise an den richtigen Stellen hervorhoben. Da die nicht bei jeder Frau an der gleichen Stelle saßen, konnte man doch vielleicht durch eine Art Wickeltechnik …

Ich skribbelte, dachte nach, radierte. Am Ende holte ich meinen heiligen Pashmina-Schal, der so teuer gewesen war, dass ich ihn nur bei ganz besonderen Gelegenheiten trug – also eigentlich nie –, und probierte mit Hilfe einer Schnur verschiedenste Möglichkeiten aus, ihn wie ein Shirt um mich zu legen, die ich mit der Fotofunktion meines Macs festhielt und dann zeichnerisch weiterentwickelte.

Jedenfalls hätte ich das gern ausführlich getan, aber plötzlich wurde mir siedend heiß bewusst, dass fast zwei Stunden um waren und meine richtige Arbeit auf mich wartete.

Ich hatte mich gerade von meiner Traumkollektion losgeeist und mich wieder der Welt der Erwachsenenlakritze zugewandt («Hart und scharf muss sie sein»), als das Telefon klingelte.

«Pass mal auf. Ich kann deinen Frauen einen Stand auf der Berlin Fashion Week besorgen, aber billig ist das nicht.»

Volker hatte noch nie viel von einleitenden Worten gehalten, aber heute verblüffte er mich. «Die Berlin Fashion Week?!»

«Jetzt tu nicht so, als ob du davon noch nie was gehört hättest», blaffte mein Ex.

«Doch, natürlich», rief ich. «Aber ist das nicht eine Nummer zu hip?» Und vor allem: zu teuer?

«Es ist nicht auf der Bread and Butter in Tempelhof, falls

du das meinst, sondern auf einem der anderen Schauplätze. Klär das mal mit deinen Provinztussis und sag mir dann Bescheid.»

Dann hörte ich das Freizeichen. Ende der Audienz.

«Es ist nicht ganz eure Kragenweite», schloss ich meine Ausführungen unten im Saal. «Aber eine Wahnsinnsgelegenheit, in der Modebranche Kontakte zu knüpfen. Allerdings wird es wahrscheinlich nicht billig.»

«Berlin, mir kommen!», jubelte Rosi. «Wann is des genau?»

«Anfang Juli», sagte ich. «Vom vierten bis zum sechsten.»

«Mist.» Rosis Euphorie fiel in sich zusammen. «In der Woche krieg ich kein' Urlaub.»

«Ich kann eh ned fahrn», sagte Claudia. «Der Rudi flippt etz scho aus. Wenn ich ihm noch was von einer Modenschau in Berlin erzähl, is der Ofen endgültig aus.»

Leni sah Bärbel an, aber die schüttelte den Kopf. «In der Woche hat mei Mudder ihr Hüft-Obberation.»

«Des gibt's doch ned!», schimpfte Leni. «Kaum werd was kongret, habt's ihr alle was anderes vor. Allaans fahr ich da fei ned hie.»

Vier Köpfe drehten sich zu mir.

«Nein!»

Sie schauten mich flehend an.

«Na-hain!»

Hatte ich da eine Träne in Rosis Augenwinkel gesehen? Ich schluckte. «Und was ist mit Marie?»

Bärbel strahlte mich an. «Um die Marie kümmer ich mich, als wär's mei eigene Tochter, des versprech ich dir.»

Ich stöhnte. «Na gut. Ich komme mit.»

«Typisch», war Elkes Kommentar. «Du hängst dich mal wieder für alle rein, organisierst und ziehst es dann auch noch für sie durch. Aber wenigstens sehen wir uns auf diese Weise mal wieder. Ihr wohnt auf jeden Fall bei mir. Keine Widerrede.»

«Oh, prima!», sagte ich dankbar. «Ich freue mich wahnsinnig auf dich. Und dass wir kein Hotel zahlen müssen, ist auch eine große Erleichterung. Die Frauen brauchen unbedingt ein paar Aufträge, das würde die Lage finanziell enorm entspannen. Auch meine.»

«Pass aber auf, dass du dich nicht allzu sehr vor den Karren spannen lässt», warnte Elke. «Hat Volker denn gesagt, wie viel der Spaß kosten wird?»

«Er wollte sich drum kümmern, wenn ich zugesagt habe.»

«Ich denke, du hast schon zugesagt?»

«Ja, bin ich ein Depp!», rief ich. «Ich rufe ihn sofort an.»

«Schnell!», sagte Elke. «Bevor er es sich anders überlegt. Wäre ja nicht das erste Mal.»

«Und wir dürfen wirklich bei dir übernachten?»

«Noch so eine blöde Frage, und ich kündige dir die Freundschaft!»

Als Volker endlich mit den Zahlen herausrückte, starrte ich mit offenem Mund auf den Hörer.

«Das ist ein Schnäppchen!», rief er. «Ihr habt Schwein, dass dieser Typ kurz vor der Pleite ist und ich, äh, er euch den Stand fast zum Selbstkostenpreis überlässt.»

Zweihundertfünfzig Euro pro Quadratmeter. Am Tag! Hoffentlich standen die Schnepfen nach diesem Event nicht auch bis zu den Knien in den roten Zahlen.

«Nee, ist klar», sagte ich cool. «Supergünstig. Allein schon das Renommee, ganz toll!»

«Außerdem überlässt er euch die Standeinrichtung, wenn ihr wollt», brummte Volker. «Gratis und franko.»

Franko? Das passte perfekt zur Schnepfenkollektion. «Die nehmen wir!»

«Ich schicke dir die Kontonummer wegen der Kohle.»

«Kann man das nicht hinterher überweisen?»

«Geht nur über Vorkasse», schnauzte mein Ex. «Wollt ihr nun, oder soll ich den Stand anderweitig vergeben?»

«Macht sechsmal zweihundertfünfzig mal drei», rechnete ich den Frauen nach dem Telefonat vor. «Die Einrichtung für den Stand bekommen wir zum Nulltarif.»

Ich konnte das betretene Schweigen, das sich nach meiner Rechnung im Saal breitmachte, gut nachvollziehen. Es war eine Menge Geld, und ob etwas verkauft werden würde, stand in den Sternen.

«Ich kann die Sache noch abblasen», sagte ich. «Dann versuchen wir es einfach mal hier in der Gegend.»

«Das wären tausendeinhundertfünfundzwanzig Euro pro Nase.» Leni sah jede ihrer Freundinnen an. «Ich bin dafür, dass mir's brobier'n.»

Die Frauen nickten. Eine nach der anderen. Aber richtig überzeugt wirkte keine von ihnen.

Achtzehn

Die Vorhersage für Mittwoch, den 2. Juli:
Anfangs heiß, später Abkühlung und örtliche Verlagerung der Problemzonen.

«Kann das schon ins Auto?» Ich zeigte auf ein kariertes Ungetüm, das neben der Saaltür stand.

«Kann weg!» Rosi schnaufte wie ihr Bügeleisen. «Der Rest ist auch bald ferddig!»

Ich hob den Koffer an und schleppte das Gepäckstück in die Einfahrt, wo mein Auto bereitstand.

«Brauchst du Hilfe?» Der schärfste Schreiner der Welt tauchte aus dem Nichts auf und lächelte.

«Geht schon.» Ich versuchte den Koffer hochzuheben, aber auf halber Höhe verließen mich die Kräfte.

«Sag ich doch.» Im nächsten Moment lag das Teil im Kofferraum, und Christian lehnte sich an den Wagen. «Bleibst du lange weg?»

«Am Montag sind wir wieder da.»

«Vier lange Tage willst du mich allein lassen?»

«Du hast doch eh viel zu viel zu tun», sagte ich. «Bis du mal an mich denkst, bin ich schon seit Wochen wieder im Land.» Außerdem gab es den kleinen Sohn und nicht zu vergessen: die Mami.

In diesem Moment kam Gustl in die Einfahrt. «Nina!»

Christian lächelte, aber es sah etwas verkniffen aus. «Dein Nachbar muss sich natürlich auch verabschieden.»

«Du, Nina, ich hab fei a ganz dolle Idee!» Gustl hielt eine große Leinwand in der Hand. «Ihr habt's doch da in Berlin oben so an Stand, gell? Und dafür hab ich euch fei was gemalt!»

Er drehte den Rahmen um und präsentierte seine Überraschung: Es war eins von Gustls berühmten Gewittern. Nur bildeten die Blitze dieses Mal einen Satz:

Mode aus Wiestal leuchtete schwefelgelb über den Bergen.

«Das ist ja …» Mir fehlten die Worte.

«Unglaublich!» Christian hatte sich hinter mich gestellt und sah mir über die Schulter. Ich spürte seinen Atem, roch sein würziges Aftershave und war kurz davor, mich nach hinten in seine Arme fallen zu lassen, als Gustl mich mit einem Satz in die Wirklichkeit zurückbrachte.

«Du kennst doch mei Schlafzimmer, gell?» Er zwinkerte neckisch, und ich spürte, wie Christian einen Schritt zurückwich.

«Äh … ja?»

«Und des eine Bild, des, was mer so schön sieht, wenn mer auf'm Bett liegt – des, wo du mal g'sagt hast, des wirkt so naddürlich …»

«Ja?» Mit Schrecken dachte ich an den Tag zurück, an dem Gustl mich auf seine verkrumpelte Steppdecke gebeten hatte, damit ich mir aus genau dieser Perspektive ein Sonnenaufgangsgemälde anschauen konnte. «Was … was ist mit dem Bild?»

«Des magst du doch so gern. Und da hab ich gedacht, dass ich dir des auch noch mitgeb für die Modenschau.» Mein Nachbar strahlte wie eine Glühbirne.

«Ich habe gar nicht gewusst, dass ihr einen Stand mit

200

Betten habt», bemerkte Christian trocken. «Das scheinen ja heiße Tage zu werden!»

«Es ist ganz anders, als du jetzt denkst», begann ich, aber Christian war schon auf dem Weg ins Haus.

«Ich mach mich dann mal wieder an die Arbeit», sagte er. «Viel Spaß!»

Sechs Stunden, zwei Hitzewallungen und einen inneren Nervenzusammenbruch später hielten wir vor einem heruntergekommenen Fabrikgebäude in Friedrichshain, in dem sich laut Volkers Auskunft ein Teil der Berliner Fashion Week abspielte. Auch jetzt war schon eine Menge los. Junge Leute gingen ein und aus, manche schleppten Taschen und Kartons, andere fotografierten, wieder andere tippten hektisch in ihre Smartphones.

«Guder Godd!» Leni fielen fast die Augen aus dem Kopf. «Was sinn denn des für welche?» Sie zeigte auf ein paar überschlanke Typen in Röhrenjeans, Pullovern und schlaffen Wollmützen, denen man trotz ihrer lackierten Fingernägel beim besten Willen nicht ansah, ob sie XX- oder XY-Chromosomen hatten.

«Reg dich nicht auf, hier gibt es auch viele Leute wie dich und mich», beruhigte ich sie. Und die gab es ja auch. Nur eben nicht auf der Fashion Week.

Im Gedränge folgten wir den Wegweisern durch einen Hinterhof und fanden uns in einer ehemaligen Maschinenhalle wieder. Die Backsteinwände waren mit großen Graffiti besprüht und die Fenster mit Stoffbahnen abgehängt. Es roch nach Staub und frischer Farbe. Durch Stellwände abgeteilte, nummerierte Kojen reihten sich an zwei Gängen entlang. An der Stirnseite hielt sich ein utracooler DJ Kopfhörer ans Ohr, während er die Regler an seinem Mischpult verschob. Laute Elektrobeats wummerten durch die Halle. Die Luft vibrierte vor Energie.

Wir schlängelten uns durch die Menge und fanden unseren Platz. Es war eine kleine Nische in der hinteren linken Ecke. In einem Umzugskarton lagen rostige Ketten und Plastikkleiderbügel. Das sollte wohl die geschenkte «Standeinrichtung» sein, von der Volker gesprochen hatte.

Ich riss mich zusammen. «Dann wollen wir mal, was?»

«Hier soll'n mir unsere Sachen ausstell'n?» Leni hatte sichtlich einen Kulturschock und sah mich an, als hätte ich vorgeschlagen, die Kollektion in der Spree zu versenken.

«Na klar», sagte ich betont munter. «Das ist halt eine moderne Modemesse. Da tun sich bestimmt ganz unerwartete Chancen für uns auf.»

Aber im Kopf formulierte ich bereits die Sätze, die ich Volker später um die Ohren knallen würde.

Dieser widerliche Dreckskerl hatte uns voll reingelegt!

Drei Stunden später hatten wir unter den befremdeten Blicken des hippen Modevolks unseren Stand geputzt, mit Gustls Bild dekoriert und unsere Klamotten an die mitgebrachten Ständer gehängt. Während Leni noch mit dem Klapptisch kämpfte, auf dem wir unsere Flyer auslegen wollten, suchte ich mir im Hof ein ruhiges Plätzchen und stellte Volker zur Rede.

«Kann es sein, dass du mich verarschen willst? Unsere Kollektion hat in dieser Fabrikhalle so viel verloren wie das Sandmännchen bei einem Kettensägenmassaker!», rief ich. «Wenn das zur Fashion Week gehört, fresse ich einen Besen!»

«Sag mal, bist du so beschränkt, oder tust du nur so?» Volkers Stimme klang äußerst frostig. «Hast du im Ernst geglaubt, dass ihr mit euren Musikantenstadl-Trachten bei einer der A-Locations landet? Raucht ihr da unten Kuhfladen? Für diese Schauen bewirbt sich die Crème de la Crème der Modewelt, und nicht mal die werden alle genommen! Dafür, dass ich euch überhaupt irgendwo untergebracht habe, müsstet ihr mir eigentlich die Füße küssen!»

Ich hätte mich ohrfeigen können. Dass ich auch nur eine Sekunde geglaubt hatte, Volker wolle uns wirklich helfen! Natürlich wusste ich, wie er war. Aber ich Trottel war ihm wieder mal komplett auf den Leim gegangen.

Als ich mich einigermaßen beruhigt hatte, ging ich in die Halle zurück. Genau zur rechten Zeit.

In die Koje neben uns war das Modelabel Scary Bling Bling eingezogen. Die Kollektion bestand aus weißen Klamotten, an deren Halsausschnitten Unmengen kleiner roter Spiegel klebten. Präsentiert wurden die Teile an zwölf goldenen, kopflosen Schaufensterpuppen, die in drei Reihen strammstanden und ins Leere salutierten. An der Rückwand hing eine riesige, mit roter und goldener Farbe beschmierte Axt.

«… und dann musste ich ihnen einfach mitten in der Show die Köpfe abschlagen, weißt du, Honey, und so wurde mein Signature Look geboren.» Ein wild geschminkter Typ im grell gemusterten Glitzeranzug tänzelte vor Leni hin und her und unterstrich jedes seiner Worte mit ausladenden Gesten. «Und weißt du, was ich mit den Köpfen gemacht habe?»

Als er auf Leni zusprang und seinen Zeigefinger auf ihr Dekolleté legen wollte, wich die entsetzt zurück.

«Ich habe sie alle – zack! – auf die Spitzen eines Eisentors gespießt. Zack, zack, zack! Das hat so *darling* ausgesehen.»

«Woss?!» Leni japste entsetzt.

Ich schlängelte mich an dem Knaben vorbei und betrachtete unseren Nachbarn von vorn. Ein bisschen zum Fürchten sah er schon aus, aber sicher steckte unter der Verkleidung ein süßer Junge.

«Hi, ich bin Nina!» Ich streckte ihm die Hand entgegen und griff in eine Menge bunter Plastikbrillis.

«Hiiii! Ich bin Scary persönlich. Glamouröse Mode zu erschwinglichen Preisen!» Strahlend zeigte er auf die Schnepfenkollektion in unserem Kabuff. «Und ihr habt bestimmt noch ein Mega-Happening im Programm, right? Wenn ich mir das irre Bild so ansehe … etwas mit Wasser und Strom, mh? Coole Sache, ich freu mich schon!»

Ich mich auch. Wie auf Kommando stand ich zum dritten Mal an diesem Tag im eigenen Saft. Und voll unter Strom.

Neunzehn

Die Aussichten für Sonntag, den 6. Juli:
Im vorherrschenden Reizklima überwiegen gemischte Gefühle. Am Abend vereinzelt Übergriffe.

Cool, um nicht zu sagen frostig, war in den darauffolgenden Tagen allerdings die Stimmung zwischen Elke und Leni. Woran es lag, wusste ich nicht, aber Leni konnte meine Freundin anscheinend vom ersten Moment an nicht riechen und meckerte auch sonst über alles: Die Straße war zu laut, die Wohnung zu klein, das Klappbett nicht bequem genug und die Leute, die unseren Stand besuchten, zu komisch.

«Die kostet mich den letzten Nerv», sagte ich zu Marie, die ich jeden Tag anrief, um zu überprüfen, wie es ihr unter der Fürsorge von Bärbel und Gundi erging. Ich seufzte. «Wahrscheinlich ist Berlin so exotisch für Leni, wie Wiestal am Anfang für uns war. Ist denn bei dir alles gut?»

«Alles okay.»

«Auch mit Krauli und den Kleinen?»

«Ja.»

«Schöne Grüße von Papa. Ich war gestern bei ihm im Büro.» Wo Volker, dieser Vollidiot, mal wieder eine kleine Aufgabe für mich gehabt hatte. Als Gegenleistung dafür, dass er uns diesen tollen Stand organisiert hatte. «Danke.»

«Sag mal, ist mit dir wirklich alles in Ordnung?» So einsilbig hatte ich Marie schon lange nicht mehr erlebt.

«Jaa-haa!»

Ich gab's auf. «Dann bis morgen, mein Schatz. Und streichle die Katzen von mir, ja?»

Ich steckte mein Handy ein, ging zu einem Sandwichstand im Hof und holte uns was zum Mittagessen. Noch fünf Stunden, dann konnten wir endlich unsere Sachen zusammenpacken. Gott sei Dank.

Auf dem Rückweg schlenderte ich an den anderen Ständen vorbei. Überall war die Stimmung ausgelassen, nur wir waren mit dieser sogenannten Kollektion fehl am Platz.

An einer Koje, wo bunte Strickschläuche angeboten wurden, blieb ich stehen. Die Farbpalette war beeindruckend. Ich nahm ein auberginefarbenes Teil in die Hand und war überrascht, wie weich und leicht das Material war.

«Die Farbe steht dir bestimmt gut!» Ein hübsches Mädchen, etwa Mitte zwanzig, stellte sich neben mich. «Magst du es mal anziehen?»

«Wenn du mir zeigst, wie das geht?» Es war mir ein Rätsel, wo oben und unten war.

«Ganz einfach.» Mit ein paar Handgriffen drehte sie es in die richtige Form und zog es mir über. Das Ergebnis war verblüffend. Der Strickschlauch entpuppte sich als raffiniert geschlungener Pulli, der über meinem schlichten langärmeligen Shirt einfach hinreißend aussah. Er zauberte eine schmale Silhouette, ohne auch nur ansatzweise eng zu sitzen, kaschierte durch die vorne gekreuzten Stoffbahnen meinen Bauch und schmeichelte durch einen weich fallenden Kragen.

«Wahnsinn! Hast du die entworfen?»

Die junge Frau nickte stolz. «Ich habe ein Jahr lang getüftelt, bis sie perfekt waren. Und jetzt suche ich den richtigen Vertrieb.»

«Und? Klappt das?» Mit einem Mal dachte ich an meine

eigenen Wickelentwürfe, die zu Hause in der Schublade lagen.

«Einfach ist es nicht, aber ich habe hier ein paar vielversprechende Kontakte geknüpft.»

Ich drehte mich vor dem Spiegel hin und her. «Echt schade, dass ich nicht mehr so jung bin wie du», sagte ich. «Dann würde ich so was vielleicht auch wagen.»

«Mit dem Alter hat das nichts zu tun», sagte die junge Frau. «Ideen muss man halt haben. Und den Mut, sie dann auch umzusetzen.»

Als ich mit meinem neu erworbenen Pulli und der Visitenkarte von Jeanette zu unserem Stand zurückging, hallten ihre Worte in meinem Kopf nach. Sie hatte recht. Man müsste sich einfach nur trauen.

Ich nahm mir fest vor, mich bald wieder mit meinen Zwiebellook-Entwürfen zu beschäftigen. Auch wenn drei von vier Schnepfen meine Ideen als Schmarrn bezeichneten, hieß das ja wohl noch lange nicht, dass sie nichts taugten!

Als Leni mich entdeckte, winkte sie hektisch. Dann sah ich auch, warum: Wir hatten Kundschaft!

«Des is der Herr Graus von Moda Elongada aus Ferdd!», flüsterte sie mir aufgeregt ins Ohr. «Der ist fei ganz begeistert!»

Zum Glück hatte der Mann ihr bereits seine Karte gegeben, und ich konnte Lenis Kommentar übersetzen.

Herr Kraus aus Fürth war ein Endfünfziger mit Zweireiher und Riesenbrille, der sich dauernd mit der Zunge über die Lippen fuhr.

«Endlich amol was G'scheits!», rief er und wühlte sich begeistert durch die Kollektion. «Und so scheene Fräggla!» Entrückt hielt er Rosis Bolerojäckchen in die Höhe.

Ich stellte die Tüte mit unserem Mittagessen unter den Tisch mit den Flyern und beobachtete, wie unser Kunde aufgedreht durch die Koje sprang. Immer wieder rupfte er eine Bluse, einen Rock vom Bügel und drückte sie Leni in die Hand. Keine Frage, Herr Kraus war ein großer Fan zeitlos langweiliger Mode.

«Wunderbare Ware! Sie hamm mir fei die Messe geredded!»

Er drehte sich um und bemerkte, wie ich ihn fasziniert ansah. Mit vorgestreckten Armen kam er auf mich zu und schüttelte mir die Hand, als wolle er Wasser pumpen. «Ja, Grüß Godd! Gehören Sie wohl auch dazu?»

«In gewisser Weise ja.» Ich versuchte, ihm meine Hand unauffällig wieder zu entwinden, aber Herr Kraus ließ das, was er an Land gezogen hatte, nur ungern los.

«Sagen's doch amol, is des Geschwaddl da auf dera Fäschn Wiek ned schregglich? Lauder Hibbies, des isserawahnsinn, finden's ned auch?» Seine Zunge legte eine Extraschicht ein.

Ich dachte an die wunderbare Jeanette und schüttelte den Kopf. «Nein, finde ich eigentlich nicht.»

«Na ja, meins isses fei ned», sagte Herr Kraus pikiert und ließ endlich meine Hand los. «Aber zum Glück hab ich ja Sie gedroff'n.» Er zog seine gestreifte Seidenkrawatte gerade und ging zu unserem kleinen Tisch, auf dem Leni seine Auswahl drapiert hatte.

Herr Kraus war ein Mann der Tat, und zwanzig Minuten später war die Bestellung geritzt. Mündlich jedenfalls, denn Herr Kraus bestand darauf, das Geschäft erst heute Abend perfekt zu machen. Bei einem Gläschen Sekt. In seinem Hotel.

Wir hatten uns für sieben Uhr mit ihm verabredet. Leni war schon vor einer Viertelstunde im Bad verschwunden und machte sich schick. Jedenfalls dachte ich das, bis ich beunruhigende Geräusche hörte.

«Leni? Beeilst du dich? Wir müssen gleich los.»

Keine Antwort.

«Leni?»

Endlich ging die Tür auf. Leni war totenbleich und sah mich hohläugig an. «Mir is so schlecht, ich däd etzt gern in Ruhe sterb'n», sagte sie mit Grabesstimme. «Ich hädd heut früh ned die restlichen Wurschtbrode von der Fahrt essen soll'n, die ich in meiner Handdasche g'funden hab.»

Oh. Mein. Gott.

«Soll ich dir was aus der Apotheke holen?» Ich versuchte, meine Verärgerung nicht allzu sehr durchklingen zu lassen.

Sie schüttelte den Kopf. «Ich hab mer schon was eingepfiffen. Jetzt brauch ich einfach mei Ruh. Ach, so a Mist. Ich wär so gern bei unser'm ersten Geschäftsabschluss dabei g'wesen.»

Ich spielte kurz mit dem Gedanken, das Treffen mit dem Lippenlutscher abzusagen. Aber dann wäre der ganze Aufwand mit der Fashion Week womöglich umsonst gewesen, und das wollte ich auf keinen Fall riskieren.

Grimmig packte ich unsere Unterlagen und stiefelte zur Tür. «Schau, dass du wieder auf die Beine kommst!», rief ich und verließ mit einem Knall die Wohnung.

Herr Kraus wohnte in einem schäbigen kleinen Hotel in Kudamm-Nähe und wartete schon in der Lobby.

«Ganz allaans?» Sein Strahlen verriet, dass er nicht böse darüber war.

«Frau Beyer hat etwas Falsches gegessen», sagte ich.

«Kei' Wunder bei dem ganzen ausländischen Grembl.» Herr Kraus gewährte mir unverzüglich Einblick ins Schatzkästchen seiner Vorurteile. «Mir kommt des fei ned auf'n Deller. Ich will mei Glöß und basta!»

«Dann sollten Sie aber den Südamerikanern dankbar sein, denn dort wurde die Kartoffel zuerst kultiviert», sagte ich bockig. Fünf Minuten war ich erst mit dem Mann zusammen, und schon brachte er mich auf die Palme. Aber gut, ich war vorher schon wütend auf Leni gewesen. Vielleicht sollte ich etwas Nachsicht mit ihm haben.

Herr Kraus war auch nicht auf Streit aus. «Lass mer des leidige Dhema», sagte er versöhnlich und zeigte auf eine dunkle Ecke in der Hotellobby. «Mir machen's uns lieber erst amol gemüdlich.»

Die Sitzecke, in der er unser Geschäft abschließen wollte, hätte einem Puff alle Ehre gemacht: schummriges Licht, fleckig-rote Samtbezüge und ein paar Tische mit Blumengestecken aus Plastik. Misstrauisch sah ich mich um.

«Wollen wir uns nicht lieber in ein Straßencafé setzen?», schlug ich vor. «Es ist so schön draußen.»

Kraus riss die Augen auf. «Raus? Zu all dene Griminelle? Am End rauben die uns noch aus! Naa, ich bleib fei lieber da.» Er nahm seine Aktenmappe, fasste mich am Ellbogen und führte mich an einen der Tische. «Etzt kümmern mir uns erst amol ums G'schäftliche, und dann …» Seine Zunge trat zur Abendschicht an, und mir wurde mulmig.

210

«Ich hab fei alles scho vorbereided!» Er schob mir eine ordentliche Liste zu, auf der genau vermerkt war, was Herr Kraus wann und in welcher Ausführung geliefert haben wollte. Es war eine große Bestellung, die Schnepfen würden sich ordentlich ins Zeug legen müssen.

In das Feld Auftragnehmer trug er sorgfältig Mode aus Wiestal ein und die Adresse der Schneiderei – den Gasthof.

«Dann hätt ich da gern die Underschrift!» Ein dicker Zeigefinger klopfte auf die gestrichelte Linie, und ich unterschrieb.

«Wunderbar!» Der Schnepfengeschäftspartner riss den Durchschlag aus dem Block und legte ihn mir hin. Dann beschlabberte er die Lippen, griff unter den Tisch und förderte einen Kühler mit einer Flasche Sekt zutage. «Überraschung!»

Nach den ersten Schlucken wusste ich nicht, was mir größere Kopfschmerzen bereitete: der billige Sekt oder das dämliche Geschwätz von Herrn Kraus. Er jammerte über die schlechte Wirtschaft im Allgemeinen und über die schlechten Bedingungen im Einzelhandel im Besonderen, über die schlechten Angestellten und den noch schlechteren Geschmack der Kunden. Dass das Zeug, von dem er Glas um Glas in sich hineinkippte, auch schlecht schmeckte, erwähnte er nicht. Stattdessen rutschte er immer näher zu mir herüber.

Ich verfluchte Lenis Geiz, wegen dem sie die alten Wurststullen in sich hineingestopft hatte, und hoffte, es würde sich bald eine gute Gelegenheit ergeben, zu verschwinden.

Doch die ließ auf sich warten. Nach der ersten Flasche bot Herr Kraus mir feierlich das Du an, und am Ende der zweiten schlug er vor, auf sein Zimmer zu gehen, denn dort wäre es noch gemütlicher.

«Aber Heiner, du bist doch sicher verheiratet!» Am liebsten hätte ich ihm einfach ordentlich auf die dicken Finger geklopft, die über meine Hand strichen, aber zuerst wollte ich an seine Moral appellieren.

«Des stimmt scho», gab er zu. «Aber des is a ganz arg traurige G'schicht. Mei Frau lebt in einem Heim und erkennt mich nimmer.»

«Das tut mir leid.»

Heiner Kraus seufzte theatralisch. «Es ist fei ned einfach für einen Mann im besten Alder …»

«Ich muss los!» Abrupt stand ich auf. Wenn ich nicht gleich bis zum Hals in der frischen Abendluft stehen würde, konnte ich für nichts mehr garantieren.

«Was?» Heiners Betroffenheitsmiene war von der einen auf die andere Sekunde wie weggewischt.

«Wir müssen morgen sehr früh raus, und ich sollte mal nach Frau Beyer schauen.»

«So eine sinn Sie also!»

«Wie bitte?!»

«Eine, die einem Mann zuerst Hoffnungen macht, sich an Sekt spendieren lässt, aber dann schnell abhaut.» Heiners Zunge flitzte über die Lippen.

«Jetzt wollen wir die Kirche aber mal im Dorf lassen», sagte ich betont ruhig. «Ich habe nichts versprochen, und den Sekt zahle ich gerne.» Ich nahm meine Handtasche und holte den Geldbeutel hervor. «Wie viel bin ich Ihnen schuldig?»

«Des, des würd Ihnen fei so bassen!»

«Ja, das würde mir passen.» Ich warf einen Zehn-Euro-Schein auf den Tisch und ging.

Irgendetwas sagte mir, dass dieser Abgang uns noch eine Menge Scherereien bereiten würde.

Zwanzig

Die Vorhersage für Montag, den 7. Juli:
Plötzliche, teils heftige Überschwemmungen mit lokaler Schreikrampfgefahr.

Leni hatte sich in der Nacht noch mehrmals übergeben und war am nächsten Morgen ein Totalausfall. Nach einem schönen Abschiedsfrühstück mit Elke baute ich unseren Stand ab, verabschiedete mich von Scary und Jeanette, drückte meiner Oberschnepfe eine Kotztüte in die Hand und brauste mit ihr zurück nach Wiestal, wo uns die restlichen Schnepfen ausgelassen begrüßten.

«War's wohl recht anstrengend?», fragte Claudia und tätschelte Leni mitfühlend den Arm.

Leni nickte matt. «Ich bin für so an Messedrubel ned g'schnitzt», flüsterte sie. «Wie ich endlich unsern ersten Kunden an Land gezogen hadde, bin ich krank g'worden. Die Nina hat den Geschäftsabschluss ganz allaans mit ihm g'feiert ... feiern müssen», verbesserte sie schnell, als sie meinen Mörderblick bemerkte.

Ich zog Krausens Liste aus der Mappe und hielt sie hoch: «Hier ist euer Auftrag, Mädels!»

«Ihr seid die Besten!», rief Rosi. «Ich hab g'wusst, dass ihr des schafft! Jetzt ruht ihr euch erscht amol aus, mir übernehmen des Ruder.»

Die drei luden die Kollektion aus dem Auto und zogen sich in die Schneiderei zurück. Ich fuhr Leni nach Hause.

Als ich zurückkam und im Hof aus dem Auto stieg, stand jemand am Gartentürchen und winkte mir ausgelassen zu. Die Person trug einen Kaftan und hatte einen Wickelturban um den Kopf geschlungen. Gundi.

«Schee, dass man dich auch amol wiedersieht!», rief sie und riss sich die Sonnenbrille von der Nase, wodurch zwei helle Flecken in ihrem ansonsten sonnenverbrannten Gesicht zum Vorschein kamen. Sie sah aus wie Puck die Stubenfliege, und hatte blendende Laune. «Ich hab scho gedacht, dass ihr in der Hauptstadt verlorengangen seid!»

«Während du durch die ganze Sahara und zurück gefunden hast, was?», grinste ich.

Das war der Startschuss, auf den sie gewartet hatte. Gundi erzählte mir alles von ihrem Wüstentrip und noch ein bisschen mehr: «Die glanne Garddnschaufel, die auf der Gebäckliste g'standen hat, hab ich dann gar ned so oft gebraucht.» Sie beugte sich vor und senkte vertraulich die Stimme. «Auf Reisen hab ich immer a weng a Verstopfung, waaßt?»

Tja, Gundi hatte Extremsituationen bewältigt, von denen Weicheier wie ich nicht mal träumten. Aber jetzt hatte ich genug gehört und wechselte schnell das Thema. «Und was hast du getrieben, seit du wieder zu Hause bist?»

Gundi strahlte über alle Falten hinweg. «Ich war fei a weng mit'm Walder spazier'n!»

«Und er ist ganz freiwillig mitgekommen?» Ich stellte mir vor, wie Gundi den armen Kerl an der Hand hinter sich herschleifte, und konnte ein Grinsen nicht unterdrücken.

«Etzt sei amol ned so frech, du Kügg'n!», rief Gundi. «Der Walder ist fei gern mitgangen. Immerhin bin ich a gude Partie.»

214

«Ich hoffe, ich darf Blumen streuen, wenn der große Tag gekommen ist», sagte ich.

«Dauert scho noch a weng.» Gundi zwinkerte. «So ganz willig isser noch ned.»

Ich verabschiedete mich von meiner Nachbarin und wollte ins Haus gehen, als mein Blick auf den maroden Gartenzaun auf Gustls Seite fiel. Besser gesagt: auf den nicht mehr maroden Gartenzaun. Die vermoderten Latten waren durch neue ersetzt, und anstelle des Lochs zwischen den Büschen gab es jetzt ein anständiges Gartentürchen. Verschlossen mit einem Vorhängeschloss, dessen Schlüssel ich gleich darauf auf meinem Küchentisch vorfand. Ich war gerührt über so viel Einfühlungsvermögen. Und verzweifelt.

Konnten die Liebesgötter des Universums mir nicht einfach einen Mann vorbeischicken, den ich auch haben wollte? Einfühlsam war schon ganz toll, aber ich brauchte auch gut aussehend, intelligent, humorvoll, gut angezogen, unternehmungslustig, hilfsbereit und: ungebunden!

«Aber nicht, dass es wieder Missverständnisse gibt», sagte ich mit einem Blick nach oben. «Alles beim selben Mann, bitte!»

Bevor ich den Rechner anwarf, setzte ich mich zu Krauli in die Kinderstube, und wir sahen gemeinsam den kleinen Kätzchen beim Herumtollen zu. Sie entwickelten sich prächtig, und Krauli war sichtlich eine stolze Mutter.

«Was mache ich jetzt bloß mit Gustl?», fragte ich sie. «Ich habe keine Ahnung, wie ich mich verhalten soll, und du kennst den Kerl schließlich schon viel länger.»

Krauli warf mir einen unergründlichen Blick zu, der das gesamte Spektrum von *Schick ihn in die Wüste* bis *Heirate ihn endlich, damit er Ruhe gibt* abdeckte. So genau hatte ich es gar nicht wissen wollen.

Ich versorgte die Vierbeiner mit frischem Futter und Wasser und sah dann endlich nach, was sich während meiner Abwesenheit in der Mailbox angesammelt hatte.

Es war eine Menge. Was einerseits gut für meinen Kontostand war, meine Müdigkeit aber ins Komatöse wachsen ließ. Und als wäre das nicht schon genug gewesen, stand im nächsten Augenblick auch schon die nächste Störung in der Tür.

Rosi sah mich mit großen Augen an. «Ich möcht dich ja nur ungern stör'n, Nina, aber eine von dene Doiledd'n läuft über.»

Scheiße.

Wenn das eine Botschaft der Liebesgötter auf meine unverschämte Anfrage sein sollte, war ich geliefert.

Beim Aufwischen der schlimmsten Schweinerei entschied ich mich, das einfach nicht zu glauben und lieber einem von Huberts Sprüchen zu folgen, der vor kurzem in einer Schublade aufgetaucht war und den ich oben an der Treppe zu Maries Dachzimmer aufgehängt hatte: *Drückt dich ein Weh, zur Mutter geh, und sag es ihr, gern hilft sie dir.*

Nur dass ich keine Mutter, sondern die Firma Beyer anrief. Blöderweise sah Herr Beyer die Sache mit der Hilfe dann auch nicht ein.

«Versteh ich des richdig?», plärrte er ins Telefon. «Ich soll etzt zu Ihnen kommen und die Doiledde rebbarier'n? Und des, nachdem Sie mei Fraa mit nach Berlin g'nommen und grank wieder heimbracht hamm? Wissen Sie überhaupt, was hier los is?»

«Aber, Herr Beyer», bremste ich den Wutausbruch.

«Dass es Ihrer Frau so schlecht geht, dafür kann ich wirklich nichts. Und ich unterstütze die Damen doch lediglich ein bisschen.»

«Eben!» Herr Beyer war nun voll in seinem Element. «Sie unterstützen die Weiber auch noch bei dem ganzen Schmarrn! Als häddn die daheim ned scho genug zu duun. Und etz liegt mei Fraa im Bett, und ich muss mich scho wieder um jeden Scheiß selber kümmern!» Er atmete schwer. «Sie, gell, Sie können etzt amol schauen, dass Sie allaans mit Ihrer Doiledde fertig wer'n. Ich schaff des jedenfalls ned aa noch!»

Nach diesem deprimierenden Gespräch machte ich ein paar Versuche mit dem Gummipümpel, aber das half rein gar nichts. Ich würde warten müssen, bis Herr Beyer willens war, mich wieder in seinen Verteiler zu nehmen. Daher klebte ich einen warnenden Hinweis auf die Klotür und ging in die Schneiderei, um die Frauen über die neuesten Entwicklungen zu informieren.

Die Schnepfen hörten mir aber nur mit einem halben Ohr zu. Sie hatten anscheinend wichtigere Probleme.

«Des langt nie-mals!» Claudia raufte sich den blondierten Haarschopf. «Ned, wenn der so viel in Größe 46/48 hamm will.»

«Was ist denn los?» Ich stellte mich zu ihnen an den Tisch und verstand, dass ein paar kompliziert wirkende Berechnungen ein Problem zutage befördert hatten.

«Mir hamm ned genug Stoff für die Bolerojäckchen», übersetzte Bärbel mir die Zahlen.

«Man kann den Stoff aber doch nachbestellen, oder?»

«Hoff mer's», sagte Rosi kleinlaut. «Des war damals bloß a Rest.»

«Ja, hoff mer's», sagte ich streng. Mit diesem Problem konnten sie jetzt zur Abwechslung mal alleine klarkommen. Mir half schließlich auch keiner.

Außer Gustl natürlich, der glücklich strahlend in der Einfahrt herumlungerte. Oh nein! Die Liebesgötter konnten mir wirklich den Buckel runterrutschen.

«Na, Gustl, wie immer fleißig gewesen?»

Mein Nachbar nickte. «No freilich! Und selber?»

«Alles bestens», sagte ich und legte eine Einkaufstasche ins Auto. «Jetzt muss ich aber los. Ich brauche Rohrfrei.»

Einfühlsam stellte er sich so hin, dass an Wegfahren nicht zu denken war. «Habt's ihr a gudes G'schäft g'macht?»

«Ganz wunderbar», behauptete ich. «Aber ohne dein Bild hätte es bestimmt nur halb so gut geklappt.»

Damit stieg ich ins Auto, ließ den Motor so aufheulen, dass Gustl erschrocken zur Seite sprang, und fuhr davon. Das war gemein, aber ich hatte nur noch einen Wunsch: weg hier. Gegen das Chaos im Haus kam mir jeder Supermarkt wie ein Ort höchster Ruhe und Glückseligkeit vor.

Um diesen Umstand möglichst lange auszukosten, ließ ich mir Zeit und kaufte ein, als wäre alles im Sonderangebot. Zur Feier des Wiedersehens hatte ich für mich Prosecco kalt gestellt, und ich freute mich auf Maries Gesicht, wenn ich ihr den Kasten Mate-Limonade präsentieren würde, den ich für sie aus Berlin mitgebracht hatte.

Ich stand am Herd, als sie zur Küchentür hereinschlich.

«Hase, was ist denn mit dir los?» Ich ließ den Kochlöffel in der Tomatensoße stecken und ging erschrocken auf sie zu. «Ist was passiert?»

Die Blässe, die Maries Gesicht überzog, war nicht geschminkt, die hatte andere Ursachen.

«Hab nur schlecht geschlafen», brummte sie und setzte sich an den gedeckten Tisch.

Ich setzte mich neben sie. «Hast du Sorgen? Normalerweise schläfst du doch wie ein Bär!»

Sie grinste, aber das Lächeln erreichte ihre Augen nicht.

«War Claudia wieder unfreundlich zu dir?»

Genervtes Kopfschütteln. «Nei-hein, es ist echt nichts. Ich gehe heute einfach früher ins Bett, und gut ist's.» Ihr Blick fiel auf den Getränkekasten. «Sag bloß, du hast den eigens aus Berlin hergekarrt.»

«Ja! Freust du dich?»

Marie drückte mich. «Ganz doll», sagte sie. «Aber die Brauerei von dem Zeug ist hier praktisch um die Ecke.»

Einundzwanzig

Die Vorhersage für Freitag, den 11. Juli:
Nach heftigen Turbulenzen zieht eine Kaltfront heran. Vereinzelt Tränen.

An diesem Morgen war nicht nur der Himmel bewölkt. Meine Stimmung war es auch, und ich hätte mir, nachdem ich eine müde Marie verabschiedet hatte, am liebsten die Decke wieder über den Kopf gezogen. Doch das Pflichtgefühl besiegte meinen inneren Schweinehund mit einem klaren eins zu null, und ich setzte mich gähnend an den Schreibtisch.

Gestern Nacht hatte ich noch das Layout einer ganzen Broschüre mit Sprachkursangeboten fertiggestellt und wäre danach sicher sofort ins Bett gegangen, wäre mir nicht Jeanettes Visitenkarte in die Hände gefallen. Ideen muss man halt haben. Und den Mut, sie dann auch umzusetzen, hatte sie gesagt ...

Im nächsten Moment hatte ich die Mappe mit meinen Wickelmodellen aus der Schublade geholt und gezeichnet. Lauter Teile, für die Herr Graus wahrscheinlich höchstens einen verächtlichen Blick übrig gehabt hätte, aber genau das Richtige für Frauen, die in den Wechseljahren steckten und sich trotzdem wohlfühlen wollten.

Inspiriert von Jeanettes Wickelpullover und meinen eigenen Entwürfen, hatte ich mich an Kleider und Röcke gewagt. Und am Ende Hosen gezeichnet, die schmal anlagen, aber elastisch waren und genug Platz für den Bauch ließen.

Drei Uhr war es gewesen, als ich endlich im Bett gelegen hatte.

Ich nahm einen großen Schluck Kaffee, schickte der Sprachschule die fertige Broschüre und wollte gerade den nächsten Auftrag in Angriff nehmen, als es an meiner Tür klopfte. Gleich darauf standen vier kleinlaute Schnepfen vor meinem Schreibtisch.

«Mir hamm fei überall nach dem Stoff g'sucht, Nina, aber vielleicht kannst du auch noch mal schauen. Du kennst dich ja besser im Indernedd aus als mir», sagte Bärbel. «Bidde!»

Ich wünschte Herrn Kraus die Pest an den Hals und gab die Stoffbezeichnung seiner heißgeliebten «Fräggla» bei Google ein. Es folgten eine Menge Hinweise, die alle in die gleiche Sackgasse führten: Der Stoff wurde nicht mehr hergestellt und schien bis auf den letzten Zentimeter ausverkauft zu sein.

«Und was mach mer jetz?» Leni sah recht bedröppelt drein. «Der Herr Graus wollt ja unbedingt genau den Stoff, und im Verdrag steht's auch noch mal drin.»

«Am besten ruft ihr ihn einfach an und erzählt ihm, was Sache ist. Dumm gelaufen, aber er wird sicher Verständnis für die Situation haben, oder?»

Vier Paar Augen sahen mich sorgenvoll an, und Rosi sprach aus, was sie dachten: «Aber du kennst den Herrn Graus doch viel besser als mir. Vielleicht könnt'st du anrufen?»

«Herr Kraus und ich sind nicht gerade friedlich auseinandergegangen», versuchte ich mich aus der Affäre zu ziehen. «Wenn er mich immer noch auf dem Kieker hat, dann ...»

«So schätz ich den fei gar ned ein», unterbrach mich Leni. «Des ist ja a Geschäftsmann, der is bestimmt ned nachtragend.»

Aber nachtragend war gar kein Ausdruck. Als ich ihm unter den gespannten Blicken meiner vier Schnepfen höflich verklickerte, dass es mit den Fräggla a weng Brobleme gab, führte sich der liebe Heiner auf, als wäre er bei meinem Ex in die Lehre gegangen.

«Sie schaffen des ned?!», blökte er in den Hörer. «Des is mir fei kombledd wurscht! Sie hamm an Verdrag unterschrieben, und der wird bis zum letzten i-Düpfelchen erfüllt. Sonst nehm ich Sie in Regress, Sie bersönlich! Da bleibt kei Auge drogg'n, da können Se sich drauf verlass'n! Ich steh nämlich immer zu mein'm Wort.» Dann beendete er das Gespräch auf eine Art, die ihm von Volker eine Eins mit Sternchen eingebracht hätte.

«Der Typ hasst dich ja werglich wie die Pest!», brachte Rosi es auf den Punkt.

Jetzt hatte ich den Kanal endgültig voll und war kurz davor, loszuschreien. «Tut mir einen Gefallen und kümmert euch um den Rest der Bestellung, damit wenigstens der fertig wird.»

Kleinlaut schoben sie ab, und ich durchforstete nochmals das Internet. Am Ende hatte ich zwar jede Menge Stoffe mit kleinen Blumensträußchen gefunden, aber keiner war identisch. Ich beschloss, die besten Treffer trotzdem zu bookmarken. Vielleicht geschah ja doch noch ein Wunder. Morgen oder übermorgen.

Heute hatte ich jedenfalls keine Nerven mehr dafür, und ein Blick auf die Uhr sagte, dass drei kostbare Stunden für diese Geschichte draufgegangen waren. Frustriert nahm ich die Tasse mit meinem kalt gewordenen Kaffee und machte mich auf den Weg in die Küche.

Auf der Treppe hörte ich eine Stimme. Eine Stimme, auf die ich schon seit Montag sehnlichst gewartet hatte, deren Tonfall jedoch nichts Gutes verhieß. War heute etwa Männerbrülltag?

Ich lugte um die Ecke in den Saal. Herr Beyer stand direkt vor seiner Frau, hielt eine große rote Frischhaltebox in den Händen und funkelte sie wütend an.

«... wennst du glaubst, dass du mich mit diesem vor-ge-koch-ten Fraß ruhigstellen kannst, hast du dich ge-schnidd'n ...» Schnaufend machte Kurt Beyer einen Schritt vorwärts, und Leni wich erschrocken zurück.

«Ich hab die Schnauze g'strich'n voll von deim Gla-moddngram!» Synchron zur Silbe «moddn» pfefferte Beyer den Behälter mit so viel Schmackes auf den Boden, dass sich der Deckel löste und der Inhalt in alle Richtungen spritzte. Die Frauen sprangen erschrocken zur Seite, und der Installateur stapfte wütend auf die Saaltür zu.

Die Worte «Ach, Herr Beyer, wo Sie schon hier sind» schluckte ich ganz schnell hinunter, als ich den unbändigen Zorn in seinen Augen sah. Besser verstopfte Klos als zertrümmerte, dachte ich und machte ihm wortlos Platz.

Als die Haustür dröhnend ins Schloss gefallen war, fand Bärbel als Erste ihre Stimme wieder. «Da hab ich mit 'm Ernst ja direkt noch Glück.» Sie fischte mit spitzen Fingern die Plastikdose aus der Essenspfütze und legte sie auf eine Zeitung.

Ich ging in die Küche und beschloss, dass mich das alles nichts anging. Obwohl das nicht stimmte. Solange Leni im Clinch mit ihrem Kurt lag, würde hier gar nichts repariert werden. Warum konnte sie sich bei ihrem Mann nicht genauso durchsetzen wie bei den Schnepfen?

Das hatte sie doch eigentlich drauf.

«Ja, sie hat es drauf», sagte ich beschwörend, während ich mir frischen Kaffee einschenkte.

«Oder auch nicht», sagte jemand hinter mir. Ich fuhr erschrocken herum, und im nächsten Augenblick hatte ich heiße Kaffeefüße. «Aua!»

Der Schreiner meiner Träume sah mich ungerührt an.

«Ich wollte dir nur kurz sagen, dass meine Gesellen nächste Woche die letzten Fenster einsetzen. Ich schicke dir dann die Rechnung.»

Christian drehte sich um und ging ohne ein weiteres Wort davon.

Ich spürte ein Brennen in den Augen und rannte nach oben. Im hintersten Zimmer des Flurs sperrte ich von innen ab und ließ mich aufs Bett fallen. Dann heulte ich los.

Wie kalt Christian mich angesehen hatte. Und dabei mochte er mich doch, da war ich sicher … gewesen. Was war nur passiert?

Hatte ihn diese Sache mit Gustls Schlafzimmer so geärgert? Aber das war ja nun wirklich kein Grund, sich so zu benehmen. Herr Lodes war verheiratet, und somit konnte es ihm, verdammt noch mal, egal sein, in wessen Schlafzimmern ich mich herumtrieb.

Trotzdem. Die Momente mit ihm waren stets ein Lichtblick für mich gewesen – und ich hatte gehofft, dass er genauso empfand.

Das kann ich mir jetzt abschminken, dachte ich bitter, und das Herz tat mir ein bisschen weh dabei. Die ganze Sache war doch von Anfang an ein Hirngespinst. Und wegen so einer Luftnummer hocke ich nun wie ein heulender Teenager im Gästezimmer, während draußen jede Menge

Angelegenheiten warten, um die ich mich viel dringender kümmern müsste.

Aber wie sollte ich die überhaupt bewältigen? Es ging doch dauernd alles schief! Ich schluchzte wieder auf.

Eine ganze Weile gab ich mich trübsinnigen Gedanken hin, aber irgendwann fühlte sich mein Kopf vollkommen leer an, und die Müdigkeit, die ich heute Morgen noch unterdrückt hatte, schlug mit ganzer Kraft zu. In diesem Zustand wollte ich mich auf keinen Fall von den Schnepfen oder irgendjemand anderem blicken lassen. Ich heulte eine weitere Runde ins Kopfkissen und wälzte noch mehr trübsinnige Gedanken, bis die Müdigkeit endgültig Besitz von mir ergriff.

Zweiundzwanzig

Die Vorhersage für Montag, den 14. Juli:
Insgesamt mutlos mit gelegentlichen Wutausläufern. Gegen Abend bringt eine Unstimmigkeit neue Probleme mit sich.

Um meinen Schmerz zu betäuben, hatte ich mich am Wochenende kopfüber in die Arbeit gestürzt. Wenn es mit der Liebe schon nicht klappte, wollte ich wenigstens in der Lage sein, Rechnungen zu stellen, um meinen unterirdischen Kontostand wieder auf null zu bringen.

Die Schnepfen schuldeten mir mittlerweile eine Menge, denn sie hatten bisher weder das Geld für den Berlin-Trip zurückbezahlt, noch waren sie jemals auf die versprochene Miete für die Schneiderei zurückgekommen. Es war zum Schreien – auf der ganzen Linie.

Marie war natürlich nicht verborgen geblieben, wie es mir ging. Sie hatte mir immer wieder Kaffee vorbeigebracht oder mich einfach nur kurz gedrückt. Leider war ich viel zu niedergeschlagen, um mich darüber zu freuen.

Nun war das Wochenende vorbei, und fünf neue Tage voller Unwägbarkeiten lagen vor mir. Wenn ich nur nicht schon wieder so müde gewesen wäre ...

Als Marie um halb acht mit Mario in die Schule abgezischt war, stellte ich das Frühstücksgeschirr in die Spülmaschine. Das geblümte Geschirrtuch auf der Anrichte rief mir die verdammten Bolero-Fräggla und somit die Causa Kraus wieder ins Gedächtnis. Ich konnte das Stoffproblem nicht ewig vor mir herschieben, sonst würde mir demnächst eine gesalzene Schadenersatzforderung ins Haus flattern. Nicht den Schnepfen – mir! Das hatte Martin mir am Freitagabend bei Bratwürsten und Bier in aller Deutlichkeit gesagt. «*Du* hast unterschrieben, also bist *du* im Streitfall dran», waren die Worte des Anwalts gewesen. Und sie hatten dem Abend, der so nett begonnen hatte, einen ziemlich großen Dämpfer verpasst.

Ich hängte das Geschirrtuch an den Haken.

«Scheiße», sagte ich. «Scheiße. Scheiße. Scheiße.»

Dann rief ich in Fürth an.

«Ja, Kraus?»

Die weibliche Stimme brachte mich etwas aus dem Konzept. «Ist da Moda Elongata?», fragte ich.

«Ja», sagte die Frau. «Was kann ich für Sie tun?»

«Hier ist Nina Lindner», sagte ich. «Ich hätte gerne mit Herrn Kraus gesprochen. Es geht um einen Auftrag.»

«Mein Mann ist schon unterwegs», sagte Frau Kraus und klang dabei kein bisschen tatterig. «Kann ich ihm was ausrichten?»

«Äh, ja. Dass er mich bitte zurückrufen möchte», sagte ich verdutzt.

«Ich sage ihm sehr gern Bescheid», versprach Frau Kraus, die angeblich nicht mehr schnallte, wo vorn und wo hinten war. «Auf Wiederhören!»

Ich drehte meinen Schreibtischstuhl zum Fenster und hielt das Gesicht in die Sonne. Frau Kraus war keineswegs gaga! Nur mit einem Arschloch verheiratet.

Gegen zehn hörte ich von unten Stimmen: Die Schnepfen waren aus dem Wochenende zurück. Mit der Absicht, die Sache mit dem Geld anzusprechen, ging ich hinunter. Ein Blick in den Saal verriet mir aber, dass schon wieder ein neues Drama angesagt war.

Die Frauen saßen mit finsterer Miene um einen der Tische und sahen nicht mal auf, als ich hereinkam.

«Guten Morgen!», sagte ich betont munter. «Was macht ihr denn für Gesichter? Ist jemand gestorben?»

Leni schüttelte düster den Kopf. «Viel hätt aber nimmer g'fehlt, dann wär ich etz Widdwe.»

«Und ich auch», brummte Claudia.

Lieber Himmel! «Hatten eure Männer einen Unfall?»

«Beinah», sagte Claudia. «Aber dann hab ich mir grad noch überlegt, dass ich wegen dem Kerl ned ins Gefängnis wandern möcht.»

Hallo?

«Der Kurt is do-daal ausgedickt», erzählte Leni nun. «Und mir hamm g'stritten wie noch nie im Leben. Ich hab die Bodenvase scho in der Hand g'habt.»

«Bei mir war's des Geschirr von der Schwiechermudder», sagte Claudia. «Der Rudi hat gar nimmer aufg'hört zu blärr'n, wie ich die ersten Deile g'schmissen hab. Und etzt will er mir verbied'n, dass ich überhaupt mit der Schneiderei weidermach.»

Leni nickte resigniert. «Und dabei wollt mer doch bloß amol was eigenes hingrieg'n.»

Wollten?! Na toll. Das klang ja nach einer ausgewachsenen Katastrophe … an deren Ende unweigerlich der Prozess Kraus gegen Lindner stehen würde! Mir wurde ganz flau.

«Jetzt hört mal», sagte ich mit leichter Panik in der Stimme. «Ganz egal, wie eure Männer sich aufführen, dieser Auftrag muss rechtzeitig fertig sein. Sonst sitze ich am Ende im Knast.»

«Naa, so hammer des ja ned gemeint!», rief Leni beschwichtigend. «Aber ich muss etzt middags unbedingt daheim sein und kochen. Sonst kann ich gleich ausziehn.»

«Und ich muss mich ab sofort a baar Dage um die Steuer kümmern», sagte Claudia. «Sonst flibbt der Rudi mir noch amol aus, und dann kann ich für nix garandieren!»

Rosi suchte hektisch in ihrer Tasche. «Ich ruf gleich bei mir auf der Arbeit an. Vielleicht kann ich a weng an Urlaub nehmen.» Sie fand ihr Handy und ging zum Telefonieren hinaus.

Bärbel nahm mich begütigend am Arm. «Du machst dir etz amol gar keine Sorgen», sagte sie in ihrer ruhigen Art. «Mir stemmen des scho. Irgendwie.»

Aber ihre Worte beruhigten mich keineswegs, denn Rosi kam wutschnaubend wieder hereingefegt. «Der Arsch will mir kein Urlaub genehmigen! Des wird dem fei noch leiddun!»

Mir tat im diesem Augenblick auch einiges leid. Ich verabschiedete mich wortlos und ging in mein Arbeitszimmer zurück.

Dort geigte ich Herrn Kraus, Herrn Beyer und Herrn Haas stundenlang die Meinung. Auch Christian und Gustl kriegten ihr Fett ab, und ich drohte, alle zusammen in einen Sack zu stecken und diesen im nächsten Fluss zu versenken.

Natürlich wusste keiner der Herren von meiner Gewaltbereitschaft, denn das Ganze lief ja nur in meinem Kopf ab und tangierte sie kein bisschen.

Kraus hatte wahrscheinlich noch nicht einmal erfahren, dass ich angerufen hatte. Das Arschgesicht.

Schnaufend legte ich die Farben für das Logo einer Kinderwebsite an, als jemand hinter mir in der Tür stand. «Was ist denn jetzt schon wieder?», fauchte ich. «Könnt ihr mich nicht einmal im Leben in Ruhe arbeiten lassen?»

Ich drehte mich um und sah noch einen Zipfel von Maries Kleid. «Oh, entschuldige!» Ich rannte in den Flur. «Ich wusste nicht, dass du schon zu Hause bist!»

Ich fand sie in ihrem Zimmer, wo sie mit einem verschlossenen Gesichtsausdruck auf dem Bett saß. «Bitte verzeih mir», sagte ich und nahm ihre Hand. «Hier war heute schon derart die Kacke am Dampfen, dass ich echt nicht mehr weiß, wo mir der Kopf steht.»

«Ist schon okay», murmelte sie, aber ihr Gesicht sagte etwas ganz anderes. «War nicht so wichtig.»

«Alles, was dich angeht, ist wichtig», sagte ich. «Gab es etwas in der Schule? Oder ist was mit Mario?»

Marie schüttelte unwillig den Kopf. «Ist egal. Echt.»

Dann stand sie auf und quetschte sich an mir vorbei zum Schreibtisch. «Ich mach mal Hausaufgaben.»

Ich blieb noch eine Weile auf ihrem Bett sitzen, aber sie sprach nicht mehr mit mir. Konnte es eigentlich noch schlimmer werden?

Dreiundzwanzig

Die Vorhersage für Dienstag, den 15. Juli:
Eine Katastrophe sorgt für ein umfangreiches Tief, im weiteren Verlauf muss mit Verzweiflung gerechnet werden.

Am nächsten Morgen stand ich früh auf, holte frische Brötchen und stellte ein paar Blumen auf den Küchentisch.

«Marie! Frühstück ist fertig!»

Als sie nach zehn Minuten noch nicht erschienen war, ging ich hoch und klopfte vorsichtig an ihre Zimmertür. Keine Antwort. Ich öffnete die Tür einen Spalt.

«Der Zimmerservice ist ...» Weiter kam ich nicht, denn Marie war nicht da. Mit zwei Schritten stand ich vor dem gemachten Bett. Es war kalt, und auch sonst wies nichts darauf hin, dass sie hier geschlafen hatte.

Auch im Bad keine Marie.

War sie aufgestanden, während ich beim Bäcker gewesen war? Ich rannte auf die Straße, dann in den Garten. «Marie? Marie!!»

Keine Antwort. Ich stürmte in die Küche zurück, wählte ihre Handynummer. Die Mailbox sprang an.

Mein Herz raste, und mein Mund war trocken vor Angst. Wo war sie?

Gundi! Genau. Sie war bestimmt bei Gundi und heulte sich über ihre bescheuerte Mutter aus. Aber ich würde alles wiedergutmachen. Alles. Alles, alles, alles, nur bitte sei da!

Ich zwängte mich durch das Gartentürchen und stellte

231

mich vor das Küchenfenster. Meine Nachbarin las seelenruhig die Zeitung und trank ihren Kaffee. Als sie mich sah, öffnete sie die Tür. «Was is los? Du schaust ja aus wie a G'spenst.»

«Ist Marie bei dir?»

Sie schüttelte den Kopf. «Gestern war's amol kurz da, aber heut hab ich se noch ned g'sehen.» Sie musterte mich eindringlich. «Habt's euch gestridd'n?»

«Nein», sagte ich. «Das heißt, nicht direkt. Ich war gestern so genervt von allem, dass ich sie aus Versehen angeschnauzt habe. Und als ich sie vorhin zum Frühstück wecken wollte, war sie weg.»

«Des hat nix Schlimmes zu bedeud'n», beruhigte Gundi mich. «Vielleicht hat se ...»

«Genau!», rief ich. «Vielleicht hat sie bei Mario übernachtet!»

Ich rannte durch den Garten zurück nach Hause. Als ich im Flur war, klingelte es, und ich flog zur Tür. «Marie!!!»

Mario wich erschrocken zurück. «Nein, Mario!»

«Weißt du, wo Marie ist?», sprudelte es aus mir heraus. «War sie heute Nacht bei dir, oder habt ihr ...»

Mario sah mich verwirrt an, und als ich kapierte, dass er genauso wenig wusste wie ich, sackten mir die Beine weg, und ich setzte mich auf die Truhe neben dem Eingang.

Mario schloss die Tür hinter sich und holte mir stumm ein Glas Wasser.

«Trink mal», sagte er leise. «Und dann überlegen wir uns, was wir machen können.»

Da fing ich an zu weinen.

Als ich mich etwas erholt hatte, erzählte ich ihm, was vorgefallen war. Mario hörte sich alles an und nickte.

«Meine Mutter hat die Marie voll gemobbt», sagte er dann. «Hat sie immer wieder blöd angequatscht, weil sie glaubt, dass Marie schuld dran ist, dass ich mich schmink und kein Fleisch mehr esse und so. Dabei ist das totaler Quatsch, ich hab schließlich auch noch einen eigenen Willen. Aber meiner Mutter passt es nicht, wenn jemand was anders macht, als sie es gut findet.»

«Also doch deine Mutter. Ich war ja schon drauf und dran, mit ihr zu reden, aber Marie wollte nicht, dass ich mich einmische.» Ich schniefte.

«Schade», sagte Mario. «Vielleicht hätte es was genützt.» Er kaute nervös an seinem Daumennagel herum. «Ich ruf mal Frank und Robbi in der Schule an, ob Marie da ist.»

«Oh Gott, die Schule!», rief ich panisch. «Es ist schon Viertel vor! Soll ich dich schnell mit dem Auto hinfahren?»

Mario schüttelte seine Schnittlauchmähne. «Ich bleib da, bis wir sie gefunden haben.»

Seine Nachforschungen verliefen alle im Sand. Mario wich nicht von meiner Seite. Dafür war ich ihm unendlich dankbar, hatte aber auch Bedenken.

«Deine Mutter wird nicht erfreut sein, wenn sie hört, dass du bei mir herumhängst, statt in die Schule zu gehen.»

«Des stimmt. Aber bei uns ist es auch höchste Zeit für einen Knall. Sonst versteht sie ja nie, dass es so nicht weitergeht.»

Ich schluckte. Auch, hatte er gesagt. Auch Zeit für einen Knall – wie bei uns. Weil es so nicht weiterging.

Mario sah mich verständnisvoll an. «Lass sie halt ein bisschen in Ruhe, bis sie sich sortiert hat. Die meldet sich schon, wirst sehen. Und dann wird alles wieder gut.»

Woher nahm der Knabe nur diese Weisheit? Diesmal ging ich zum Heulen in den Garten.

Auch in der Schneiderei lagen die Nerven blank. Claudia tauchte gar nicht erst auf, aber Leni, Rosi und Bärbel arbeiteten verbissen vor sich hin. Rosi verschwand jedoch um zwölf zu ihrem Job. Und Leni ging noch früher, damit ihr Mann nicht wieder mit Essen um sich warf.

«Ich weiß ned, wie des werr'n soll», seufzte Bärbel, als sie nach dem Abgang der beiden in der Küche vorbeischaute. «So kriegen mir den Aufdrag niemals ferddig.»

«Dann eben nicht», sagte ich. Die Schnepfenklamotten waren mir im Moment komplett egal. Sollte Kraus mich doch verklagen, einer nackten Frau konnte er sowieso nicht in die Tasche greifen. Auch wenn er das in Berlin nur zu gerne gemacht hätte …

Bärbel sah mich forschend an. «Mach dir ned so an Kopf wegen der Marie», sagte sie. «Unser Julian is in dem Alder auch amol abgehauen. Nach zwei Dagen war der wieder da. Dreggig, aber g'sund.»

Zwei Tage! Die würde ich definitiv nicht überstehen.

Gegen fünf hielt ich es nicht mehr aus und rief Volker an.

«Ja, Marie ist vor einer Stunde bei mir aufgetaucht», polterte er. «Und nein, sie will nicht mit dir sprechen!»

Mir fiel ein ganzes Gebirge vom Herzen. Meine Tochter war wohlbehalten in Berlin!

«Hab ich dir nicht gleich gesagt, dass dieses Kuhkaff nichts für Marie ist?», tobte Volker weiter. «Aber nein, du hörst ja nie zu. Hast nur deine eigenen Bedürfnisse im Kopf und merkst nicht, dass meine Tochter auf der Strecke bleibt. Typisch!»

Marie war am Leben, Marie war gesund. Alles andere interessierte mich im Augenblick nicht.

«Ich melde mich wieder», sagte ich leise. «Und grüß Marie bitte von uns allen.» Dann legte ich auf. Und ließ meinen Tränen zum dritten Mal freien Lauf.

Nach dieser Nachricht war endgültig die Luft raus. Gähnend saß ich mit Bärbel, Gundi und Mario in der Küche. Gundi hatte uns einen köstlichen Gemüseauflauf serviert, und ich war von Beruhigungstee auf Beruhigungsbordeaux umgestiegen. Ich fühlte mich, als hätte ich einen Hundertkilometermarsch hinter mir.

«Geh ins Bett, Madla», sagte Gundi, als ich vom Gähnen fast Maulsperre bekam. «Ich kümmer mich scho um alles, und du schläfst dich jetzt erst amol aus. Keine Widerrede!»

Vierundzwanzig

Die Vorhersage für Mittwoch, den 16. Juli:
Ein starkes Gewitter sorgt für Klartext. Im Lauf des Tages ziehen wieder Missverständnisse auf.

Am nächsten Morgen wachte ich wie immer um sechs auf und fühlte mich wie gerädert. Irgendwas war gewesen.

Marie!

Noch einmal lief der gestrige Tag wie ein Horrorfilm in meinem Kopf ab. Bis ich mir ins Gedächtnis rief, dass es ein Happy End gab. Marie war in Berlin, und bald würden wir uns zusammensetzen und alle Probleme aus der Welt schaffen. Hoffentlich.

Ich wälzte mich aus dem Bett, schlurfte müde den Flur entlang und öffnete die Tür zur Kinderstube. «So, ihr Lieben, jetzt gibt es …»

Moment mal.

«Krauli? Krauli!!» Weit und breit keine Katze, keine wuselnden Kätzchen. Nicht mal ein fernes Miauen.

Ich kniete mich auf den Boden und schaute unter das Bett, unter die Kommode, hinter die Vorhänge. Nichts. Zum zweiten Mal stand ich in einem Zimmer, dessen Bewohner einfach abgehauen waren. War ich so schrecklich, dass es nicht mal die Katzen bei mir aushielten?

Niedergeschlagen ging ich hinunter in die Küche, wo es sich zu meiner großen Überraschung Gundi mit Zeitung und Kaffee gemütlich gemacht hatte.

«Die Katzen sind verschwunden!», sagte ich traurig. «Alle weg!»

Gundi stellte ihre Tasse ab und schüttelte den Kopf. «Ah wa, die sinn scho ned weg.»

«Ach ja? Und wo sind sie dann?»

«Katzenmüdder verschlebbn manchmal des ganze Nest, wenn ihnen was ned basst», sagte Gundi. «Hammer gleich!»

Wir suchten alle Zimmer systematisch ab, aber Krauli & Co waren wie vom Erdboden verschluckt.

«Zeit für an Drick.» Gundi drückte mir eine halbvolle Dose Katzenfutter und eine Gabel in die Hand. «Immer schee gegen den Dosenrand schlagen», sagte sie. «Des hat der Hubbert früher immer g'macht, um die Katz zu logg'n.» Sie nahm eine Schachtel Trockenfutter aus dem Regal, schüttelte sie rhythmisch und ging dabei im Flur auf und ab. Ich folgte ihr und klopfte gegen die Futterdose.

«Cat-Percussion», sagte sie grinsend. «Damit könnt mer glatt im Fernsehen auftreten.»

Ich hoffte inständig, dass niemand überraschend zur Tür hereinkommen würde. Immerhin war ich noch im Schlafanzug und hatte ein Vogelnest auf dem Kopf. Die Chance, sofort eingeliefert zu werden, war immens groß.

Gundi schwenkte ab in den Schnepfensaal. Plötzlich blieb sie stehen und lauschte. «Hörst du des auch?»

Tatsächlich! Ein leises Maunzen kam aus Richtung Bühne. Ich rannte zur Bühnentreppe, schob den staubigen Vorhang zur Seite, und: Da waren sie. Krauli hatte ihre Jungen auf das Podest geschafft und es sich mitten im Chaos in einer Altpapierkiste gemütlich gemacht. Direkt unter dem angeschossenen Jäger.

«Na, was hab ich g'sagt? Die sinn bloß a weng umgezogen.» Gundi grinste breit. «Aber eins muss mer der Katz fei lassen. In Szene setzen kann se sich gut!»

Gundi wiederum konnte den besten Kaffee der Welt kochen. Sie platzierte mich mit einer großen Tasse am gedeckten Küchentisch und stellte sich an den Herd, um Spiegeleier und Speck zu braten. Meinen Einwand, dass ich so etwas unmöglich zum Frühstück essen könne, tat sie mit einer Handbewegung ab. «Etzt gibst einfach amol Ruh», sagte sie in einem Ton, der keine Widerrede duldete.

Was ich dann auch tat. Um festzustellen, dass sich das verdammt gut anfühlte.

Meine Lieblingsnachbarin war gerade durch die Küchentür verschwunden, als ich die Schnepfen hereinkommen hörte. Claudia führte das Wort, und in meinem Kopf zogen Gewitterwolken auf. Gestern war ich zu kaputt gewesen, um sie zur Rede zu stellen, aber jetzt war die Zeit reif. Überreif.

«Kann ich dich mal einen Moment sprechen, Claudia?» Immer schön höflich bleiben.

«Was gibt's denn?»

«Ich hatte Marie zwar versprochen, mich nicht einzumischen, aber jetzt würde es mich schon mal interessieren, was dich dazu berechtigt, so über meine Tochter herzuziehen, dass sie abgehauen ist?»

«Etzt soll ich schuld sei, dass dei Dochter verschwunden is?» Claudia verschränkte die Arme und sah mich trotzig an.

«Teilweise!» Ich spürte, wie die anvisierte Höflichkeit Platz machte für eine Menge aufgestaute Wut.

«Marie sieht vielleicht anders aus als der Durchschnitt und weigert sich, tote Tiere zu essen. Aber sie hat eine eigene Meinung, macht sich ihre eigenen Gedanken und zwingt niemanden, ihr irgendetwas nachzumachen.»

Ich holte tief Luft.

«Des is noch lang ka' Grund, dass du –», versuchte Claudia dagegenzuhalten, aber ich war gerade zu gut in Fahrt, um sie ausreden zu lassen.

«Dass ich hier was? Dass ich dauernd für euch den Karren aus dem Dreck ziehe? Da hast du recht. Damit sollte ich unbedingt aufhören! Ihr macht hochtrabende Pläne, aber durchdacht habt ihr gar nichts. Und sobald es schwierig wird, liegt ihr wie die Maikäfer auf dem Rücken. Auch jetzt wieder: Die Kerle machen daheim Zoff, und schon stehen die, die das Maul immer am weitesten aufreißen, nämlich du und Leni, brav am Herd, während Rosi und Bärbel sich krumm und buckelig schaffen. Es ist zum Kotzen!»

Ich spürte, wie eine 1-a-Hitzewallung sich ankündigte, aber auch die konnte mich nicht bremsen. «Ich gebe euch einen Rat: Schaut bloß, dass ihr diesen verdammten Auftrag auf die Reihe kriegt. Ich bezahle nämlich keinen Cent, wenn dieser Kraus euch drankriegt.»

«Ja, aber, mir können doch auch nichts dafür, dass …», machte Claudia noch einen zaghaften Verteidigungsversuch.

«Das kannst du deinem Friseur erzählen!» Ich wollte noch weiter ausholen, aber die merklich geschrumpfte Claudia wurde von Rosi und Leni in den Saal gezogen. Nur Bärbel blieb noch kurz bei mir stehen.

«Hast vollkommen recht, Nina!», sagte sie. «Höchste Zeit, dass du dich wehrst!»

Nach diesem Ausbruch nahm ich mir alle Zeit, mir etwas Gutes zu tun. Ich duschte ausgiebig und rasierte mir sorgfältig die Beine. Anschließend cremte ich mich mit der Rosenlotion ein, die ich für besondere Gelegenheiten aufsparte. Denn heute war eine besondere Gelegenheit, dachte ich. Irgendwie.

Es war warm genug, um meine Haare an der Luft trocknen zu lassen. Ich schlüpfte in knielange Leggins und ein geblümtes Trägerkleid und hängte mein Bettzeug am Fenster in die Sonne. Im Garten summten die Insekten. Phlox und Rittersporn standen jetzt in voller Blüte, und das Gemüse gedieh dank Bärbels fachkundiger Hilfe prächtig. Ich genoss die friedliche Ruhe, bis im Kirschbaum eine Amsel loszeterte.

Den Grund dafür entdeckte ich sofort: Krauli machte mit ihren Kleinen einen ersten Ausflug in den Garten.

Meine Augen brannten plötzlich. Marie hätte sich über diesen Anblick auch sehr gefreut. Ohne sie war die ganze Landidylle doch für die Katz ...

Ich beschloss, Elke anzurufen. Vielleicht hatte sie schon mit Marie gesprochen.

«Nee, sie war nicht in der Agentur, und Volker, dieser Blödmann, hat mir auch nichts von der ganzen Sache erzählt», zischte Elke. «Aber mach dir keine Sorgen! Ich kriege schon raus, wie es ihr geht, und sag dir dann sofort Bescheid.»

«Falls du sie sprichst, richte ihr bitte aus, dass es mir unendlich leidtut», sagte ich. «Sag ihr, dass ich sie schrecklich vermisse.»

«Mach ich», sagte Elke. «Kopf hoch, Nina. Das wird schon wieder.»

Als ich später in die Küche hinunterging, standen Rosi und Bärbel plötzlich in der Tür.

«Was ist los?»

Rosi zog die Schultern hoch. «Die Blusen werr'n mir schaffen, aber mit die Röck werd's gnabb … Und was mit dene Fräggla werr'n soll, wiss mer überhaupt ned.»

Ich schluckte. Schon bei dem Gedanken an die einzige Lösung, die mir dazu eingefallen war, drehte es mir fast den Magen um. Aber was blieb mir anderes übrig? Ich wollte unter allen Umständen verhindern, dass Kraus mich in die Pfanne haute. Den Triumph gönnte ich ihm einfach nicht.

«Hört mal zu», sagte ich zögerlich. «Ich werde noch einmal meinen Ex um Hilfe bitten. Soviel ich weiß, hat er in Berlin einige Heimarbeiterinnen an der Hand, auf die man sich verlassen kann.»

Bärbel umarmte mich spontan. «Du bist ein Schatz!»

Im Arbeitszimmer wählte ich beklommen die Nummer, die ich auswendig kannte.

«Ich habe dir doch schon gesagt, dass meine Tochter nicht mit dir sprechen will», giftete mein Ex mir ins Ohr. «Machst du jetzt auf Telefonterror?»

«Volker, bitte», sagte ich. «Die Sache mit Marie geht mir richtig an die Nieren, das kannst du glauben. Ich hoffe, dass ich bald alles mit ihr klären kann, aber ich weiß, dass sie noch Zeit braucht. Jetzt rufe ich wegen eines anderen Problems an.» Ich holte tief Luft. «Und du bist meine letzte Rettung.»

So. Es war raus.

Am anderen Ende der Leitung war Stille. Solche Töne war Volker von mir nicht gewohnt.

«Das wird ja noch zur Dauereinrichtung», sagte er barsch, aber ich hörte heraus, dass er ziemlich geschmeichelt war. «Was ist denn jetzt schon wieder los?»

Ich sagte es ihm. Volker stöhnte.

«Das ist dann aber definitiv das letzte Mal, dass ich mich um diese altbackene Provinzscheiße kümmere. Ich ruiniere mir noch meinen guten Namen. Bis wann brauchst du die Teile?»

«In anderthalb Wochen.» Abgabe war in gut zwei Wochen, aber ein bisschen Puffer war nicht verkehrt.

«Auch noch Termindruck», schnauzte Volker. «Schick mir sofort Fotos und den Schnitt, sonst kannst du es vergessen.»

«Kein Problem», sagte ich. «Ich maile dir zur Sicherheit schon mal alles rüber. Stoff und Schnitt kommen morgen per Express.»

Ich bedankte mich überschwänglich, und dann schmiss Volker den Hörer auf die Gabel. Puh!

Den Schnepfen, die mit angespannter Miene auf das Ergebnis des Gesprächs gewartet hatten, war die Erleichterung ins Gesicht geschrieben.

«Jetzt darf aber nichts mehr schief gehen», sagte ich. «Ihr packt bitte den Stoff für die Röcke wasserdicht ein, und ich scanne die Fotos und den Schnitt. Habt ihr die richtigen Größen fertig?»

Leni nickte. «Dangge», sagte sie leise.

Rosi drückte mir den Schnitt und eine Mappe in die Hand. «Da sinn die Foddos und die Liste. Wie viel Deile in welcher Größe mir brauchen, des steht alles drauf.»

«Dann kümmere ich mich gleich darum», sagte ich. «Und ihr könnt euch jetzt voll auf die Blusen konzentrieren.»

Nur die verdammten Fräggla, die lagen immer noch quer. Jetzt durfte allmählich echt mal ein Wunder passieren.

Den Schnitt zum Mailen vorzubereiten war eine heikle Angelegenheit, da ich ihn nicht im Ganzen auf den Scanner bekam. Ich arbeitete hochkonzentriert und verglich immer wieder akribisch die Vorlage mit der fertigen Datei. Noch schnell die Fotos dazu ... fertig. Ich sah auf die Uhr. Gleich eins, Zeit, Mittagessen zu kochen. Ich speicherte die Dateien und war in Gedanken schon bei der Menüplanung, als mir siedend heiß einfiel, dass Marie heute nicht nach Hause kommen würde. Und morgen und übermorgen auch nicht.

«Reiß dich zusammen, Nina», sagte ich mir, als die trübsten Gedanken sich wieder verzogen hatten. «Davon kommt Marie auch nicht schneller zurück. Kümmere dich lieber um das, was ansteht.»

Niedergeschlagen griff ich zur Maus und öffnete das Mailprogramm. Ich schrieb Volker ein paar Zeilen, hängte die Dateien an und drückte auf Senden.

Danach starrte ich eine Weile aus dem Fenster, bis das Pling einer eingehenden Mail mich aus meinen trüben Gedanken riss.

Volker hatte geantwortet:

Du hast von einem ROCK gesprochen, aber eine ganze Menge Entwürfe geschickt. Was denn nun?

Was? Ich überprüfte, was im Gesendet-Ordner stand, und langte mir an die Stirn. Ich Trottel hatte ihm den Ordner mit den Entwürfen für meine Wechseljahre-Wohlfühlmode geschickt. Verdammter Mist!

Ich schrieb ihm schnell zurück:

Entschuldige, hier sind die richtigen Dateien. Der Rest
hat nichts damit zu tun, bitte sofort löschen.

Bärbel war als Einzige noch in der Schneiderei, als ich hin-
unterkam. Sie sah mich fragend an, ich nickte nur.

«Hier ist der Schnitt zurück», sagte ich. «Wenn du den
noch dazupackst, bringe ich das ganze Paket in Pegnitz zur
Post. Ich muss dringend mal hier raus.»

Fünfundzwanzig

Die Vorhersage für Dienstag, den 22. Juli:
Nach extremer Blauäugigkeit kommt es immer wieder zu Aha-Erlebnissen, auf deren Rückseite eine längst fällige Denkpause einfließt.

In den folgenden Tagen igelte ich mich völlig ein. Die Schnepfen, soweit sie anwesend waren, ließen mich in Ruhe, und ich war froh darüber. Gundi kam morgens zum Zeitunglesen und passte auf, dass ich ordentlich frühstückte. Sie lud mich jeden Tag zum Abendessen ein, und wann immer ich ablehnte, stand stattdessen ein Topf mit Essen auf dem Herd.

Gustl sah ich ab und zu in seinem Hof herumwerkeln. Wenn er in meine Richtung blickte, zog ich mich schnell zurück. Vielleicht hatte Gundi ihm gesteckt, dass ich Ruhe brauchte, vielleicht wusste er es auch von sich aus. Jedenfalls hielt er sich taktvoll fern.

Mario verbrachte viele Nachmittage im Gasthof. Manchmal brachte er Frank und Robbi mit, die anderen beiden Mitglieder der Band Elf Crab, die sie im April gegründet hatten. Sie übten ein wenig, aber ohne Marie schien es ihnen keinen rechten Spaß zu machen. Meistens saß Mario allein in Maries Zimmer und hörte Musik, oder er spielte mit den Kätzchen, die inzwischen schon im ganzen Haus herumliefen. Ich ließ ihn. Marie hatte sich auch bei ihm nicht gemeldet, und ich konnte sehen, dass er darunter litt.

Die Frauen arbeiteten auf Hochtouren, und ich erledigte meine Jobs wie ein Roboter.

Die letzten Fenster wurden ausgetauscht. Christian ließ sich kein einziges Mal blicken, aber sogar das war mir inzwischen egal. Mich interessierten nur noch Elkes Berichte aus Berlin, und es war, als würde die Lücke, die Marie hinterlassen hatte, von Tag zu Tag größer.

So plätscherten die Tage eintönig dahin, bis die Post einen Schwung Rechnungen brachte, der mich auf den Boden der Realität zurückholte. Auf meinem Konto herrschte bedrohliche Ebbe, und es wurde Zeit, dass ich meine Auslagen für die Fashion Week und die Sache mit der Saalmiete endlich zur Sprache brachte.

«Kommt ihr gut voran?»

Die Schnepfen nickten wie die Wackeldackel, und Bärbel hielt eine eben fertig gewordene Bluse hoch. «Läuft wie am Schnürchen. Und bei dir?

«Ganz gut.» Ich setzte mich auf einen freien Stuhl und musterte die Frauen. «Aber ich habe eine dringende Frage. Ihr erinnert euch doch sicher noch an unsere erste Nacht im Feuerwehrhaus, oder?»

«Oh ja», kicherte Rosi. «Ganz zu schweigen von dene Kopfschmerzen am nächsten Morgen!»

«Und in diesem Gespräch war die Rede davon, dass ihr mir Miete zahlen wolltet.»

Der heiteren Stimmung ging auf der Stelle die Luft aus, es wurde ganz still im Saal.

«Gilt dieses Versprechen noch?»

Die Frauen guckten, als würden sich die Kopfschmerzen von damals wieder bemerkbar machen.

«Na ja», begann Leni. «Glaar, abg'macht ist abg'macht. Bloß im Augenblick haben mir's ned besonders dick.»

«Ich leider auch nicht», sagte ich freundlich. «Aber die Handwerker wollen ihr Geld, und ich hatte die Miete fest eingeplant. Das könnt ihr sicher verstehen, oder?»

Zaghaftes Nicken.

«Was ich aber wirklich gleich brauche, sind die Gebühren, die ich euch für die Messe vorgestreckt habe», sagte ich. «Und für das Paket nach Berlin.»

Als ich die bedrückten Gesichter sah, schrieb ich die Benzinkosten für die Berlin-Fahrt gleich im Stillen ab. Immerhin hatte ich dort Elke wiedergesehen, also hatte ich ja auch etwas davon gehabt.

Die Schnepfen sagten immer noch nichts.

«Wenn'st mir dei Bankverbindung gibst, überweis ich des noch heut'», sagte Claudia nach einer Weile.

«Okay.» Ich kritzelte die Angaben auf ein leeres Blatt und reichte es ihr. «Und macht euch bitte bald Gedanken über die Miete.»

Ich ging an meinen Schreibtisch zurück und wurde immer wütender, je länger ich über die Angelegenheit nachdachte. Am Ende hätte ich mich am liebsten geohrfeigt. Wie konnte ich nur immer glauben, was andere leichtfertig versprachen?

«Als hätte ich in all den Jahren mit Volker nichts dazugelernt», brummte ich wütend.

Volker. Verdammt, der hatte auch nichts mehr von sich hören lassen. Im nächsten Augenblick hatte ich ihn am Telefon, gut gelaunt wie seit Ewigkeiten nicht mehr.

«Mensch, Nina, ich wusste gar nicht, was für ein Naturtalent du bist!», rief er fröhlich.

Hallo? War der besoffen? Bekifft?

«Wie meinst du das?»

«Na, diese komischen Wickelteile von dir. Da passt ja alles perfekt zusammen. Echt der Hammer!»

Mir kam ein schrecklicher Verdacht. «Du solltest diesen Rock nähen lassen und meine Sachen löschen. Das hatte ich dir doch ausdrücklich geschrieben!»

«Vergiss diese bescheuerten Röckchen. Ich maile dir gleich mal ein paar Fotos. Du wirst froh sein, dass ich mich erst mal um den Rest gekümmert habe!»

Im nächsten Moment wusste ich, was er gemeint hatte. Wie vom Donner gerührt saß ich vor dem Monitor und starrte fassungslos auf die Modelle, die er nach meinen Entwürfen hatte fertigen lassen.

«Und, was sagst du?»

Ich konnte mich gar nicht so richtig entscheiden. *Du widerliches Egoistenschwein? Du übergriffige Pottsau?!*

«Jetzt sei bloß nicht eingeschnappt, Nina!», sagte Volker gönnerhaft. «Deine Ideen waren schon ganz gut, aber ich werde das Ganze für die nächste Saison richtig professionell ausarbeiten lassen. Ich habe schon eine tolle Location für die Präsentation im Auge.»

Wie betäubt scrollte ich die Mail herunter. Weitere Modelle erschienen auf dem Schirm. Meine Modelle.

Volker redete währenddessen weiter, als hätte er persönlich das Rad neu erfunden. «Ich habe eine Liste von Kunden zusammengestellt, die ganz verrückt nach solchen Kombi-Teilen sind. Das wird ein Knüller, auch finanziell. Ich würde sagen, wir machen zwanzig zu achtzig.»

«Achtzig Prozent für mich?»

Volker lachte. «Meine Nina, naiv wie eh und je! Nein, nein, die achtzig Prozent gehen natürlich an den, der die Fäden zieht.»

Dazu fiel mir erst mal nichts mehr ein. Außer dass ich diese Fäden zu einer reißfesten Schnur zusammenflechten, um seinen Hals legen … und langsam zuziehen wollte.

Nachdem wir das Gespräch beendet hatten, wurde ich ruhig. Sehr ruhig.

«Jetzt reicht's», sagte ich zu mir selbst. «Jetzt könnt ihr mich alle mal kennenlernen.»

Zum Nachdenken brauchte ich Abstand. Ich packte eine Flasche Wasser und einen Notizblock in meine Umhängetasche, schlüpfte in bequeme Schuhe und lief los.

Ich folgte dem Feldweg, ging zwischen blühenden Wiesen und Getreidefeldern entlang bis zum Waldrand. Nach einem ordentlichen Anstieg und weiterer Fußmarsch war ich am Ziel: Von hier aus hatte man einen großartigen Blick auf das Tal, in dessen Mitte sich die Wiesach wie ein glitzerndes Band entlangschlängelte. Über mir kreiste ein Bussard, und ganz aus der Ferne hörte ich leise das Brummen eines Mähdreschers.

Ich streckte mich. Ja, dies war der Ort, an dem ich mir mein Leben zurückholen würde.

Vor der verwitterten Felswand auf der Rückseite des Plateaus stand eine Holzbank. Ich zog einen Stein für die Füße heran, machte es mir bequem und holte Block und Stift hervor.

Als Erstes listete ich jeden einzelnen Umstand auf, mit

dem ich unzufrieden war. In die nächste Spalte schrieb ich, wie die jeweilige Situation aussehen müsste, um mich glücklich zu machen.

Immer wieder hielt ich inne, sah den Wolken bei ihrer Wanderung am sommerblauen Himmel zu und dachte nach. In der trägen Wärme des Nachmittags sortierte ich meine Wünsche. Und dann meine Möglichkeiten. Erstaunlicherweise gab es eine ganze Menge Spielraum, jetzt, wo ich endlich keine Angst mehr hatte, alles zu verlieren …

Weil ich endlich das gefunden hatte, was ich bisher weitgehend übersehen hatte: mich.

Sechsundzwanzig

Die Vorhersage für Mittwoch, den 23. Juli:
Dank neuer Erkenntnisse kommt mutige Stimmung auf, in deren Verlauf vieles geklärt wird.

Gundi sah mich erstaunt an, als ich mit einem fröhlichen «Guten Morgen» in die Küche kam, die Pfanne auf den Herd stellte und anfing, ein Omelette Nina für uns zu zaubern.

«Hast du was gedrungg'n?», fragte sie misstrauisch und schielte nach der Flasche Rotwein, die auf der Anrichte stand.

Ich schüttelte den Kopf. «Ich habe zur Abwechslung mal über mich nachgedacht. Und da oben aufgeräumt.» Ich tippte mir an die Stirn. «Das haut mehr rein als der beste Bordeaux!»

Nach dem Frühstück und einer ausgiebigen Spielrunde mit den jungen Kraulis ging ich in mein Arbeitszimmer. Auf dem Weg blieb mein Blick an Huberts bescheuertem Mutterspruch hängen: *Drückt dich ein Weh, zur Mutter geh, und sag es ihr, gern hilft sie dir.*

Ich schnappte mir die Stickarbeit und hängte sie über meinem Schreibtisch an die Wand. Und zwar so, dass ich sie richtig gut im Blick hatte.

«Pass auf, Hubert», sagte ich. «Ich habe das bisher immer falsch verstanden, aber jetzt hab ich es kapiert. Ich bin Mutter. Und ab jetzt helfe ich mir selber. Ich! Mir! Einverstan-

den? Und jetzt probiere ich gleich mal aus, wie das klappt.»
Ich griff mit Todesverachtung zum Telefon und wählte mit
klopfendem Herzen die Nummer einer Redakteurin.

«Guten Tag, hier ist Nina Lindner», meldete ich mich.
«Ich rufe wegen des Logos an, das Sie für Ihre Kinderseite in
Auftrag gegeben hatten.»

«Ach ja», sagte Frau Geisler. «Und? Kommen Sie gut voran?»

«Im Prinzip ja», sagte ich. Los, Nina, spuck es aus! Dann
hilfst du dir. Ich holte tief Luft. «Aber hier im Haus bricht
gerade alles zusammen, und ich wollte Sie fragen, ob ich die
Entwürfe vielleicht etwas später schicken könnte.»

«Das ist gar kein Problem», sagte Frau Geisler freundlich.
«Die Leute, die letztlich die Entscheidung treffen müssen,
sind im Augenblick sowieso auf einer Messe. Schaffen Sie es
denn bis zum vierten August?»

Über eine Woche Terminaufschub! Ich schaute ungläubig auf den Hörer. «Ja», stammelte ich. «Da-das schaffe ich
locker!»

«Dann viel Erfolg bei der Arbeit», sagte Frau Geisler. «Und
hoffentlich lösen sich die anderen Probleme auch bald wieder!»

Mit einem breiten Grinsen legte ich auf und schaute auf
den Spruch.

«Hubert», sagte ich stolz. «So rum funktioniert es!»

Nächste Baustelle? Ich konsultierte meine Liste. Die leidigen Fräggla. Gestern vor dem Einschlafen war mir dazu die
entscheidende Idee gekommen.

Doch bevor ich die Nummer von Moda Elongata wählen
konnte, klingelte mein Telefon. Gedankenübertragung?

252

«Hier Graus. Mei Seggredärin hat mir an Zeddl hing'legt, dass Sie am Montag letzter Woche angerufen hamm. Dann hamm Sie sich aber nimmer gemeldet. Es is wohl alles in Ordnung mit meiner Bestdellung?»

Ich schloss die Augen und sah ihn vor mir: Lippen lutschend und süffisant lächelnd. Aber ich gab ihm eine letzte Chance.

«Herr Kraus, hier läuft alles wunderbar. Nur der Stoff für die Bolero-Jäckchen, den Sie auf der Messe gesehen haben, ist wirklich nicht mehr lieferbar. Wir haben wirklich alles versucht, und jetzt einen nahezu iden–»

«Ich hab Ihnen scho g'sagt, dass ich des ned akzepdier!», unterbrach mich Herr Kraus. «Sie hamm was unterschrieb'n, und ich muss drauf bestehen, dass ich des auch so krieg wie vereinbart.»

«Gut. Dann schlage ich vor …» Ich machte eine längere Pause. «… dass ich die Sache mit Ihrer Frau bespreche. Es sei denn, sie ist schon wieder im Heim und erkennt niemanden.»

Dazu fiel Herrn Kraus im ersten Moment gar nichts ein, und ich stellte mir vor, wie seine Zunge turbomäßige Überstunden schob.

«Der Zeddl war ned von meiner Seggredärin?»

«Nein. Dafür hatte ich eine außerordentlich nette Unterhaltung mit Ihrer Gattin», sagte ich zuckersüß. «Und nun schlage ich Ihnen zum letzten Mal vor, den anderen Stoff zu nehmen, damit wir rechtzeitig liefern können.»

«Wie Sie woll'n», sagte Herr Kraus kleinlaut.

Na, ging doch!

Nun kam es nur noch auf das Finale an. Zur Einstimmung schaute ich nochmals auf den Spruch an der Wand.

Danach führte ich einige konspirative Gespräche.

In der Schneiderei liefen die Maschinen auf Hochtouren. «Es gibt schlechte Neuigkeiten», sagte ich und erzählte, was Volker sich geleistet hatte.

«So a Sau», war Lenis Kommentar. «Da kann mer dir nachdräglich fei noch zur Scheidung graddulieren.»

«Danke. Aber was wollt ihr jetzt machen?»

«Durchmachen», sagte Rosi lakonisch. «Oder hat jemand an besseren Vorschlag?»

Es war Leni und Claudia anzusehen, dass sie den nächsten Ehekrach bereits vor Augen hatten.

«Ist die Essensfrage bei euch das Hauptproblem?», fragte ich. Sie nickten.

Ich sah Bärbel an. Sie schaute erst verständnislos zurück, aber dann ging ihr ein Licht auf.

«Der Ernst hat middlerweile a ganze Menge drauf», sagte sie.

«Meinst du, er würde mittags für alle kochen, hier im Gasthof? Geschirr und Besteck sind in Mengen vorhanden, und Platz haben wir auch genug.»

Bärbel strahlte. «Des wird ihm fei g'fallen! Und wenn er was ned weiß, kann er uns ja fragen.»

«Hoffentlich macht der Ernst gute Glöß», murmelte Leni. «Da ist der Kurt fei heikel.»

«Kann er», beruhigte Bärbel sie. «Und an Schweinebradn hat er auch schon mal hingegriecht. Nudelsoßen macht er auch, sogar vechedarische. Da kommen die Marie und der Mario ned zu kurz.»

«Womit wir beim nächsten Punkt wären», sagte ich. «Ich fahre heute Nachmittag nach Berlin, um mich mit Marie auszusprechen. Und eine andere Sache in die Wege zu leiten.» Ich sah die Frauen reihum an. «Aber dafür brauche ich eure Hilfe.»

Dann erzählte ich den Schnepfen von meinem Plan.

Zwei Stunden später stand ich mit gepackter Reisetasche in der Gaststube.

«Der Ernst find' die Idee toll», erzählte Bärbel. «Aber nervös is' er scho, schließlich hat er bisher immer bloß für uns zwaa gekocht.»

«Zur Not kann ich ihm ja a weng under die Arm' greifen», sagte Gundi, die über die jüngsten Entwicklungen bereits Bescheid wusste. «Des krieg mer schon hie!»

«Ja, des krieg mer scho hie.» Gustl hatte wieder mal gerochen, dass sich im Hause Lindner etwas tat, und war prompt erschienen. «Erpfl schälen kann ich fei gut und Zwiebel schneiden auch!»

Na toll, sollte mein Plan misslingen, konnte ich immerhin die Wirtschaft wiedereröffnen und mich als Bedienung verdingen.

«Ich muss los», sagte ich und ging zur Tür. «Macht keine Dummheiten, während ich weg bin, gell?»

«Was für Dummheiten?» Die Samtstimme, die das fragte, hatte ich schon lange nicht mehr gehört.

«Oh, der Herr Schreiner beehrt mich heute mal wieder persönlich!» Ich versuchte es auf die ironische Tour, aber als Christian mich ansah, spürte ich sofort das wohlbekannte Puddinggefühl in den Knien. So viel zu meinen neuen Vorsätzen.

«Wir machen hier eine Kantine auf, und Bärbels Mann kocht», sagte ich mit belegter Stimme.

Christian trat näher an mich heran. «Darf ich auch kommen?», fragte er leise.

Mein Gott, was wollte der Mann? Jetzt, wo ich ihn bei meiner Gefühlsinventur endgültig aussortiert hatte, kam er plötzlich wieder an und brachte meine Gefühle in Wallung, als wäre nichts geschehen. Seine Hand berührte meine, und ich zog sie nicht weg.

«Natürlich darfst du kommen», sagte ich heiser. «Jederzeit!» In. Meinem. Schlafzimmer.

«Nina!»

Ich brauchte einen Moment, um zu realisieren, dass Leni aus der Gaststube nach mir rief.

«Was?»

Sie tauchte in der Tür auf. «Beinah hädd ich's vergessen. Die Maler waren vorhin da. Die wollten wissen, ob du am Wochenend die alden Tapedn ablöst. Die können die Gaststube nächste Woch noch schnell streichen – sonst geht's erst wieder im Herbst.»

Die verdammten Tapeten! Ich hasste diese Arbeit, aber für das, was ich vorhatte, musste es hier picobello aussehen. Und ich hatte den Termin ja selbst vorhin eingefädelt.

«Sag ihnen bitte, dass ich das erledige», sagte ich. «Wenn ich wieder da bin.»

Ich warf Christian einen letzten Blick zu, dann stürmte ich hinaus.

Ich hatte gerade die Reisetasche ins Auto gepackt, als Mario und die beiden anderen Bandmitglieder von Elf Crap mit ihren Vespas in die Einfahrt knatterten. «Fährst du weg?»

«Ja, ich will nach Berlin, mit Marie reden.»

Mario sah mich bittend an. «Nimmst du mich mit?»

«Super Idee!», riefen Frank und Robbi. «Und sag ihr, dass wir sie wiederhaben wollen!»

Ich überlegte. Marie würde sich wahrscheinlich sehr über diesen Liebesbeweis freuen.

«Ich pack nur schnell ein paar Klamotten ein, das geht ganz schnell», sagte Mario und sah mich treuherzig an.

«Okay», sagte ich. «Aber nur unter der Bedingung, dass deine Mutter einverstanden ist.»

Mario war ein angenehmer Reisebegleiter. Er erzählte von seiner Vorliebe für Astronomie und Musik, und ich staunte, wie aufgeschlossen dieser Knabe vielen Dingen gegenüberstand. Von seinen Eltern hatte er das nicht.

«Weiß Marie, dass wir kommen?»

Diese Frage hatte ich eigentlich gleich am Anfang der Fahrt erwartet, aber Mario stellte sie erst, als wir Berlins Stadtgrenze bereits hinter uns hatten.

Ich schüttelte den Kopf. «Marie ist bei Elke zum Essen eingeladen. Ich hoffe, dass sie nicht sofort wieder abhaut, wenn wir auch auftauchen.» Bis zur Ausfahrt Tempelhof hing ich meinen Gedanken nach. Dann setzte ich den Blinker und verließ die Stadtautobahn. «Was meinst du?»

«Dass sie uns vor Freude um den Hals fällt.» Mario grinste. «Vor allem mir natürlich.»

«Na dann», sagte ich und lachte. Am Chamissoplatz parkte ich das Auto. «Dann kann ja nichts mehr schiefgehen.»

Wir schlüpften mit einem Nachbarn ins Treppenhaus. Mario wartete eine Etage tiefer, und ich klingelte aufgeregt im dritten Stock an Elkes Wohnungstür.

«Machst du mal auf?», hörte ich sie rufen, dann das Jaa! von Marie. Sie drückte auf den Summer und riss die Wohnungstür auf.

«Ich hab es nicht mehr ausgehalten», sagte ich leise.

Marie starrte mich an. Einen Herzschlag lang hatte ich Angst, dass sie mir die Tür vor der Nase zuschlagen würde. Dann warf sie sich mit einem Schluchzer, der aus tiefstem Herzen zu kommen schien, in meine Arme, und wir heulten beide Rotz und Wasser.

Als die Tränenflut ein wenig nachließ, kam Mario die Treppe herauf. Marie lachte und weinte gleichzeitig, als sie ihm um den Hals fiel.

«Ach, Prinzessin», sagte Mario. «Wir haben dich ganz schön vermisst. Und ich am allermeisten.»

Ich nutzte die Gelegenheit und ging in die Küche, um meine liebste Freundin ans Herz zu drücken. «Wenn ich dich nicht hätte!»

Kurz darauf saßen wir zusammen um Elkes Küchentisch und freuten uns auf die Gemüselasagne, die bereits himmlisch duftete. Elke machte eine Flasche Prosecco auf. Wir bekamen dazu Aperol ins Glas, die Kinder Johannisbeersirup. «Auf unser Wiedersehen», rief Elke feierlich in die Runde und sah dann mich an. «Und auf deinen Jahrhundertcoup!»

Marie und Mario sahen uns verdutzt an. «Haben wir was verpasst?»

«Allerdings», sagte ich und weihte die beiden unter dem Siegel der Verschwiegenheit ein.

Marie blieb über Nacht bei Elke.

«Papa ist sowieso nicht zu Hause, der merkt das gar nicht», meinte sie.

«Warst du etwa die ganze Zeit bei ihm alleine?»

Sie zuckte mit den Schultern. «Mehr oder weniger. Er ist viel unterwegs, du kennst ihn ja. Aber ich kann ja gut für mich selbst sorgen.»

«Weiß ich doch, Schatz», sagte ich. «Aber wenn du in so einem Zustand bei mir aufgetaucht wärst, hätte ich rund um die Uhr für dich da sein wollen.»

«Wie in Wiestal, oder was?», brummte Marie.

Sie hatte recht. Ich war keinen Deut besser.

«Ab jetzt wird alles anders», versprach ich. «Großes Ehrenwort.»

In dieser Nacht schlief ich so gut wie seit Wochen nicht mehr.

Siebenundzwanzig

Die Vorhersage für Donnerstag, den 24. Juli:
Im Norden ziehen sich konspirative Kräfte zusammen, die
von Süden her unterstützt werden. Gelegentlich kann es
zu Muffensausen kommen.

Am Morgen weckten mich die Sonnenstrahlen, die durch das Fenster fielen und tanzende Kringel auf die Bettdecke malten. Elke kam mit einem Handtuch um den Kopf aus dem Bad. «Kaffee?»

Wir setzten uns damit auf den üppig bepflanzten Balkon und genossen die ruhige Morgenstunde.

Um acht tauchte Marie auf, wenig später erschien auch Mario. «Wow», sagte er. «Der Ausblick ist ja voll krass. Überall nur Häuser!»

Wir lachten.

«Soll ich dir heute mal die Stadt zeigen?», fragte Marie. «Ich kenne die ganzen coolen Ecken.»

Nach dem Frühstück zogen die beiden los. Ich sah vom Balkon aus zu, wie sie Hand in Hand die Straße hinuntergingen.

An der Ecke drehte Marie sich um und warf mir eine Kusshand zu, dann waren sie verschwunden.

«Alles klar, Süße?», fragte Elke. Sie stand ausgehfertig in der Tür und hielt mir einen Fahrradschlüssel entgegen. «Der ist für dich. Ich erwarte dich heute Abend um halb neun, dann müsste die Luft rein sein.»

Wie schön Berlin im Sommer ist, fiel mir auf dem Weg zu meinem ersten Termin wieder auf. Ich machte extra einen Umweg über die Tempelhofer Freiheit, eine riesige Brache mitten in der Stadt, wo früher der Flughafen gewesen war.

Auf Elkes Fahrrad sauste ich die südliche Startbahn hinunter und stellte mir vor, dass ich gleich abheben würde. Aber bevor es so weit war, wollte ich noch eine Kleinigkeit hinter mich bringen. Ich hielt an und zog mein Handy aus der Tasche.

«Ja, was ist denn?!» Volker hatte eine Stinklaune.

«Ich wollte dir nur sagen, dass Marie nach Hause will», sagte ich. «Nicht dass du dir Sorgen machst, wenn sie nicht mehr da ist.» Dass das passieren würde, konnte ich mir zwar nicht vorstellen, aber ich wollte so zuvorkommend sein wie möglich.

«Okay», brummte Volker. «Sie soll sich in der Agentur Geld für den Zug geben lassen. Ich bin nicht vor morgen Abend zurück, aber ich sage Elke Bescheid. Und kümmere dich dann gefälligst mal um sie.»

«Wird gemacht», sagte ich zahm, obwohl mir ganz andere Dinge auf der Zunge lagen. «Dir noch einen schönen Tag!»

Tschakka! Jetzt konnte ich meine Aktion starten!

Jeanette hatte ihr Atelier im Neuköllner Reuterkiez, und ich kam auf dem Weg zu ihr an zig Galerien, Klamottenläden und hippen Kneipen vorbei.

«Ja, hier gibt's jede Menge Inspiration», bestätigte Jeanette, nachdem sie mich herzlich begrüßt hatte. «Den großen Metropolen kann Berlin in Sachen Mode zwar noch nicht das Wasser reichen, aber wir holen auf.»

«Und Wiestal segelt im Kielwasser ganz dicht hinterher», sagte ich grinsend.

Im Hinterzimmer, zwischen Näh- und Kettelmaschinen, Schubladenschränken und einem Regal, in dem sich die Stoffballen bis zur Decke stapelten, klappte ich den Laptop auf und zeigte Jeanette meine Entwürfe. Sie nickte anerkennend, bis ich die Mail mit Volkers Fotos öffnete.

«Komisch», sagte sie. «Auf den Zeichnungen haben die Teile einen Charme, den ich in der Umsetzung irgendwie nicht wiederfinde.»

«Danke, so sehe ich das auch», sagte ich. «Besonders bei den Farben hat der werte Herr Art-Director wieder mal komplett ins Klo gegriffen. Jedenfalls möchte ich diese Kollektion noch einmal ganz anders aufziehen, und dafür brauche ich deinen Rat. Und, wenn du magst, deine genialen Strickteile als Ergänzung.»

Den Rest des Tages tüftelten wir am Farbkonzept, den Schnitten und der Stoffauswahl. Mittags gönnten wir uns eine lange Pause in einem Café namens Hippie Hippie Bake Shake. Die anderen Gäste waren durchweg zwanzig bis dreißig Jahre jünger als ich. Sie lungerten cool in durchgesessenen Polstermöbeln herum und hantierten mit ihren Smartphones und iPads. Wenn sie doch einmal miteinander sprachen, hörte man Englisch, Französisch, Spanisch, Schwedisch – nur die Weltsprache Fränkisch war nicht dabei. Und plötzlich merkte ich, dass ich sie vermisste.

Am frühen Abend verabschiedete ich mich von Jeanette. «Ich sag dir Bescheid, wenn ich so weit bin», sagte ich und packte eine Tasche mit Musterteilen auf den Gepäckträger. «Drück mir die Daumen, dass alles glatt geht.»

Punkt halb neun stand ich in der Agentur auf der Matte. Elke öffnete die Tür. «Willkommen bei LindnerVision», sagte sie. «Der Firma Ihres Vertrauens, wo die Trends von morgen schon heute geklaut werden.»

Ich kicherte nervös. «Hat es eigentlich mit dem Stoff für die Röcke geklappt?»

«Was meinst du?», fragte Elke. «Dass ich ihn heute endlich in der Abstellkammer gefunden habe? Oder dass ich ihn gleich per Kurier nach Wiestal habe bringen lassen?»

«Eigentlich kann ich das alles immer noch nicht fassen», sagte ich. «Stell dir mal vor, was passiert wäre, wenn ich nicht angerufen hätte, um zu fragen, wie weit die Heimarbeiterinnen sind.»

«Tja. Mir hat er von der ganzen Geschichte ja wohlweislich nichts erzählt», sagte Elke nachdenklich. «Das ging alles über Mandys Tisch, und die hatte keine Ahnung, woher die Sachen kamen. Als die Musterteile fertig und fotografiert waren, glaubte Volker anscheinend, er hat dich im Sack. Sonst wüsstest du bis heute nichts davon.»

«Dafür kriege ich ihn jetzt dran», brummte ich. «Und ich werde es genießen.»

Elke ging voran in die heiligen Hallen und grinste der jungen Frau mit der Riesenbrille entgegen, die schon auf uns wartete. «Mandy habe ich inzwischen eingeweiht, sie ist ganz auf deiner Seite.»

«Ü-belst», sagte Mandy zur Begrüßung, und ich wusste nicht genau, ob sie übelst auf meiner Seite war oder Volkers Geschäftsgebaren meinte.

«Da hast du auf jeden Fall recht.» Ich schüttelte ihr die Hand. «Alles gut bei dir?»

«Na klar! Ich hab ein paar Sachen für dich vorbereitet»,

sagte sie kaugummikauend, zeigte auf eine lange Liste, die auf ihrem Bildschirm zu sehen war, und grinste. «Da sind ein paar richtig dicke Fische dabei. Wenn du es richtig aufziehst, wird das ein Spaziergang.»

«Na, dann wollen wir mal in die Puschen kommen!»

Dank dieser Vorarbeit war schon eine halbe Stunde später alles in trockenen Tüchern, und wir hauten das Geld, das Marie von Volker für die Zugfahrt bekommen hatte, gemeinsam mit Mandy und den Kindern in einer Pizzeria auf den Kopf.

Als der Kellner die Getränke gebracht hatte, spürte ich, wie die riesige Anspannung von mir abfiel. Ich begann hysterisch zu kichern.

«Du lieber Himmel, wir haben es geschafft!» Ich trank einen großen Schluck von meiner Apfelsaftschorle. Ich war so überdreht, dass der bloße Gedanke an Wein mich schon besoffen machen konnte. «Und unsere Aktion war nicht mal kriminell.»

«Kaum.» Elke hob feierlich ihr Glas. «Auf den großen Durchbruch dieser Idee. Und auf absolute Geheimhaltung bis zum großen Tag!»

Würdevoll sprachen Mandy, Mario, Marie und ich ihre Sätze nach und machten uns dann hungrig über die Vorspeisenplatte her.

Achtundzwanzig

Die Vorhersage für Freitag, den 25. Juli:
Nach Auflösung einzelner Widrigkeiten überwiegend ruhig und freundlich.

Als wir gegen halb eins in Wiestal aus dem Auto stiegen, parkten die Transporter der Firma Haas und Beyer in der Einfahrt, und an der Wand lehnten mehrere Fahrräder.

«Was soll das denn?» Es war Mario anzusehen, dass er keinen großen Wert darauf legte, gleich mit seinen Eltern konfrontiert zu werden. Auch Marie schien nicht begeistert.

«Sieht so aus, als hätte Ernst sich nicht lang bitten lassen», sagte ich. «Ihr könnt ja bei ihm in der Küche essen, da habt ihr erst mal eure Ruhe.»

Die Idee einer Kantine fand anscheinend großen Anklang, denn in der Gaststube war richtig was los. Rudi Haas und Kurt Beyer saßen einträchtig mit ihren Handwerkern an einem Tisch, und die Stimmung war großartig.

Als er mich sah, winkte Lenis Mann mich zu sich.

«Nächste Woch könnt mer mit die Doiledden anfangen.»

«Des wär fei subber», sagte ich.

Beyer grinste breit. «Kei Dhema, dafür simmer ja da.»

Dann konzentrierte er sich wieder auf seinen vollen Teller, und ich ging zu den Schnepfen, die am Stammtisch saßen.

Ernst erschien hinter der Theke. «Du kommst genau richtig! Hock dich hie.»

«Und? Hat's geklappt?» Vier Augenpaare sahen mich erwartungsvoll an.

«Einmal Nudelauflauf für die Dame des Hauses!» Ernst stellte mir einen großen Teller hin. «An Gud'n!»

Neugierig schnupperte ich an der köstlich riechenden Soße.

«Des nennt sich Carbonara», sagte Bärbel ungeduldig. «Aber etzt erzähl, sonst blatzen mir noch vor Neugier.»

«Erzählt ihr erst mal, wie weit ihr jetzt mit allem seid. Ist der Stoff für die Röcke inzwischen eingetrudelt?»

«Alles da», sagte Claudia. «Wenn mir uns weiter dranhalten, simmer bis Ende nächster Woche mit dem Graus ferddig. Samt Boleros.»

«Das klingt gut», sagte ich. «Und was macht die Stimmung zu Hause?»

Leni grinste. «Bassd. Siehst ja, dass es den Männern schmeckt, und auch sonst sinn se so weit zufrieden.»

«Dann haltet sie bloß bei Laune. In Berlin hat alles geklappt, aber die Sache funktioniert nur, wenn wir an einem Strang ziehen. Und eure Männer brauchen wir dazu auch.»

Während ich den Frauen beim Essen von den neuesten Entwicklungen erzählte, fiel mir auf, dass überall Plastikplanen lagen. «Hat Ernst Angst, dass jemand kleckert?»

«Des ist wegen die Tapedn», sagte Leni. «Schau, die sinn scho rundder. Am Montag kommen die Maler.»

Jetzt sah ich es auch. «Ja, aber … Das sollte ich doch machen!»

«Sei froh, dass es ferddig is!» Bärbel zwinkerte mir zu. «Des hat alles der Gustnbeck g'macht. Der steht echt auf dich!»

Der Gustnbeck. Willkommen zu Hause.

Nach dem Essen trug ich meinen leeren Teller in die Küche, wo Gustl die Teller vorspülte und Ernst Marie und Mario in die Geheimnisse der Tomatensoße einweihte.

«Du bist ein Naturtalent, Ernst», sagte ich. «Es war richtig lecker. Und die Schürze steht dir hervorragend!»

Onkel Hubert hatte sie mit den Worten *Wein und Brot macht Wangen rot* verschönert, und die Zeilen zierten nun Ernsts runden Bauch. «Kommst du in meiner Küche zurecht?»

«Ich hab halt a weng umräumen müssen», sagte Ernst und zwinkerte mir zu, als er mein entsetztes Gesicht sah. «Halb so wild. Du hast ja alles da, was man für solche Mengen braucht. In meiner Küch hädd ich scho mit die Töpf Brobleme g'habt. Ein Glück, dass du die Wirtschaft mit allem Drum und Dran geerbt hast.»

Als ich mich bei Gustl fürs Tapetenabreißen bedanken wollte, stritt er glatt ab, dass er es getan hatte. Auf dem Dorf galten wirklich andere Gesetze. Ich beschloss im Stillen, ihm bei der nächsten Gelegenheit auch einen Gefallen zu tun, und verschwand nach oben. Bei der Post, die Gundi mir auf den Schreibtisch gelegt hatte, lag auch ein Zettel:

Liebe Nina, wie sieht's aus? Gehen wir mal wieder essen? LG Martin.

Ich drehte mich ein paar Mal auf dem Schreibtischstuhl im Kreis herum. Sollte ich? Wir waren immer wieder mal zusammen nach Büchenbach gefahren, und die Abende waren schön gewesen. Aber ich war einfach nicht in ihn verliebt, definitiv nicht. Der einzige Mann, der mein Herz höher schlagen ließ, war und blieb Christian. Leider. Denn der lud mich aus wohlbekannten Gründen nicht zum Essen ein und schrieb mir auch keine Zettel. Höchstens Rechnungen, wie der Stempel auf einem der Briefe zeigte.

Ich riss den Umschlag auf und schluckte, als ich die Gesamtsumme las. Immerhin hatte er mir eine Zahlungsfrist von sechs Wochen eingeräumt.

«Jetzt ist es gut, Nina!», sagte ich mir streng. «Das Einzige, was in den kommenden Wochen wichtig ist, ist dein Plan. Wenn der gelingt, kannst du in Zukunft alle Rechnungen bezahlen und dir dann immer noch Gedanken um einen Mann machen. Oder eben nicht.»

Ich legte Christians Rechnung zu den anderen und fuhr meinen Mac hoch.

In diesem Moment klingelte mein Handy. Volkers Name erschien auf dem Display, und mein Herz setzte spontan für einige Schläge aus. Trotzdem ging ich ran.

«Du, Nina, pass mal auf, ich bin schon wieder im Büro und – nein, jetzt nicht, was ist denn?» Er legte die Hand auf den Hörer und stauchte jemanden zusammen. «Idioten», brummte er. «Ja, also, ich hab hier etwas gefunden und –» Wieder redete einer dazwischen, und ich merkte, dass ich schweißnasse Hände hatte.

«Ja, dann mach das endlich!», brüllte Volker, und dann wieder ganz ruhig: «Also, ich habe in meinem Büro etwas gefunden, das könnte Marie gehören.»

«Was denn?» Meine Stimme glich einem Piepsen.

«So einen schwarzen Schal. Oder ein Tuch. Vermisst sie so etwas?»

Oh Gott, war das eine Falle? Ich hatte keine Ahnung, ob

Marie in den Tagen bei ihrem Vater im Büro gewesen war. Der rettende Einfall kam, als ich meinen Geldbeutel vor mir liegen sah.

«Den hat sie vielleicht verloren, als sie bei Elke das Geld für den Zug geholt hat», sagte ich.

«Und seit wann sitzt Elke bei mir im Büro?»

Eine berechtigte Frage. Meine Hirnzellen liefen auf Hochtouren. Vor lauter Nervosität zerknüllte ich die Nachricht von Martin. Ein Zettel. Sehr gut.

«Vielleicht hat sie dir einen Zettel geschrieben? So als … Abschiedsgruß? Und um sich zu bedanken?»

Volker schien zu überlegen. «Da habe ich aber nichts gefunden.»

«Kein Wunder bei dem Chaos auf deinem Schreibtisch. Den hast du bestimmt übersehen.»

«Was weißt du von dem Chaos auf meinem Schreibtisch?» Volker klang plötzlich misstrauisch, und mir fiel siedend heiß ein, dass sein Schreibtisch normalerweise sehr ordentlich war. Das Durcheinander, das ich gestern Abend dort gesehen hatte, war ein absoluter Ausnahmezustand.

«Projektion», plapperte ich nervös. «Hier bei mir, äh … sieht es aus wie Kraut und Rüben.»

«Wundert mich nicht», sagte Volker knapp. «Egal. Ich schick ihr das Teil bei Gelegenheit.» Dann legte er ohne weiteren Gruß auf.

Auf diesen Schreck brauchte ich erst mal einen Schnaps. Im Flur stieß ich mit einer dicken Frau zusammen, die mir nur vage bekannt vorkam.

«Hoppla», sagte ich verdutzt. «Wer sind Sie denn?»

Die Besucherin kniff die Augen zusammen und musterte

mich von Kopf bis Fuß. «Ich bin die Steffi. Und ich wollt mer amol die Bilder anschauen.»

«Bilder?» Hatte hier jemand in meiner Abwesenheit eine Galerie eingerichtet? «Welche denn?»

«Na, die vom Gustl. Vom Gustl Beck!»

«Ach, die! Die hängen alle im Saal», sagte ich und zeigte ihr den Weg. Sollten die Schnepfen sich um Steffi kümmern. Mein Nervenkostüm war gerade genug strapaziert worden.

Mit einem Obstler im Magen setzte ich mich wieder an den Schreibtisch und lud die erbeuteten Daten vom Laptop auf meinen Rechner.

Da war sie: die Datei, die mir die Möglichkeit bot, zu neuen Ufern aufzubrechen und endlich meine Träume in die Tat umzusetzen. Begeistert scrollte ich die Liste einige Male hinauf und hinunter, bis mich ein unsicheres Gefühl beschlich. Was, wenn ich mich doch strafbar machte?

Nachdem ich mir von der läppischen Anzeige bis zum Knastaufenthalt alles Mögliche ausgemalt hatte, griff ich zum Telefon. Schließlich kannte ich einen, der mir da weiterhelfen konnte.

«He, du bist wieder da!» Martin schien hocherfreut, mich zu hören. «Wann hast du denn mal Zeit für mich?»

«Die Frage ist gerade andersherum», sagte ich. «Wann hast du Zeit für mich? Ich brauche dringend deinen fachlichen Rat.»

«Ich denke, du bist längst geschieden? Oder hast du einen Unfall gebaut?»

«Noch nicht», sagte ich. «Aber ich würde mich gerne im Voraus mit dir abklären, ob einer daraus werden könnte.»

«Ich liebe rätselhafte Frauen», seufzte Martin.

«Dann schlage ich vor, dass du gegen Abend auf ein Glas Wein vorbeikommst. Passt dir halb sechs?»

Zufrieden mit dieser Lösung, schnappte ich mein Filofax und ging in den Saal hinunter.

«Habt ihr kurz Zeit?» Ich suchte mir einen freien Tisch und schlug meinen Kalender auf. «Denn jetzt, meine lieben Schnepfen, geht es um die Wurst!»

Die nächsten Stunden brachten wir damit zu, einen genauen Plan aufzustellen. Mit Feuereifer fertigten wir Listen an, auf denen vermerkt war, was alles zu erledigen war und wer uns unter die Arme greifen konnte.

«Wenn ich das recht sehe, haben wir fast das ganze Dorf eingespannt», sagte ich. «Wir müssten aber wissen, ob die Leute auch wirklich bereit sind mitzumachen.»

«Des hammer gleich.» Leni legte die verschiedenen Zettel vor sich hin und verteilte die Aufgaben. «Die hier übernehm ich, die da sind für dich, Claudia, die sind für Bärbel, und die, Rosi, die kennst du am besten.»

Ich war entzückt. «Dann sehe ich zu, dass ich alles andere eintüte.» Plötzlich kamen mir Zweifel, ob die ganze Sache nicht eine Nummer zu groß für uns war. «Und der 28. August ist wirklich realistisch?»

Die Schnepfen nickten einträchtig, und Claudia sprach das aus, was die anderen wohl dachten: «Des bagg'n mir!»

Der Nachmittag verging wie im Flug. Ich brachte die Logo-Entwürfe zu Papier, die mir seit Tagen durch den Kopf geisterten, und klickte mich selig durch die Webshops von Stoffherstellern, die ich bereits vor Wochen abgespeichert hatte. Sobald Leni meine Schnitte nach Jeanettes Angaben optimiert hatte und ich wusste, welche Mengen ich bestellen musste, würde ich zuschlagen. Und ich würde ausschließlich Stoffe bestellen, die in der Liga *Traumhaft* und *Zum Niederknien schön* spielten.

«Martin ist da», vermeldete Marie gegen halb sechs. «Willst du ihn sehen?»

«Allerdings», sagte ich. «Und du? Alles okay bei dir? Wollen wir morgen was zusammen unternehmen?»

Meine Tochter verdrehte die Augen. «Mama ... du musst jetzt nicht einen auf Glucke machen. Ich hau schon nicht sofort wieder ab.»

«Dann würdest du hier ja auch einiges verpassen.» Ich grinste sie schräg an. «Außerdem hat in Berlin das neue Schuljahr schon begonnen. So ganz ohne Sommerferien wärst du schön angeschmiert.»

Ich lotste Martin in mein Arbeitszimmer, erzählte ihm, was los war, und weihte ihn in meine Pläne ein.

«Hammer!», war sein Kommentar.

«Schon. Aber mache ich mich strafbar, wenn ich diese Kontakte eins zu eins verwende?»

«Du könntest sie dir theoretisch auch anderweitig beschafft haben, oder?»

«Im Prinzip schon.»

«Ich kenne deinen Ex zwar nicht, aber wenn er über ein bisschen gesunden Menschenverstand verfügt, wird er dich nicht anzeigen», sagte Martin nach einiger Überlegung. «Schließlich hat er gegen das Urheberrecht verstoßen. Und sollte er es doch darauf ankommen lassen, werden wir ihn in Grund und Boden prozessieren.»

«Das riskiere ich», sagte ich entschlossen. Wenn Volker

wirklich verrückt spielte, hatte ich immerhin einen Fachmann zur Seite. Bei dem Gedanken fiel mir noch etwas anderes ein.

«Sag mal, du alter Harleyfahrer, kannst du mir auch so was besorgen?» Ich rief Google auf und suchte nach dem passenden Bild. «Das wäre doch cool, oder?»

Martin grinste breit. «Allerdings. Ich müsste mich mal umhören, aber eigentlich dürfte das kein Problem sein. Wann brauchst du den?»

«Am 28. August.»

«Ich versuch's. Und wenn es klappt, sage ich dir sofort Bescheid.» Er hob sein Weinglas und stieß mit mir an. «Auf deinen Erfolg, Nina!»

Ich trank einen Schluck von dem samtigen Rotwein und schloss die Augen. Endlich konnte es losgehen. Ich setzte mental den Blinker und fuhr auf die Überholspur. Und hoffte, dass mir bis zum Ziel niemand in die Quere kommen würde.

Neunundzwanzig

Die Vorhersage für Mittwoch, den 27. August:
Begeisterung und Atemnot wechseln sich in rascher Folge ab. Die Hoffnung weht stark, zeitweise kommt es jedoch zu böigen Abschwüngen.

Die letzten fünf Wochen waren trotz aller Begeisterung eine Achterbahnfahrt gewesen, und jetzt, kurz vor dem großen Finale, schwächelte mein Nervenkostüm erheblich.

«Und pfeifst du auf dem letzten Loch, für den Endspurt reicht es noch», murmelte ich vor mich hin.

Schade, dass ich Hubert nicht mehr bitten konnte, das für mich auf ein Schweißtuch zu sticken.

«Jetzt halt doch bitte mal a Sekunde still», herrschte Rosi mich an. «Zaubern kann ich fei aa ned!»

Es war zehn Uhr morgens, wir standen im Saal, und sie war dabei, den Saum meines linken Ärmels neu abzustecken. «Ich bin ganz ruhig», versprach ich. Aber ruhig ging anders. Ruhig war etwas für Leute, die hauptberuflich Flöhe dressierten. Oder tollwütige Tiger.

Ich hingegen hatte in Rekordzeit ein Mode-Label aus dem Boden gestampft: *Zwiebellook*. Gut, einiges war durch *LindnerVisions* bereits vorbereitet gewesen, als ich mir mein Projekt zurückgeholt hatte. Aber seitdem musste ich schnell sein. Und diskret. Denn sollte Volker Wind von meinen Plänen bekommen, würde er versuchen, mir einen fetten Strich durch die Rechnung zu machen.

Noch checkte er laut Elke nichts, und ich betete, dass die morgige Modenschau nur vor den achtundsiebzig Einkäufern über die Bühne ging – ohne meinen Ex.

Danach konnte er alles in Ruhe in den Fachzeitungen nachlesen und sich die fertigen Modelle auf meiner neuen Homepage anschauen, die morgen zeitgleich zur Show online gehen würde. Ein Internetauftritt, der meinen Vorstellungen entsprach und die Philosophie von Zwiebellook ausdrückte: schicke, aber bequeme Mode in wunderschönen Farben, aus hochwertigen Stoffen, mit einem klaren Design. Für Frauen, die ihren Weg gefunden hatten.

Auch farblich hatte ich die Homepage der Kollektion angeglichen. Silber-, Blau- und Türkistöne dominierten, ergänzt von den warmen Kontrastfarben, wie wir sie bei den Accessoires eingesetzt hatten.

«Nina! Schau amol schnell!» Automatisch drehte ich mich um und schrie laut auf, weil Rosi mit der Nadel mein Handgelenk erwischt hatte.

«Was hab ich g'sagt?», zischte sie.

Ich holte tief Luft und versuchte, an einen einsamen Strand zu denken. Weit und breit kein Mensch, nur das leise Plätschern der Wellen, der blaue Himmel, die Sonne und …

«Gefällt' s dir wohl ned?» Gustl ließ nicht locker, und ich sah Rosi entschuldigend an. «Kann ich mal kurz?»

Sie nickte stumm, und ich ging an unserem neuen Catwalk entlang zur Bühne, wo Gustl schon seit Tagen das Hintergrundbild für unsere Präsentation schuf. Das war mein Dank für die Tapetenabreiß-Aktion. Statt der schrecklichen Jagdszene prangte nun das Abbild unseres Tals an der Wand, komplett mit Bach und Enten.

«Natürlich gefällt mir das», sagte ich. «Sieht richtig toll aus.»

Gustl sprang schwerfällig vom Podium und stellte sich neben mich. «Ich hab's etzt da hinten doch noch amol schneien lassen», sagte er. «Oder meinst, ohne Schnee schaut der Berg schöner aus?»

«Ohne Schnee war's besser», bemerkte Leni, die auf einer hohen Leiter mit der Aufhängevorrichtung des Vorhangs kämpfte. «Und da vorn, da brauch mer noch Blumen auf der Wiese.»

Gustl kratzte sich verunsichert den kahlen Kopf. «Ich waaß fei ned …»

«Meinetwegen malst Ostereier nei», brummte Leni. «Aber wehe, du bringst a Farbb an den Vorhang. Dann flibb ich aus!»

Dieser Vorschlag gab Gustl den Rest. «Ostereier?» Er sah mich mit großen Augen an.

«Ich finde deinen Schnee großartig. Und ob dir nach Blumen ist, kannst du selbst entscheiden. Du bist hier der große Künstler.» Ich schickte einen warnenden Blick zu Leni hinauf und hoffte, sie würde jetzt die Klappe halten. Am Ende schlug sie noch vor, den Nikolaus über den Gipfel schauen zu lassen, und Porträts hatte Gustl bekanntlich nicht so drauf.

Ich ging wieder zu Rosi zurück und ließ abstecken, was abzustecken war, bis Ernst in den Saal kam.

«Delefon!» Er drückte mir das Mobilteil in die Hand. «Ich bräucht dich nachher amol in der Küch!», flüsterte er mir noch zu.

Ich nickte und meldete mich.

«Grüß Godd, die Druggerei Zoller am Abbarat. Frau Lindner, mir hamm da a weng a Broblem …»

Jetzt wusste ich endlich, was mir heute bisher gefehlt hatte. «Und was ist das für ein Problem, Herr Zoller?»

«Die Maschin spinnt.»

Aha.

«Ja, die Falzmaschin hat middndrin den Geist aufgeben und ich griech heut schlecht an Mondeur, wissens.»

Ich spürte, wie auch ich gleich gefährlich zu spinnen anfangen würde.

«Und welche Auswirkungen hat das auf meine Broschüre?»

«Na ja, wie soll ich sag'n ... fünf Stück sind kombledd, aber 's könnt scho sein, dass mer die restlichen hundertfünfundneunzig ned rechtzeitig fertig krieg'n. Von dene Hüll'n, wo Bressemabbe draufsteht, red ich erst gar ned.»

Ich schloss die Augen. Das war kein Problem – das war eine Katastrophe. Für einen professionellen Launch brauchte ich eine perfekte Imagebroschüre, sonst ... Ich atmete tief ein und aus.

«Herr Zoller», sagte ich gepresst. «Bitte sehen Sie zu, dass Sie ihre Falzmaschin schnellstmöglich wieder zum Laufen bringen, damit Sie heute Abend liefern können. So, wie wir das vereinbart hatten!»

Herr Zoller ließ einen dramatischen Seufzer hören. «Ich waaß fei ned, wann der Mondeur kommt.»

«Ist mir alles egal!» Ich spürte, dass ich kurz davor war, einen auf Volker zu machen. «Die Sachen müssen heute Abend gedruckt und gefalzt vorliegen, sonst habe ich einen Verdienstausfall, den Sie mir im Leben nicht ersetzen können.»

«Mir dun, was mer können. Es kann aber spät werr'n, gell, nur dass Sie Bescheid wissen.»

«Und Sie wissen jetzt auch Bescheid, Herr Zoller. Bis heute Abend!»

Leni und Rosi sahen mich besorgt an.

«Die Druckerei hat a weng a Broblem», sagte ich.

«Die solln bloß aufpassen», brummte Rosi. «Brobleme hammer schon genug.»

«Allerdings», sagte Rosi. «Und etz stell dich wieder da her, ich war noch ned ferddig mit dir.» Sie gab mir einen Knuff. «Werd scho werr'n, mach dir nur ned zu viele Gedanken.»

Also hielt ich wieder still und sah zu, wie Leni die Bühnenvorhänge aufhängte. Sie waren aus dem Stoff, aus dem die Schnepfen ursprünglich die Vorhänge für das ganze Haus hatten nähen wollen. Als Bühnenvorhang sah das goldrote Muster erstaunlich gut aus, und für das, was wir vorhatten, passte es wie die Faust aufs Auge.

Was auch total gut aussah, waren die Goodie-Bags mit dem Zwiebellook-Logo, die auf dem Catwalk standen und auf ihren Einsatz warteten. Das war Jeanettes Idee gewesen.

Neben unserer Broschüre und einem Flyer mit ihren Strickschläuchen wollten wir sie mit ein paar hübschen Kleinigkeiten bestücken: Naturkosmetikproben für die reife Haut, einem Mini-Mascara und einem Fläschchen Lavendelöl. Und mit Schokoladentrüffeln, die Gundi nach dem Rezept ihrer Mutter hergestellt hatte.

Wer das alles wann erledigen sollte, war mir allerdings noch schleierhaft.

Als Rosi mit mir fertig war, ging ich in die Küche, wo Ernst vor einer Riesenbratpfanne stand, aus der herrliche Düfte emporstiegen.

«Na, Ernst, und was hast du auf dem Herzen?»

«Ich mach heut a weng a Gnocchi», brummte unser Hauskoch und zeigte auf einen Berg gekochter Kartoffeln. «Und ich brauch jemand, der wo mir die Erpfel schält. Aber der Gustl hat ka Zeit, und die Gundi macht's ned.»

«Und warum macht's die Gundi nicht?»

«Die hat was gegen meine Gnocchi. Bassen ned da her, hat's gesagt. Des wär ned fränggisch.»

Oha. «Aber ihr hattet euch doch geeinigt, oder?»

Seit Wochen regte Gundi sich über Ernsts modernen Schmarrn auf, aber nach einer langen Diskussion hatten wir die beiden zu einer fränkisch-italienischen Allianz überreden können.

«Heut hat's aber g'meint, dass des alles ned zu ihre saure Zipfeln passen däd, und dann isse gegangen. Und derweil weiß ich scho nimmer, wo mir der Kopf steht vor lauder Arbeit!»

«Dann gehe ich mal zu ihr und sehe nach, ob ich sie nicht doch überreden kann», sagte ich besänftigend. «Und wenn nicht, finden wir jemand anderen, der dir hilft. Des griech mer scho hie!»

Auf dem Weg zur Nachbarin warf ich zur Sicherheit einen Blick in den Saal, aber dort schien alles im Lot. Der Vorhang warf bezaubernde Falten, meine Lieblingsschnepfen legten letzte Hand an die Kollektion, und Gustl hatte sich für ein Frühlingsbild entschieden, denn mit Hilfe eines breiten Pinsels befreie er gerade die Berggipfel vom Schnee.

Ich fand Gundi in ihrer Küche, wo sie den Inhalt einer Kühlbox begutachtete.

«Könntest du Ernst beim Kartoffelschälen helfen?»

Sie schnaubte. «Für die Gnotschi, oder was?»

«Jetzt hab dich nicht so. Du kannst ihn doch nicht einfach so hängenlassen.»

«Alles weiß der besser», brummte Gundi, während sie Unmengen saure Zipfel im Miniformat auf der Anrichte ausbreitete. «Der führt sich auf, als hätt er die Rezebbde bersönlich erfunden. Da könnt ich fei wahnsinnig werr'n!»

Ich legte ihr den Arm um die Schulter und drückte sie aufmunternd. «Ich weiß. Wenn ein Mann ein neues Hobby hat, mutiert er automatisch zum Experten.»

«Der alde Besserwisser!» So leicht ließ Gundi sich ihren Groll nicht nehmen. «Vor kurzem hat er sei erste Hühnersubb'm gekocht, und etz macht er Gnotschi! Wenn ich den Namen schon hör! Ich wett, des schmeckt nach gar nix, des Zaich!»

«Die heißen Njocki und schmecken ziemlich gut.»

Gundi sah mich an, als würde sie mir gleich eine Strafarbeit verpassen. «Du kennst dich da wohl aus, mh?»

«Ein bisschen. Und sieh es doch mal so: Dem Ernst bleibt ja gar nichts anderes übrig, als italienisch oder sonst wie zu kochen. Denn mit fränkischen Gerichten kann er ja schlecht gegen dich antreten.»

«Naa, des kann er mit Sicherheit ned.» Gundis Wut bekam erste Risse. «Und ich werd an Deufel dun und ihm meine Rezebbde verraten.»

«Richtig. Aber wir brauchen dich im Gasthof. Es geht ja sonst drunter und drüber.»

Gundi war sichtlich versöhnt. «Hast recht. Ich führ mich scho bald auf wie mei Kusine.»

«Das lässt du mal schön sein.» Ich nahm sie grinsend in

den Arm. «Und wenn du nicht spurst, verpasse ich dir morgen anstatt deines Outfits eine beige-braune Kittelschürze. Und ich glaube nicht, dass Walter das sexy findet!»

Eine halbe Stunde später standen Gundi und Ernst wieder Seite an Seite in der Küche, als wäre nichts vorgefallen. Hier auf dem Land löste man Konflikte auf diese Art. Auch Marie und Claudia vertrugen sich wieder, ohne dass große Worte gemacht worden waren. Und darüber war ich ziemlich froh.

Im Saal war die Stimmung ebenfalls gut. Ein paar Frauen waren fröhlich schnatternd dabei, den Raum zu schmücken, und die Schnepfen legten letzte Hand an die Kollektion.

«Glaubst du, dass mir die Dextiledikeddn heut noch grieg'n?», rief Bärbel zu mir herüber. «So ganz ohne Label fehlt a weng was, oder?»

Ich nickte schuldbewusst, denn diese Sache hatte ich höchstpersönlich verbockt. Im wahrsten Sinne des Wortes. In der Hektik der letzten Wochen hatte ich den Korrekturabzug nicht aufmerksam gelesen, und daraufhin hatten wir fünfhundert Webetiketten mit dem Namen *Zwiebelbock* geliefert bekommen. Die konnte ich mir an den Hut stecken. Oder aufheben für den Fall, dass ich einmal Mode für Männer in den Wechseljahren kreieren wollte.

«Vielleicht kommen sie ja noch», sagte ich, hörte aber selbst, wie lahm das klang. Schließlich konnte die Firma auch nicht hexen.

Dafür hatte Gustl etwas gezaubert. «Nina! Ich hab's etzt! Schau amol!» Er winkte aufgeregt.

Ich schaute mal. Und schloss sofort die Augen. Gustl hatte Lenis Vorschlag aufgegriffen und überall im Gras bizarr gemusterte Ostereier versteckt.

«Is des etzt ned fröhlich?» Surrealistisch kam eher hin, aber Gustl sah mich so treuherzig an, dass ich mir jede schräge Bemerkung verkniff und einfach nur gerührt war.

«Großartig, Gustl!», sagte ich. «Aber jetzt würde ich wirklich nichts mehr daran ändern.»

Sondern zusammenpacken und nach Hause gehen.

Als ich um eins immer noch keine neuen Nachrichten von der Druckerei erhalten hatte, beschloss ich nachzuhaken. Fehlende Labels waren ärgerlich, aber ohne die Broschüren standen wir wirklich dumm da. Ich wollte mir gar nicht ausmalen, was geschah, wenn der morgige Tag ein Flop würde. Das konnte ich mir nicht leisten, schon gar nicht finanziell.

Doch noch bevor ich die Nummer ganz eingetippt hatte, klingelte das Telefon bereits. Ich zuckte zusammen. Kam jetzt die nächste Hiobsbotschaft?

«Lindner?», hauchte ich in den Hörer. Was eine bekannte Stimme mit einem «O-oh …» quittierte.

«Ach, du bist es!» Erschöpft ließ ich mich in der hintersten Ecke der Gaststube auf einen Stuhl sinken. «Rede bitte ganz beruhigend auf mich ein und sag, dass alles klappen wird, ja?»

«So schlimm?», fragte Elke.

«Schlimmer.» Ich betete sämtliche Katastrophen der letzten Tage herunter. «Und als i-Tüpfelchen ist in der Druckerei irgendeine Maschine hopsgegangen, und nun stehen wir morgen vielleicht ohne Broschüren da.»

«Klingt nicht gut.»

«Nein, gar nicht. Denn eine zweite Chance werde ich nicht bekommen. Entweder wird es morgen ein Erfolg, oder ...» Ich faltete meine Beine unter der Bank, aber irgendetwas stand dort im Weg. Ich bückte mich und zog eine Schachtel hervor. Dann stieß ich einen lauten Schrei aus. «Sie sind da!»

«Jetzt nicht die Nerven verlieren, Süße», sagte Elke. «Was ist da?»

«Die Etiketten!», rief ich. «Irgendein Trottel hat die Etiketten in Empfang genommen und den Karton in die letzte Ecke unter die Sitzbank gestellt!»

«Schafft ihr es denn noch, die einzunähen?»

Ich lachte hysterisch. «Na klar. Schließlich haben wir ja sonst nichts zu tun!»

Dann knackte es in der Leitung, und die Verbindung war unterbrochen. Ich versuchte sie zurückzurufen, aber Elke ging weder im Büro noch zu Hause ans Telefon. Und ihr Handy – Fehlanzeige.

Herr Zoller dagegen hob sofort ab. «Ach, die Frau Lindner! Ich hab a gute und a schlechte Nachricht, welche wolln's denn zuerst hören?»

Als wir aufgelegt hatten, trug ich die Schachtel mit den Etiketten wie einen Siegespokal in den fertig geschmückten Saal, wo meine Schnepfen inzwischen mit Aufräumen beschäftigt waren, und ließ sie auf den Catwalk fallen. «Überraschung!»

«Subber!»

«Die Pressemappen und hundertzweiundzwanzig Broschüren kriegen wir heute auch noch. Gefalzt, geklebt und geheftet. Zu mehr hat sich die verdammte Falzmaschine nicht überreden lassen. Aber damit kommen wir erst mal hin. Herr Zoller bringt uns die Sachen nachher persönlich vorbei.»

Die Schnepfen führten ein Freudentänzchen mit mir auf.

«Schafft ihr es denn, die Etiketten einzunähen?», fragte ich.

«Wenn mir uns ranhalten …», sagte Leni. «Es gibt da allerdings noch a weng a neues Broblem.»

Ach was.

«Der Catwalk wackelt wie a Kuhschwanz.» Claudia kletterte auf den Laufsteg und lief einige Male hin und her. «Siehst? Da brech mer uns die Füß, wenn des so bleibt.»

Verdammt. Seit meiner Rückkehr aus Berlin hatte es nur ein paar Angelegenheiten gegeben, wegen denen ich Christian hatte anrufen können. Eine davon war der Auftrag für den Catwalk gewesen. Ich hatte mich richtig darauf gefreut, meinen Lieblingsschreiner wiederzusehen, aber die prickelnde Stimmung bei der Verabschiedung im Flur hatte sich nicht wieder eingestellt. Schlimmer noch: Er schien so unnahbar, dass ich mich zum x-ten Mal fragte, ob der Kerl einfach launisch war oder ob etwas anderes dahintersteckte. Außer Frau und Kind, versteht sich.

Ich erwischte Christian sofort, aber er hatte derart schlechte Laune, dass ich am liebsten wieder aufgelegt hätte.

«Tut mir leid, dass ich dich belästige», sagte ich spitz. «Aber der Catwalk steht nicht stabil, und das muss bis morgen Mittag gerichtet sein. Schaffst du das?»

Christian brummelte irgendetwas Unverständliches ins Telefon.

«Heißt das ja?», fragte ich vorsichtig.
«Ja!» Dann legte er auf. Wie Volker.

Danach lief alles wie ein Uhrwerk: Während die Männer die Tische und Maschinen der Schneiderei aus dem Weg schafften, stellten wir die Stühle um den Catwalk herum auf und richteten den Showroom in der Gaststube ein.

Gegen vier bekam jede eine Nadel in die Hand, und wir fingen mit dem Einnähen der Etiketten an.

Inzwischen bauten Marie und die Jungs von *Elf Crap* im Saal ihre Instrumente auf, und eine halbe Stunde später flüchteten wir vor dem Soundcheck in den Garten.

«Des is definitiv die scheußlichste Version von *Briddi Wummen*, die ich je gehört hab», sagte Leni angewidert.

Rosi nickte. «Man könnt direkt sagen, sie meucheln des schöne Lied.»

«Also wirklich», sagte Claudia, die neuerdings erstaunlich liberale Ansichten hatte. «Bloß weil ihr ned verstieht, was die Jugend so dreibt, is des noch längst ned schlecht, gell?!»

«Genau!», sagte ich. «Die Kinder müssen doch erst mal ausprobieren, was geht, bevor sie ihren Stil finden.»

Leni sah uns skeptisch an. «Na hoffentlich hamm se des bis zur Modenschau geschafft. Sonst: Gute Nacht, *Zwiebellook*!»

Wir machten es uns unter den Apfelbäumen gemütlich, wo die Männer Biergarnituren für das morgige After-Show-Catering aufgebaut hatten, und nähten eine Weile friedlich vor uns hin. Dann tauchte Gundi auf.

«Da habt's a weng was zum Naschen.» Sie stellte uns einen Teller mit Gebäck auf den Tisch.

«Was ist denn das?» Die kleinen Kugeln waren aus schmalen Teigstreifen geformt und dick mit Puderzucker bestäubt.

«Fränggische Schneebälle», sagte Gundi stolz. «An Gud'n!»

Heißhungrig griff ich nach einem Teil.

«Die sind schwer zu essen», warnte Rosi. «Streu bloß keinen Zucker auf die Kollektion!»

«Ich hab da meine Technik», sagte ich, beugte mich weit über den Tisch und riss den Mund auf. Leider hatte ich die Rechnung ohne die sanfte Brise gemacht, die genau in diesem Moment durch den Garten strich und mir den Puderzucker ins Gesicht wehte.

«Ned schlecht», sagte Gundi.

Kaum war sie verschwunden, kam Ernst in den Garten gehuscht. Er stellte uns eine Platte mit garnierten Baguettescheiben hin. «Ich glaub, ihr braucht's a weng was Herzhaftes!»

Wir probierten und stöhnten begeistert auf. «Köstlich!»

Ernst strahlte über das ganze Gesicht. «Des is mei eigene Kombosition. Frischkäse mit gerösteten Binienkernen, gedroggnet'n Domaten in Olivenöl und viel Basilikum.» Er warf einen verächtlichen Blick auf Gundis Teller. «Des süße Zaich is doch nix um die Zeit.»

Wir langten zu und nähten zu den verzerrten Klängen von «A Beautyful World» weiter, bis die Frankenfraktion erneut in den Ring stieg. Dieses Mal mit Obatzder und Brezen. «Regionale Küche für regionale Mode», verkündete Gundi, konfiszierte Ernsts Baguetteteller und verschwand wieder.

«Allmählich mache ich mir Gedanken, ob die beiden sich wirklich vertragen», sagte ich.

«Solang der Kampf dadrin besteht, dasse uns mit Köstlichkeiten vollstopfen», meinte Bärbel, «hab ich nix dagegen.»

Das letzte Wort konnten wir aber nur von ihren Lippen ablesen. Für den Song «Dream a little Dream with me» hatten Elf Crap ihre Anlage bis zum Anschlag aufgedreht, und die Musik schallte so laut aus dem Haus, dass uns Hören und Sehen verging.

Das war sogar Claudia zu modern, und mit den Worten «Hamm die an Schlag?» rannte sie hinein. Kurz darauf war himmlische Ruhe. Doch nicht lange.

Claudia kam ganz blass aus dem Haus. «Nina, da parkt fei a großes Auto mit Berliner Kennzeichen vor der Dür. Ist des dei Ex?»

Mit klopfendem Herzen, die Schnepfen im Schlepptau, schlich ich die Einfahrt entlang und beugte mich an der Hausecke vorsichtig vor.

«Und?», flüsterte Bärbel. «Is des sei Karre?»

Verdammt. Ich wusste nicht, welches Auto Volker im Augenblick fuhr. Der schwarze Landrover war jedenfalls genau die Art von Wagen, die er für eine Fahrt in die Pampa wählen würde.

«Und was mach mer etzt?»

«Wir gehen rein. Ich lenke ihn ab, und ihr bringt die Kollektion in Sicherheit.»

Sollte ich ihm gleich mit dem Satz *Ohne meinen Anwalt sage ich gar nichts* kommen? Nein. Lieber hätte ich Martin gleich dabei. Ich angelte mein Handy aus der Hosentasche und rief ihn an.

Mist. Besetzt. Dann eben eine SMS: *Ex aus Berlin ist da. Brauche Hilfe!!!*

Ich schickte die Nachricht ab, und wir betraten den Gasthof durch den Vordereingang.

Nichts.

Leise schlichen wir weiter. Ich linste in die Gaststube. Auch hier war niemand zu sehen. Wir warfen einen Blick in den Saal, aber hier standen nur Marie, Mario und die anderen Elfen um ihre Instrumente und diskutierten. Plötzlich hatte ich eine schreckliche Vision: Volker, der im Garten sämtliche *Zwiebellook*-Modelle einsammelte, die Kollektion ins Auto warf und davonfuhr. Aber da hatte er die Rechnung ohne mich gemacht. Diesmal würde er mich kennenlernen.

«Los!» Wir rannten zurück in den Garten. «Lass sofort unsere Sachen in Ruhe!», schrie ich. «Diesmal bist du zu weit gega–»

Wie angenagelt blieb ich stehen. Die Schnepfen konnten nicht rechtzeitig bremsen und rumpelten von hinten in mich hinein.

«Wa... wa... Was macht ihr denn hier?», stotterte ich, denn statt Volker standen Elke und Mandy vor uns. Meine Freundin strahlte. «Überraschung! Wir sind das Unterstützungskomitee. Und ratet, wen wir noch mitgebracht haben?» Eine dritte Person kam hinter dem Apfelbaum hervor.

«Gustl?» Jetzt verstand ich gar nichts mehr.

«Wieso Gustl?» Elke drehte sich erstaunt um.

«Hallo allerseits», sagte mein Nachbar. «Dahinten hockt fei a fremde Frau im Beet und spielt mit die jungen Katzen. Gehört die wohl zu euch?»

Die fremde Frau war niemand anders als Jeanette, und nachdem die jungen Kraulis ihr die Hände ausreichend zerkratzt hatten, setzte sie sich gut gelaunt zu uns an den Gartentisch.

Wir hatten gerade eine von Elkes Sektflaschen geköpft und wollten anstoßen, als Marie einen weiteren Besucher meldete. Es war Herr Zoller, der uns die Broschüren und Pressemappen brachte. Mir fiel ein Stein vom Herzen. «Die sind ja sehr schön geworden», sagte ich, nachdem ich sie durchgesehen hatte. «Auch ein Glas Sekt, Herr Zoller?»

Wieder hoben wir die Gläser, doch diesmal kam ich nicht mal bis zum Trinkspruch, denn Martin stürzte mit gehetztem Blick in den Garten.

«Wo ist er?!»

Er rannte auf den erschrockenen Herrn Zoller zu und baute sich drohend vor ihm auf. Herr Zoller wich zurück und versuchte, sich hinter seinem Sektglas zu verstecken.

Martin drehte sich ungläubig zu mir um. «Das ist dein Ex?», fragte er. Es war ihm anzusehen, dass er ernsthafte Zweifel an meinem Männergeschmack hegte.

«Oh Gott, nein!», rief ich. «Das war vorhin falscher Alarm, bitte entspann dich wieder.»

Ich drückte ihm auch ein Glas in die Hand und räusperte mich.

«Auf den morgigen Tag!», sagte ich feierlich. «Möge alles gelingen!»

Wir schoben ein paar Bierbänke zusammen, drückten den Berlinerinnen ebenfalls Nadel und Faden in die Hand und machten dort weiter, wo wir aufgehört hatten: mit den *Zwiebellook*-Labels.

«Irgendwie sieht es hier aus wie auf dem traditionellen

Schlussbild eines Asterix-Bandes», sagte Martin, als Gundi und Ernst uns ein paar Platten mit Leckereien hinstellten.

«Nur, dass im Baum kein Troubadix hängt», bemerkte Mandy, die eng neben dem Anwalt auf der Bank saß. «Habt ihr keinen Sänger im Dorf?»

«Glaar hammer den», sagte Gundi. «Aber der Walder wird in kein Baum nei'gehängt. Der wird noch gebraucht.» Sie strahlte den alten Mann, den sie auf der Straße abgefangen hatte, wie ein verknallter Teenager an.

«Falls Volker doch noch auftauchen sollte, können wir ihn fesseln und knebeln», brummte ich. «Mir wäre es aber lieber, wenn der Baum heute männerfrei bliebe.»

Als die Etiketten eingenäht waren, setzten wir zum Finale an: Bärbel holte die *Zwiebellook*-Tüten aus dem Saal, Rosi und Claudia brachten die Kartons mit der Kosmetik, und Elke half mir, Gundis Trüffel in den Garten zu tragen.

Wir legten alles der Reihe nach auf den Tisch, liefen reihum daran entlang und steckten die Schätze nacheinander in die *Zwiebellook*-Taschen.

Inzwischen war es schon recht dämmerig.

«Ich sehe gar nichts mehr», beschwerte sich Mandy und blinzelte durch ihre dicken Brillengläser.

«Des hammer gleich», sagte Gustl galant und verschwand im Schuppen.

«Hoffentlich jagt er jetzt nichts in die Luft», murmelte ich.

Doch Gustl überraschte mich einmal mehr: Im nächsten Augenblick erstrahlten an die zwanzig Glühbirnen, die als Lichterkette in der großen Linde hingen.

«Ich weiß fei *ned*», flüsterte Elke mir kichernd ins Ohr.

«Aber an deiner Stelle würde ich mir das mit dem Mann doch noch mal überlegen. So ganz ohne Fähigkeiten ist er ja nicht!»

Es wurde eine der schönsten Nächte, die ich bisher in Wiestal erlebt hatte. Zu den Klängen von Marios Akkordeon arbeiteten wir Seite an Seite, erfanden verrückte italienisch-fränkische Rezepte und malten uns die Zukunft mit einem erfolgreichen *Zwiebellook*-Label aus. Als alles fertig war, verteilte Elke den restlichen Sekt auf die Gläser, und wir stießen an. «Auf *Zwiebellook*!» Dann löste sich die Runde allmählich auf.

«Heut hat's fei an schönen Sternenhimmel», sagte Gundi, als Walter Anstalten machte, nach Hause zu gehen. «Schau amol, Walder, da is sogar a Sternschnubbn! Da darfst dir fei was wünschen!»

Meiner Meinung nach sah Walter ziemlich müde aus und wünschte sich nur, dass er jetzt endlich nach Hause gehen durfte. Aber das interpretierte Gundi anders.

«Komm!», rief sie begeistert. «Mir geh'n noch a weng spaziern.» Und bevor ihr Angebeteter wusste, wie ihm geschah, hatte sie seine Hand genommen und zog ihn hinter sich her.

«Eine gute Idee», sagte Martin. «So einen Abend wie heute erlebt man nur selten.»

Mandy blickte durch ihre Brillengläser nach oben und ließ einen entrückten Seufzer los. «In Berlin sieht man die Sterne nie so klar. Ui, schau mal! Da ist schon wieder eine Sternschnuppe. Und da noch eine!»

Martin verlor keine Zeit und flüsterte ihr seinen Wunsch gleich ins Ohr. Mandy kicherte. «Vorher sollten wir aber Nina und Elke helfen.»

«Schiebt ab», sagte ich, während ich die Gläser aufs Tablett stellte. «Elke und ich schaffen das auch ohne euch.»

«Ta-taaa!», sagte ich, als die beiden weg waren. «Die Täubchen gehen Sterne turteln.»

Elke kicherte. «So nennt man das also hier.»

Marie tauchte in der Küchentür auf. «Du, Mama, Mario und ich gehen auch noch mal los», sagte sie. «Der Himmel ist heute Nacht so …»

«… wunderschön», ergänzten Elke und ich im Chor. «Viel Spaß beim Sternschnuppenzählen!»

Dreißig

Die Vorhersage für Donnerstag, 28. August:
Eine lebhafte Aktivfront verbreitet Nervosität. Später können sich einzelne, teils heftige Emotionen entwickeln, die sich auch in der Nacht nicht abschwächen.

«Wetten, dass heute keiner kommt?» Ich war von schrecklichen Albträumen heimgesucht worden, und mein Magen fühlte sich an, als wäre er zu einem fiesen kleinen Klumpen mutiert.

«Wetten, dass ich dir gleich einen gewaltigen Tritt in den Hintern verpasse?», fragte Elke, während sie mir eine Tasse extrastarken Kaffee einschenkte. «Hier steppt heute der Bär, und es wird höchste Zeit, dass Mrs. Zwiebellook sich endlich an den Gedanken gewöhnt.»

Jeanette lachte.

«Ich habe auch vor jeder Show Muffensausen. Das ist ganz normal.»

Elke setzte sich zu uns auf die Eckbank. «Was mich übrigens brennend interessiert: Kriegen wir dieses Schreinerschnittchen heute endlich mal zu Gesicht?»

«Keine Ahnung. Gestern am Telefon hatte er eine Laune, die Volker alle Ehre machen würde.» Weshalb ich beschlossen hatte, ihn für immer aus meinem Gefühlsleben zu streichen.

«Dann lass die Finger davon. Manche Sachen sollte man nicht freiwillig wiederholen. Und wenn er dir heute blöd kommt, setze ich ihn höchstpersönlich vor die Tür. Im Umgang mit Stimmungskanonen dieser Art hab ich ja reichlich Erfahrung.» Elke grinste. Dann legte sie mir ein Marmeladebrötchen auf den Teller und befahl: «So! Und jetzt frühstückst du endlich!»

Doch kaum hatte ich den ersten Bissen genommen, als aus dem Saal ein lauter Schrei kam.

Wir ließen alles stehen und liegen und rannten los.

Leni, Claudia, Bärbel und Rosi standen um Mandy herum, die auf dem Laufsteg saß und sich den Knöchel hielt.

«Oh Gott, hast du dich verletzt?» Ich ging in die Knie und zog ihr vorsichtig den Schuh aus.

«Ich wollte euren Catwalk ausprobieren. Aber dann fing das Ding plötzlich an zu wackeln, und ich bin umgeknickt.» Mandy standen die Tränen in den Augen.

«Lass mal sehen.» Zum Glück schien nichts gebrochen zu sein.

«Du bekommst gleich ein paar Globuli, und ich bandagiere deinen Knöchel mit einer Kaltkompresse», sagte ich. «Wenn du den Fuß jetzt sofort hochlegst, könnten wir Glück haben.»

«Aber ich wollte euch doch helfen», jammerte Mandy. «Und nun sitz ich hier bloß rum!»

«Da machst dir mal keine Gedanken.» Bärbel tätschelte ihr tröstend die Schulter. «Mir hamm a Menge Arbeit für sitzende Bersonen mit zwei gesunden Händen. Gell, Nina?»

Ich flitzte nach oben und kam mit meinem Erste-Hilfe-Set zurück in den Saal. Dieser verdammte Christian! Wenn er nicht endlich kam, würde ich ihn höchstpersönlich herschleppen.

Leni war da ganz meiner Meinung. «Wennst ned bald

herkommst, hol ich dich!», rief sie drohend in ihr Handy. «Mir is völlig wurscht, was du noch alles zu tun hast. Des hier is am wichtigsten. Nein, mir hamm keinen, der uns aushilft! Was redst denn du da für einen Schmarrn ...» Leni brach mitten im Satz ab. «Der hat einfach aufgelegt», sagte sie empört.

Vor meinem geistigen Auge löste sich die ganze Modenschau in Rauch auf. «Und? Kommt er?», fragte ich bang.

«Mir hädd'n doch auch sonst so einen fähigen Helfer, hat er g'sagt. Und der könnte des bestimmt besser als er.» Leni schaubte vor Wut. «Keine Ahnung, wen er meint, aber wenn er ned bald da im Saal steht, knallt's gewaltig!»

Du lieber Himmel. Meinte Christian am Ende gar Gustl? War er etwa eifersüchtig? Quatsch, schon der Gedanke war lächerlich. Außerdem konnte Christian doch gar nicht wissen, dass Gustl mir immer mal unter die Arme griff.

Ich hakte Mandy unter und ging langsam mit ihr in die Küche. Dort schaute Ernst gerade zur Tür herein.

«Is des mei neue Küchenhilfe?», fragte er erfreut. «Ich hoff, du nimmst mers ned übel, aber mit der Brille bist du brädesdinierd zum Zwiebelnschälen.»

Leider musste ich Ernsts Begeisterung zunichtemachen, denn Mandy war schon verplant. Nachdem ich ihren Knöchel bandagiert und in aller Eile den Rest meines Brötchens verschlungen hatte, half ich ihr die Treppe hoch in mein Arbeitszimmer, damit sie dort die Pressemappen einsortieren konnte.

In der Küche half stattdessen wieder Gundi aus, die bestens gelaunt zum Zwiebelnschneiden antrat und auch nicht schlechter ausgerüstet war als Mandy. Sie trug nämlich ihre riesige Wüstensonnenbrille.

Ernst und Gundi hatten sich gestern endgültig darüber geeinigt, welche Spezialitäten nach der Show kredenzt werden sollten, weigerten sich aber, mir Näheres mitzuteilen.

«Du hast doch scho genug im Kopf, worüber de nachdenk'n musst.»

Womit sie absolut richtig lagen.

Währenddessen stand Leni im Flur und kommandierte ein Putzgeschwader, das für die Stühle zuständig war, die seinerzeit ausgelagert worden waren. «Schee abwischen und dann gleich 'nei in den Saal!»

Die ersten kamen aber samt Sitzgelegenheit schon wieder heraus.

«Die Claudia meint, mir sollen noch a wenig warten», rief eine. «Die wissen noch ned genau, wie sie die Stühl aufstellen wollen und ...»

«Obacht!!» Ein paar Frauen aus dem Dorf, die sich mit Kuchenblechen und Tortenbehältern einen Weg in die Küche bahnen wollten, stießen unsanft auf den Stau der Stuhlfraktion.

«Ihr macht's mich fei alle noch wahnsinnig!», schrie Leni mittenrein. Das glaubte ich ihr gerne und beschloss, mich aus der Schusslinie zu bringen, bevor sie Amok lief.

Ich schaffte es, mich bis in die Gaststube durchzuschlängeln, und kontrollierte ein letztes Mal, ob unser Showroom in Ordnung war. Ich zupfte die Modelle an den Bügeln zurecht, schob die Blumenarrangements ein wenig herum, überprüfte, ob der Sekt im Kühlschrank kalt genug war, und machte mir ausgiebig Sorgen, ob alles klappen würde. Dann stürzte auch ich mich wieder ins Getümmel.

Gerade hatte ich in der Kammer, die uns während der Modenschau als Umkleide dienen sollte, den Ablaufplan gut sichtbar aufgehängt, da gab Elke mir ein Zeichen.

«Was ist denn?»

Statt einer Antwort zog sie mich in das Kabuff, von dem aus wir später die Bühne betreten würden.

«Ich sag nur: Heiß!», flüsterte sie.

«Hast du jetzt auch Hitzewallungen?»

«Nein, Visionen.» Sie öffnete die Tür zur Bühne einen Spalt und lugte in den Saal hinaus. «Wenn mich nicht alles täuscht, steht da draußen dein Sahneschnittchen und hantiert mit einem dicken Rohrschlüssel. Bei dem würde ich auch schwach werden!»

«Was macht er?»

«Er macht an eurem Catwalk herum. Unter strenger Aufsicht von Leni.»

Ich verdrängte Elke von ihrem Platz und sah, wie Christian mit finsterer Miene an einer der Halterungen herumschraubte. Eine Sekunde lang trafen sich unsere Blicke.

Ich schloss sofort die Tür und setzte mich mit weichen Knien vor den Spiegel.

«Du bist noch lange nicht über ihn hinweg, oder?», sagte Elke.

«Aber ich arbeite dran», sagte ich finster, als es an der Tür zum Flur klopfte und eine gehetzte Claudia hereinschaute.

«Es ist fei scho einer von der Bresse da!»

«Oh mein Gott!» Ich sah auf die Uhr. «Jetzt schon?»

«Pressefritzen sind immer vorher da, aber der hat es wohl sehr eilig», sagte Elke. «Bist du so weit?»

Na klar. Abgesehen davon, dass sich mein Gehirn gerade vor Aufregung in Einzelwindungen auflöste, war ich so weit.

Ich flitzte die Treppe hoch zu Mandy, riss die Tür zum Arbeitszimmer auf und stieß mit einem Mann in dunkelblauer Uniform zusammen.

«Waaah!» Dann erkannte ich ihn und prustete los.

«Ich konstatiere, dass die Dame des Hauses soeben ihre Manieren vergisst.» Martin rieb sich die weiß behandschuhten Hände und sah mich gespielt überheblich an.

«Niemals!» Ich versuchte, das Kichern hinunterzuschlucken. «Dein Anblick kommt nur etwas ... unerwartet.» Ich ging einen Schritt zurück und begutachtete ihn. «Aber du siehst großartig aus.»

«Freut mich, dass es gnädigen Frau gefällt!» Martin klappte seinen blonden Pferdeschwanz hoch und setzte eine Chauffeursmütze auf. «Wenn die Damen mich jetzt bitte entschuldigen würden? Ich werde erwartet.» Er gab mir einen Handkuss, Mandy ein Küsschen auf die Wange und ging gemessenen Schrittes die Treppe hinunter.

«Wow!», sagte ich. «Wenn das am Flughafen keinen Eindruck macht, weiß ich es auch nicht.»

Mandy nickte strahlend. Bei ihr hatte Martin bereits gewaltig Eindruck hinterlassen.

Mit sämtlichen *Zwiebellook*-Unterlagen bewaffnet, machte ich mich auf die Suche nach dem Journalisten. Ich fand ihn im Saal, wo er zusammen mit einer schwarz durchgestylten Dame Gustls Bilder betrachtete. Christian war nirgends mehr zu sehen.

«Tach», sagte der Journalist. «Schultz, Silbernes Blatt!» Er drückte mir seine Visitenkarte in die Hand.

«Nina Lindner.» Ich schüttelte beiden die Hand und wollte über Entstehung und Philosophie unseres Labels loslegen, als die Frau auf die Wände deutete.

«Wissen Sie, ob dieser Maler bereits unter Vertrag ist?»

«Wie bitte?»

«Ob der Künstler bereits von einer Agentur vertreten wird.» Die Tussi sprach mit mir, als hätte sie den ultimativen Dorfdeppen vor sich. «Ich finde diese Arbeiten ungemein interessant und würde gerne mehr darüber erfahren.» Sie drückte mir ihre Visitenkarte in die Hand: *Dr. Gabriele Hofmann, Galeristin.*

«Da lässt sich bestimmt was machen», sagte ich. Aber nicht jetzt. Schließlich waren sie wegen *Zwiebellook* hier. «Die heutige Modenschau richtet sich in erster Linie an …»

«Lebt er in Deutschland?» Frau Hofmann dachte nicht daran, sich von mir das Gesprächsthema diktieren zu lassen. Ich sah mich um, aber nachdem er mich seit Tagen zu den unmöglichsten Zeiten mit seinem Gesprächsbedürfnis behelligt hatte, war Gustl nun nirgends zu entdecken.

«Ja, Herr Beck ist Deutscher.» Ich räusperte mich. «Wir haben das Label *Zwiebellook* getauft, weil es sich ganz an den Bedürfnissen von …»

«Und wissen Sie, wo er studiert hat? Und bei wem?» Frau Doktor sah mich über den Rand ihrer Brille an. «Dieser Stil ist mir ganz neu. Und glauben Sie mir, ich komme viel herum!»

Jetzt reichte es aber! Ich wollte schon sagen, dass Gustl lediglich bei Gundi die Schulbank gedrückt hatte, aber dann fiel mir etwas Besseres ein.

«Herr Beck gehörte zuerst der Hopf'schen Schule an», warf ich meine Phantasie an. «Dort fühlte er sich jedoch häufig missverstanden und verließ seine Professorin bereits früh.»

«Ah …!» Frau Hofmann zog einen Block aus der Tasche und machte sich Notizen.

«Dann schloss er sich für einige Jahre der Fremdenlegion an.» Das klang wesentlich interessanter als Bundeswehr. Allmählich begann mir die Sache Spaß zu machen.

«Nach diesen tiefgreifenden Erfahrungen kehrte er der Gewalt den Rücken und begann, mit verschiedenen Materialien zu experimentieren.»

«Und dann?» Jetzt hingen beide an meinen Lippen.

«Danach, äh … begann eine enge Zusammenarbeit mit dem Amerikaner Robert Ross, die großen Einfluss auf seine heutige künstlerische Ausrichtung hat.» Ich sah mir das Gemälde an, das hinter der Hofmann an der Wand hing: ein Bergpanorama mit schneebedeckten Gipfeln. «Zuerst kam die Snow-Phase, die allmählich von der … Mountain- und dann von der Sundown-Phase abgelöst wurde.»

«Sensationell …» Die Galeristin war entzückt.

«Aber Sie haben sicher selber schon entdeckt, dass Becks Werk voller Widersprüche und, äh, eklektischer Kollisionen steckt, durch die er die …»

In diesem Augenblick zupfte Leni mich am Ärmel. «Du, Nina, wir bräuchten dich fei amol.»

Für diese Unterbrechung hätte ich sie knutschen können. «Bitte entschuldigen Sie mich», sagte ich liebenswürdig. «Ich denke, Sie als Experten können sich nun selbst einen weiteren Eindruck von seinen Werken verschaffen, nicht wahr? Getränke finden Sie im Garten, bitte bedienen Sie

300

sich doch.» Ich drückte dem Journalisten die Pressemappe in die Hand und machte mich mit Leni auf den Weg in die Umkleide.

«Was hamm denn die?», fragte sie.

«Die wollen Gustl groß herausbringen.»

Leni schüttelte den Kopf. «Wennst mich fragst, hamm die Städter alle an Hau!»

Gegen eins stieg die Spannung, und ich versammelte alle Beteiligten zu einer letzten Besprechung in der Küche.

«Bei euch ist alles klar?», fragte ich Ernst und Gundi. «Alle Aushilfen wissen, was zu tun ist?»

«Logisch», sagte Gundi. «Ich war ned umsonst Lehrerin. Wer ned spurt, muss nachsitzen.»

Ich wandte mich an die Modenschaufraktion. «Stehen die Stühle jetzt alle richtig um den Catwalk?»

«Jawoll», sagte Elke. «Und am Ende des Laufstegs haben wir Plätze für die Presse reserviert.»

«Licht, Mikro und Band sind auch einsatzbereit?»

Mario, Marie und die restlichen Elfen nickten.

«Okay. Wir machen nachher alles wie geprobt: Zuerst gehe ich auf die Bühne und begrüße die Zuschauer. Dann setzt das Medley ein. Leni und Bärbel kommen jeweils in ihrem ersten Outfit auf die Bühne und laufen den Catwalk hinunter. Sobald sie zurückgehen, erscheinen Claudia, Rosi und ich immer abwechselnd. Gleiches Spiel, während wir die nächste Kombi anziehen, und so weiter. Und denkt bitte daran: Immer lächeln. Auch wenn ihr Muffensausen habt, immer lächeln!» Ich sah zu Jeanette und den beiden Helferinnen, die Leni für den heutigen Tag engagiert hatte. «Ihr habt die Reihenfolge der Outfits griffbereit hängen?»

«Alles im Griff», sagte Jeanette. «Keine Sorge.»

Die beiden Mädchen aus dem Dorf hatten schon rote Wangen vor Aufregung, und ich hoffte inständig, sie würden nachher die Nerven behalten.

«Super. Denkt unbedingt daran, die Teile nach der Präsentation sofort wieder auf die Bügel zu hängen, damit wir sie in den Showroom mitnehmen können.»

Ich sah zu Mandy hinüber, die mit ihrem bandagierten Knöchel auf der Eckbank saß. «Ich will nicht allzu optimistisch sein, aber kannst du zur Not noch für Nachschub an Bestellformularen sorgen?»

Doch Mandy hielt den Daumen nach oben. «Alles vorbereitet.»

«Dann bitte ich die Models jetzt nach oben zum Schminken», sagte Marie. «Auf die Landfrauenpower!»

Als ich gegen zwei einen Blick aus dem Fenster meines Arbeitszimmers warf, war ich überwältigt: Dicke Limousinen schipperten auf dem Weg zu unserem ausgeschilderten Parkplatz die Hauptstraße hinunter. Limousinen, in denen die Leute von Volkers Kundenliste saßen. Gespannt, eine Modenschau der besonderen Art zu erleben.

Nun näherte sich auch noch ein großer Mercedes-Oldtimerbus, der von einem äußerst ansehnlichen Chauffeur gesteuert wurde, und hielt direkt vor dem mit Girlanden geschmückten Gasthof. Die Türen schwangen auf, und die Passagiere, die Martin am Nürnberger Flughafen abgeholt hatte, wurden von Elke routiniert empfangen.

Jetzt ging es los.

Behalt deine Ziele fest im Blick, du wirst sehen, so kommt das Glück!

Mit diesem Spruch von Hubert auf den Lippen schnappte ich mir die Blätter, auf denen ich meine Begrüßungsworte notiert hatte, und ging hinunter. Volkers Geschäftsmodell hatte wirklich Hand und Fuß. Und wie es aussah, war unser Coup gelungen!

In der Umkleidekammer war die Hölle los. Alle wuselten aufgeregt durcheinander, und mir wurde klar, dass ich noch ein paar Minuten Ruhe brauchte, sonst würde ich kein vernünftiges Wort herausbringen.

«Ich zieh mich im Kabuff um», sagte ich zu Jeanette und schnappte mein erstes Outfit von der Stange. «Ich muss mich ein bisschen sammeln, sonst rede ich am Ende nur Stuss.»

«Alles klar», sagte sie. «Und mach dir keine Sorgen, ich habe das hier im Griff.»

Ich warf ihr einen dankbaren Blick zu und verschwand in den kleinen Raum neben der Bühne.

Ich legte die Blätter vor mich hin, las sie mehrmals durch und wiederholte den Text, während ich mich auszog.

«Es ist mir eine Ehre, Sie heute hier begrüßen zu dürfen», murmelte ich. «Und wenn Sie bisher der Meinung waren, dass in der Provinz nichts los ist, werden Sie hoffentlich eines Besseren belehrt …» Ich stieg in den Zwiebellook-Rock, zupfte meinen BH zurecht und legte die Wickeljacke, die ich als Erstes präsentieren würde, über den Stuhl. «… werden Sie hoffentlich eines Besseren belehrt, denn Kreativität ist nicht abhängig von …»

Plötzlich nahm ich aus dem Augenwinkel eine kurze Bewegung wahr, und im nächsten Moment stand Gustl vor mir. In einem speckigen, knapp sitzenden Anzug aus den Sechzigern, einen plastikverpackten Blumenstrauß von der Tankstelle in der Hand.

«Nina, ich weiß ja, du hast eigentlich grad kei Zeit, aber ich muss dir etzt endlich …»

Oh mein Gott!

«Gustl!» Geistesgegenwärtig schnappte ich mir mein Oberteil und bedeckte meinen Busen.

«Ich mein, ich waaß doch, wie gern du mich hast, und du sollst etz endlich wissen, dass du, dass ich, also dass mir beide …»

«Gustl, das ist jetzt ganz ungünstig!» Ich versuchte, Ruhe zu bewahren, aber das wollte mir nicht so richtig gelingen.

«Aber Nina, mir beide könnten es doch so schee …»

«Nein, könnten wir nicht!» Hektisch versuchte ich, das Wickelteil anzuziehen. Immerhin erwischte ich die Ärmel.

«Aber Nina! Etzt hör mir doch kurz zu!» Gustl kam mit offenen Armen auf mich zu. Ich wich entsetzt zurück, bis ich die Bühnenwand im Rücken spürte.

«Mir sinn doch füreinander bestimmt! Dei Onkel hat des Werddshaus ned umsonst dir vererbt. Der Hubbert hat des schon im G'spür g'habt, verstehst?»

Ich schüttelte den Kopf. Ich verstand nur, dass ich hier raus wollte. Unauffällig drückte ich die Türklinke neben mir hinunter. Aus dem Saal war kein Laut zu vernehmen, und ich flüchtete auf die bereits erleuchtete Bühne. Doch so schnell gab Gustl nicht auf.

«Etz wart doch, Nina!», rief er. «Schau, mir beide, mir wärn so a schönes Baar …» Er sank vor mir auf die Knie und wollte seine Liebesbeteuerungen fortsetzen, als eine dicke Frau auf uns zustürmte.

«Hab ich eich endlich in flaggranddi erwischt!», schrie Steffi mit hochrotem Kopf. «Erst machst mir schöne Augen, Gustl Beck, und dann gehst mit dere, mit dere ...» Sie sah mich wuterfüllt an.

Guter Gott, ich hatte seit Schultagen kein Theater mehr gespielt, aber wusste sofort wieder, wie es sich anfühlt, wenn man seine Rolle vergessen hat.

Zum Glück verschaffte Steffi mir eine Pause. Sie riss Gustl die Blumen aus der Hand und schlug sie ihm links und rechts um die Ohren. «Du elender Schuft, du Gemeiner!» Wieder klatschte der Strauß auf Gustl nieder.

Jetzt wusste auch ich im Text wieder weiter. «Dann nimm ihn dir doch, du blöde Kuh!», rief ich wütend. «Ich bin nicht scharf auf diesen Gustnbeck. Da kann er Holz schichten und Tapeten ablösen, bis er krumm und bucklig ist! Du kannst ihn gerne haben!»

Da waren sie baff, alle beide, und hielten endlich den Mund. Ich wollte wieder ins Kabuff zurückgehen, als ein Geräusch die Stille durchbrach. Ein einsames Klatschen.

«Originelle Idee!», rief jemand.

Wie unter Schock verharrte ich in der Bewegung, dann drehte ich mich langsam um. Der verdammte Bühnenvorhang war offen. Und ich stand halb nackt mit Gustl und Steffi im Scheinwerferlicht und machte einen auf Komödienstadl.

Jetzt ist alles aus, dachte ich. Aus und vorbei.

Doch dann wurde aus dem Klatschen ein Applaus, der allmählich tosend anschwoll.

«Bravo!» Walter, der direkt vor der Bühne stand, klatschte wie verrückt. «Auf so a Idee muss man erst amol kommen! A Modenschau als Volkstheaterstück!»

In diesem Moment kamen von hinten Leni und Bärbel auf die Bühne. «Ja, aufm Land geht' s manchmal richdich rund!», rief Leni fröhlich, während Bärbel mir mit ein paar Handgriffen richtig in mein Oberteil half.

«Und nun präsendieren mir Ihnen … *Zwiebellook*!»

Die Band setzte ein, Scheinwerfer blitzten auf, und zu den Klängen von Mungo Jerrys «In the Summertime» nahmen die beiden mich in ihre Mitte und zogen mich den Catwalk entlang.

«Lächeln, Nina!», zischte Leni mir zu. «Immer schön lächeln. Die glauben, mir hamm des alles so einstudiert!»

Vor den Fotografen am Ende des Laufstegs drehten wir uns einmal im Kreis. Dann ging ich wie in Trance mit den beiden zurück und verschwand hinter der Bühne.

«Etzt sag mir fei bidde ned, dass du die ganze Zeit den Gustl mit'm Gustnbeck verwechselt hast», sagte Leni und schubste mich zum Umziehen vor meinen Garderobenständer.

«Wieso?», brachte ich hervor, während Jeanette mich in das nächste Outfit stopfte.

«Naa, wieso wohl? Weil's halt ned der Gleiche is!»

«Ned?», wiederholte ich ratlos.

Rosi kam atemlos vom Laufsteg zurück.

«Die Leut sinn begeistert!», rief sie. «Los, weiter geht's!»

Leni und Bärbel hakten mich erneut unter und zogen mich mit auf die Bühne, diesmal zu der fröhlichen Melodie von «Pretty Woman».

Als wir in der Mitte des Laufstegs angelangt waren, wurde die Musik leiser, aber ich wollte es jetzt endlich wissen und zischte so unauffällig wie möglich: «Aber wenn der Gustl Beck nicht der Gustnbeck ist, wer ist es denn dann?»

«Gustnbeck ist a Hausname, verstehst?», sagte Leni.

«Nein, verstehe ich nicht!»

«Fast jedes Haus hat hier an Hausnamen. Des hat nix mit dem Namen der Bewohner zu tun, des ist im Lauf der Jahre so entstanden. Du hast ja auch einen.»

«Ach was.»

«Ja, die hier im Gasthof wohnen, des sinn die Heggel'-schen», sagte Bärbel. Sie schubste mich vorwärts, die Musik setzte wieder ein, und wir machten unsere Runde.

Kurz bevor wir das Podium erreichten, drehte sich mir der Kopf. Was wir hier aufführten, war kein Volkstheater, sondern eine Farce. Und ich spielte die komische Alte.

«Jetzt spuckt's endlich mal aus!», rief ich empört. «Wer! steckt! hinter! diesem! verdammten! Gustnbeck!?»

Oh Gott, diese Frage hatte ich erst hinter der Bühne stellen wollen und vor allem nicht so laut, aber nun war es zu spät.

Leni und Bärbel sahen sich kurz an. Dann ließ Bärbel den Kater aus dem Sack. «Des ist dem Christian sei Hausname.»

«Christian? Christian Lodes?!» Ich riss beide Arme hoch und lief ein paar Schritte auf den Catwalk zurück. «Wollt ihr mich auf den Arm nehmen?»

Die Zuschauer lachten.

Plötzlich erschienen auch Rosi und Claudia und stellten sich neben Leni und Bärbel auf das Podium. Leni trat einen Schritt vor.

«Is zufällig a fähicher Schreiner im Saal? Mir hamm da an akudn Fall von Bredd vorm Kopf und bräuchten a weng a Hilfe!»

Die Gäste im Saal sahen sich gespannt um, und in der Stille hörte man eine Frau und einen Mann im Flur lauthals miteinander diskutieren.

«Und ob du des etzt machen wirst!», hörte ich Gundi rufen. Im nächsten Augenblick tauchte sie im Saal auf, einen widerspenstigen Christian hinter sich herziehend.

Als sie am Catwalk angekommen waren, gab sie ihm einen Schubs. Christian kletterte hoch und blieb unsicher im Scheinwerferlicht stehen. Auch ich wurde nun von einem Lichtkegel erfasst und sah mich hilfesuchend um, aber die Bühne hinter mir war auf einmal dunkel und leer.

Ich war wie gelähmt und hatte keine Ahnung, was ich tun sollte, als ich die ersten Klavierakkorde zu «Hello» von Lionel Ritchie hörte.

Er. Ich. Auf dem Laufsteg!

Dann setzte Maries Stimme ein, und ich hatte das Gefühl, das Universum halte den Atem an.

And in my dreams I've kissed your lips a thousand times
I sometimes see you pass outside my door
Hello, is it me you're looking for?

Langsam, wie in Trance, gingen wir auf dem Laufsteg aufeinander zu. Christian und ich.

I can see it in your eyes, I can see it in your smile

Als hätten wir eine Choreographie einstudiert, zögerten wir immer wieder, bevor wir einen weiteren Schritt machten.

'Cause you know just what to say

Gleich würden meine Knie nachgeben…

And I want to tell you so much, I love you.

Christian hatte mein Schwanken bemerkt. Er griff um meine Taille und zog mich langsam zu sich heran. Ich wollte etwas sagen, bewegte meinen Mund, brachte aber keinen Ton heraus.

«So, Heckel'sche.» Christians tiefe, warme Stimme war nicht mehr als ein Flüstern: «Jetzt musst du dich entscheiden. Willst du den Gustl Beck oder den Gustnbeck?»

Statt zu antworten, legte ich ihm die Arme um den Hals und küsste ihn. Für einen Moment waren wir vollkommen allein auf Erden, die Welt blieb stehen.

Bis die verdammten Elfen uns mit einer aufheulenden E-Gitarre und den rockigen Klängen von «Everybody Needs Somebody» in die Wirklichkeit zurückholten.

Auf der Bühne gingen die Lichter wieder an. Gundi schoss aus dem Kabuff. Sie steckte in der Schlussattraktion einer jeden Modenschau, dem Brautkleid. Von einem Ohr zum anderen grinsend, stapfte sie über den Laufsteg.

Die Zuschauer tobten.

Vor Walters Stuhl blieb Gundi stehen.

«I need you, you, you!», sang Marie, und Gundi deutete auf den alten Mann. Walter schien bei jedem «you» ein Stück mehr in sich zusammenzusacken.

Gundi lachte und drohte ihm mit dem Zeigefinger. «Ich griech dich scho noch!»

Sie stolzierte hüftwackelnd zurück auf die Bühne, drehte sich kokett um und warf ihren Strauß genau beim Schlussakkord des Songs in die Menge.

«Das ist wirklich die Idee», rief eine perfekt durchgestylte Mittfünfzigerin. «Was habe ich mich mit diesen verdammten Hitzewallungen abgeplagt!» Sie drückte mir eine Großbestellung in die Hand. «Sie werden sehen, das Konzept schlägt ein wie eine Bombe!»

«So eine originelle Modenschau habe ich noch nie erlebt», schwärmte ein Einkäufer aus Hamburg. «Tolle Ware und die Darbietung – großartig!» Auch er ging mit seiner Bestellung in die Vollen.

«Die Kollektion ist zum Niederknien!», bestätigte eine weitere Kundin, als sie mich entdeckte. «Und das hat alles so echt gewirkt! Mir sind fast die Tränen vor Rührung gekommen. Das haben Sie sicher lange geübt, oder?»

«Oh ja, monatelang», sagte ich. Jede Nacht. Im Traum.

«Und wo ist Ihr Held jetzt?»

Gute Frage. Nach unserem Auftritt war Christian sofort verschwunden. Einerseits vermisste ich ihn schmerzlich, andererseits hatte ich so die Gelegenheit, eine Frage zu klären. Die Frage, die mich seit unserer Begegnung im Supermarkt umtrieb.

Doch die Begeisterung der Kunden war so ansteckend, dass ich zunächst noch eine ganze Weile damit beschäftigt war, mit allen ein paar persönliche Worte zu wechseln. Ich badete in dem Gefühl, etwas richtig Gutes auf die Beine gestellt *und* durchgezogen zu haben.

Als endlich etwas Ruhe einkehrte und die Leute sich im Garten bewirten ließen, schnappte ich mir Leni und stellte sie zur Rede.

«Jetzt erklär mir bitte noch eine Sache», sagte ich. «Was hat es mit Christians Frau und Sohn auf sich?»

Leni sah mich an, als hätte ich sie nach der Adresse vom Weihnachtsmann gefragt. «Bidde?»

«Die gibt es doch, oder?»

«Na glaar», sagte sie. «Aber die beiden sinn längst geschieden. Sei Ex wohnt seit Jahren in München, und der Julian kommt regelmäßig bei seinem Babba zu Besuch.»

So einfach. So trivial. So alltäglich.

«Auf dem Land lässt man sich fei auch schon mal scheiden.» Leni grinste breit. «Da staunst, gell?»

Allerdings.

Verblüfft, dass ich diese Möglichkeit nicht einmal in Betracht gezogen hatte, sortierte ich die ausgefüllten Bestellformulare. Bis mein Handy klingelte.

Ich hatte das Telefon noch nicht am Ohr, als Volker auch schon losbrüllte.

«Was fällt dir eigentlich ein?»

Sofort meldete sich standardgemäß mein schlechtes Gewissen, das ich in den letzten Wochen erfolgreich in die Schranken verwiesen hatte. Auch jetzt verpasste ich ihm sofort einen gezielten Tritt. Denn diese Zeiten waren ein und für alle Mal vorbei!

«Wie dreist ist das denn, meine Entwürfe zu kopieren und zu verkaufen?», tobte Volker weiter. «Einer meiner Kunden rief gerade begeistert an und erzählte …»

«… dass ich so frei war, meine Entwürfe selber zu präsentieren?», unterbrach ich ihn genauso laut. «Das ist richtig, Volker, es sind *meine* Entwürfe, und ja: Es war schön, sie zu präsentieren. Und ein voller Erfolg. Und nun lass es gut sein – oder wie du das sagen würdest: *basta*!»

Dann legte ich einfach auf. Wie das bei manchen Leuten in der Modebranche eben so üblich war.

Gegen sieben machten die Kunden sich allmählich auf den Heimweg, und jede von uns hatte ein seliges Grinsen im Gesicht.

«Ich hädde mir nie dräumen lass'n, dass es so ein Erfolg wird», seufzte Rosi glücklich.

«Deshalb sollten wir jetzt feiern, bis die Schwarte kracht», rief Elke ausgelassen. «Champagner für alle!»

«Vor allem für euch», sagte Leni. «Sonst häddn mir des fei nie g'schafft!» Sie stieß mit Elke an. «Auf die Freundschaft!»

«Auf die Freundschaft!», sagte Elke. «Und was ist mit dir, Nina?»

«Ich komme gleich», sagte ich. Allmählich machte ich mir Gedanken um Christian. Hatte er es sich am Ende doch anders überlegt? Oder war es wieder nur ein Traum gewesen?

Ich schaltete mein Handy ein und sah nach, ob er mir eine Nachricht hinterlassen hatte. Aber es waren nur ein paar SMS von Volker eingegangen, die ich löschte, ohne sie auch nur zu lesen.

Ich ging hinaus in den Garten und wählte Christians Nummer. Sofort sprang die Mailbox an. Mist. Ich wählte die nächste Nummer und lauschte frustriert der blechernen Stimme seines Anrufbeantworters in der Schreinerei.

«Verdammt!»

«Meldet sich keiner, mhm?» Plötzlich stand er hinter mir. «Vielleicht sollte ich aber doch mal rangehen, was meinst du?» Sanft küsste er meinen Hals.

«Gute Idee», brachte ich gerade noch so heraus.

Am liebsten hier. Sofort. Auf der Wiese.

Christian schob mich unter weiteren Küssen langsam weiter, bis wir am Ende des Gartens angelangt waren.

Und dort zeigte er mir, dass die *Zwiebellook*-Modelle einfach in jeder heißen Situation unbezahlbar waren.

Und die weiteren Aussichten?
Garantiert wechselhaft!

Unser Dank geht an:

– Leonie Schöbel und Nina Grabe. Es ist ein gutes Gefühl, euch an unserer Seite zu haben,

– Alexandra Borisch, die dieses Projekt von Beginn an begleitet und uns erste Exposés streng schauend um den Hals gewickelt hat,

– Claudia Brendler, für den inspirierenden Exposé-Austausch, die aufmunternden Blödsinnsmails – und überhaupt …

– Jeannette Hammerschmidt, die umgehend eine Tupperparty organisierte, damit wir unseren Erfahrungshorizont erweitern konnten,

– die Tupperfachfrau Marietta Bauer, die uns mit Engelsgeduld alle Fragen zur Organisation einer solchen Party beantwortete,

– die Familie Herold in Büchenbach, die uns Einblicke in ihre Wirtshausküche gewährte und uns mit Bier und Brodwerscht bei so mancher schwierigen Phase wieder friedlich stimmte,

– «die Tippgemeinschaft» für ihre Unterstützung bei der Titelsuche. Insbesondere an Jürgen – jueb – Bräunlein, der die zündende Idee hatte,

– Ilona Treibert, für ihre fachlichen Hinweise zum Thema
«Blech und Betten»,

– Barbara Grellner, die uns verriet, was mit am schlimmsten
bei einer Renovierung ist,

– unsere großartigen Testleserinnen Dagmar Geisler, Clau-
dia Kohlus, Sabine Lohf, Sabine Marr, Doris Rübel, Tanja
Tschöke und Heike Wiechmann für ihre Kritik, Lob und
Ratschläge. Wir verpflichten euch auf Lebenszeit!

– Joachim Schultz, der uns in den heißen Arbeitsphasen toll
bekochte und mit inspirierenden Getränken versorgte,

– Clara Wieker, die uns übelst vor peinlichen Ausrutschern
beim Jugend-Slang bewahrte (alles, was jetzt noch komisch
klingt, geht auf unsere Kappe),

und zu guter Letzt an alle Franken, die beim Lesen nicht bei
jedem Dialektfehler aufschreien.

Dangge!

KINDLER

Zusammen wohnt man besser als allein.

Ferdinand lebt allein auf seinem großen Bauernhof. Nach einem heftigen Gewitter ist das Dach seiner Nachbarin Marceline eingestürzt. Ferdinand nimmt sie bei sich auf. Nach und nach kommen immer mehr dazu, ein Jugendfreund, zwei kopflose alte Damen, eine Krankenschwester in Not, ein verträumter Student und viele Tiere. Doch was ist mit Paulette?

«Ein anrührender Appell an die Solidarität zwischen den Generationen.»
(Le Nouvel Observateur)

ISBN: 978-3-463-40641-1

Das für dieses Buch verwendete FSC®-zertifizierte Papier
Holmen Book Cream liefert Holmen, Schweden.